文化藝術出版社
Culture and Art Publishing House

行为主义视域下的纳博科夫研究

徐晗　李腾・著

本书的出版得到云南师范大学文学院一流学科建设经费资助

图书在版编目（CIP）数据

行为主义视域下的纳博科夫研究 / 徐晗，李腾著
. —北京：文化艺术出版社，2023.5
ISBN 978-7-5039-7409-0

Ⅰ.①行… Ⅱ.①徐… ②李… Ⅲ.①纳博科夫
（Nabokov, Vladimir 1899-1977）—文学研究 Ⅳ.
①I712.065

中国国家版本馆CIP数据核字（2023）第071156号

行为主义视域下的纳博科夫研究

著　　者　徐　晗　李　腾
责任编辑　刘锐桢
责任校对　董　斌
封面设计　顾咏梅
出版发行　文化艺术出版社
地　　址　北京市东城区东四八条52号（100700）
网　　址　www.caaph.com
电子邮箱　s@caaph.com
电　　话　（010）84057666（总编室）　84057667（办公室）
　　　　　84057696—84057699（发行部）
传　　真　（010）84057660（总编室）　84057670（办公室）
　　　　　84057690（发行部）
经　　销　新华书店
印　　刷　鑫艺佳利（天津）印刷有限公司
版　　次　2023年6月第1版
印　　次　2023年6月第1次印刷
开　　本　710毫米×1000毫米　1/16
印　　张　16.5
字　　数　200千字
书　　号　ISBN 978-7-5039-7409-0
定　　价　68.00元

目录

第一章　纳博科夫生平

1899 年 4 月 22 日，弗拉基米尔·纳博科夫（Vladimir Nabokov）出生于俄罗斯圣彼得堡的一个贵族家庭。这个家族是 14 世纪塔塔尔王子纳博克·穆扎的后裔。纳博科夫的父亲是一位自由派律师、政治家和记者，也是革命前自由主义宪政民主党的领导人，他撰写了大量关于刑法和政治的书籍和文章；母亲是家族的继承人——一位百万富翁金矿老板的孙女；祖父在亚历山大二世执政期间担任俄罗斯司法部部长。

纳博科夫是这个家庭最年长也是最讨人喜欢的孩子。他一共有四个弟弟妹妹，分别是谢尔盖、奥尔加、埃琳娜和基里尔。其中，因为公开谴责希特勒政权，谢尔盖于 1945 年在纳粹集中营遇害身亡；埃琳娜后来成为兄弟姐妹中纳博科夫最喜欢的一位，1985 年他们一起出版了彼此之间往来的信件，这些都是后来纳博科夫传记内容的重要资料。

纳博科夫在圣彼得堡和城市南部附近的乡村庄园度过了他的童年和青年的时光。纳博科夫认为自己的童年是“完美”和“世界主义”的。在这个大家庭里，他们讲俄语、英语和法语，因此纳博科夫从小就是在三语环境中长大的。他说，母亲读给他的第一本英文书让他获益颇多。纳博科夫在很小的时候就可以轻易地用英文进行读写。他更喜欢母亲多一些，他的父亲则对他颇多失望，而且在纳博科夫的人生中父亲一角大多数时间都是处于缺席的状态。在他的自传《说吧，记忆》中，纳博科夫回忆起他童年时代的无数细节，这些在他长期的流亡生活中给予他心灵的慰藉，也为他日后的创作提供了灵感。

1916年，纳博科夫从他的叔叔瓦西里·伊万诺维奇·鲁卡维什尼科夫那里继承了毗邻维拉的庄园，但是可惜的是，在一年之后的十月革命中，纳博科夫失去了它，这是他当时拥有的唯一房子。

纳博科夫在青春期便开始进行文学创作。1916年，纳博科夫出版了他的第一本书《诗歌》，这本书收集了68首俄语诗歌，但是没有人给予过他任何鼓励。当时他正在圣彼得堡的学校上学，他的文学老师吉宾斯在课堂上批评了他的创作。在《诗歌》出版后的一段时间，曾经有一位著名诗人在社交活动中毫不客气地对纳博科夫的父亲说，他的儿子创作出来这样的作品，会让他永远无法成为真正的作家。

1917年，二月革命后，纳博科夫的父亲成为俄罗斯圣彼得堡临时政府的秘书。在十月革命之后，全家背井离乡前往克里米亚，寄住在一个朋友的庄园。他们原本以为并不会离开自己的家乡很长时间，但是1918年9月之后又搬到了乌克兰共和国的里瓦迪亚，纳博科夫的父亲又成为克里米亚地区政府的司法部部长。在1918年11月德军的撤离和1919年年初白军的失败之后，纳博科夫又在西欧开始了他的流亡。1920年，纳博科夫的家人搬到了柏林。在那里，他的父亲创办了移民报纸《舵手》。此时的纳博科夫就读于英国剑桥大学三一学院，他最先开始学习的专业是动物学，然后学习了斯拉夫语和罗曼语。两年后，纳博科夫在剑桥完成学业后又跟随家人们前往柏林。1922年3月，纳博科夫的父亲因为保护流亡的宪政民主党领导人帕维尔·米留科夫而在柏林遭到俄罗斯君主派人士彼得·沙比尔斯基·博克和谢尔盖·塔博里茨基的枪击。

因为家中剧变突生，纳博科夫一家人不得不又跑去英格兰进行短暂旅居。在他的父亲去世后的第四年，纳博科夫获取了学士学位并开始在大学里授课。纳博科夫后来以他在剑桥大学里的很多经历为原型写了几部作品，包括著名的小说作品《荣耀》和《塞巴斯蒂安·奈特的真实生活》。由于受到了父亲被暴力错杀的影响，这种类似情境下的死亡在纳博科夫的小说中一次又一次地出现着，小说中不同人物在各种意外的条件下遭遇他们的死亡。例如，在小说《微暗的火》中，一个刺客杀死了诗人约翰·希德，而他的目标其实是一个逃亡的欧洲君主。

纳博科夫是 20 世纪著名的散文大师之一，他的第一批著作是俄语写作的，但是之后用英语写的小说让他获得了一生之中最高的声誉。作为能用三种语言写作的大师，他被比作约瑟夫·康拉德（Joseph Conrad），然而，纳博科夫不喜欢别人将他的作品和康拉德的著作做比较。他向评论家埃德蒙·威尔逊（Edmund Wilson）哀叹："我太老了，无法改变这一现状。"约翰·厄普代克（John Updike）后来称他为"本身就是天才在开玩笑"。后来在 1950 年 11 月纳博科夫写给威尔逊的信中，纳博科夫为之前他的发言提供了一个可靠的、非调侃式的评价，解释了他这样说的原因："康拉德知道如何比我更好地处理英语；但我知道另一种更好。他从不涉入我的内心深处，也没有到达我的语言高峰。"纳博科夫后来将他自己早期的许多作品翻译成英文，有时也与他的儿子德米特里一起合作翻译，他的三语基础对他的文学作品产生了深远的影响。

纳博科夫在完成了英文版的两本书《真凭实据》和《洛丽塔》后又推出了俄语版。之所以要用俄语重写《真凭实据》，是因为纳博科夫觉得之前的英文版并不完美。在写这本书时，他指出他需要按照自己的记忆将书用英文写出来，并花费大量时间来解释俄罗斯众所周知的事情。于是他决定用他的母语重写这本书，并将其命名为《说吧，记忆》。关于《说吧，记忆》，这里有一点小插曲，纳博科夫首先想把它命名为“Speak，Mnemosyne”，但是最终还是定为“Speak，Memory”(《说吧，记忆》)。纳博科夫是个人主义的拥护者，拒绝限制个人自由的表达，主张自由地抒发自己想要的概念和意识形态，例如他讨厌各种形式的极权主义，以及西格蒙德·弗洛伊德（Sigmund Freud）的精神分析。或者按照纳博科夫自己的转述，在他的作品中经常存在着蔑视和嘲笑，在翻译《洛丽塔》时，纳博科夫曾经遥想，在不久的将来可能会有人将《洛丽塔》翻译成各种版本在不同的国家售卖，但是以现有的版本来看，很多的内容和段落都是有瑕疵的，尤其是俄文的翻译版本。为了不给自己带来遗憾，纳博科夫决定亲自翻译部分版本。

纳博科夫的创作过程非常独特，他会将一些想法写在卡片上，然后将其扩展为段落和章节，并重新排列，以形成他独有的作品结构，这一做法后来被许多剧本作者采用。纳博科夫在20世纪20—40年代以化名“弗拉基米尔·西林”（Vladimir Sirin）——参考的是俄罗斯民间传说中的神鸟的名字——出版作品，偶尔也会将他的身份在评论家面前掩盖起来。他还在他的一些小说中客串，比如《塞巴斯蒂安·奈特的真实生活》《王，后，杰克》和《看，那些小丑！》。

纳博科夫留在柏林的日子乏善可陈。在那里，他成了移民社区中公认的诗人和作家。为了补充他日常收入的短缺，他开始教授多国语言，并开设网球和拳击课程。纳博科夫虽然以柏林为背景写过一些小说，但他从未喜欢过他15年的柏林生活。他之所以一直停留在柏林的俄罗斯移民社区里是因为无家可归，而且在柏林通过写作至少还能够解决温饱问题。关于他的人际关系，除了小店店主、警察局的移民小官员外，纳博科夫和当地的德国人几乎没有任何接触，也不想认识他们。即便最后离开了柏林，纳博科夫也经常会在一些公开场合抱怨柏林的生活和环境。

1922 年，纳博科夫与一名女子订婚，但这名女子又在 1923 年年初取消了订婚，因为她的父母担心纳博科夫无法为她提供安稳的生活。1923 年 5 月，纳博科夫在柏林的一个慈善舞会上遇到了一位俄罗斯犹太女士薇拉。他们于 1925 年 4 月结婚，他们唯一的孩子德米特里出生于 1934 年。

1936 年，由于反犹的人越来越多，薇拉失去了工作，也是在那一年，刺杀纳博科夫父亲的刺客被任命为俄罗斯移民组织的副指挥官，而纳博科夫则开始在英语世界寻找工作。1937 年，他离开德国前往法国，与俄罗斯移民伊琳娜·瓜达尼尼有过一段短暂的恋情。之后他的家人跟随他前往法国，途中他们最后一次访问布拉格，途经戛纳、芒通、安提比斯角和弗雷瑞斯，之后定居在巴黎。 1940 年 5 月，纳博科夫举家从尚普兰逃离德国军队的追捕，前往美国。

纳博科夫到了美国之后，他在一座位于纽约州伊萨卡市东州街的房子安顿下来。1947—1953 年在康奈尔大学任教期间，纳博科夫与家人住在一起。在这里，他完成了《洛丽塔》，并开始写《普宁》。之后一家人又在曼哈顿定居，纳博科夫作为美国自然历史博物馆的昆虫学家开始做志愿者工作。因为他的名气越来越大，吸引了很多传记学者来研究他，其中最著名的就是布莱恩·博伊德（Brian Boyd），他当时写了一篇关于纳博科夫的论文，纳博科夫用“精彩”两字来评价这篇文章。在获得对作家档案的独家访问权后，博伊德写了两部获奖的传记《弗拉基米尔·纳博科夫：俄罗斯岁月》（1990）和《弗拉基米尔·纳博科夫：美国岁月》（1991）。

博伊德面对的是纳博科夫的生活、职业和遗产，他的文学、艺术、科学成就和思想动态，他的微妙的幽默和谜一样的故事，他的复杂的心理描写，以及他对莎士比亚、普希金、托尔斯泰和阿西斯的继承和再创作。博伊德还在他的传记里提供了阅读纳博科夫英文作品最佳的方法，包括《洛丽塔》《微暗的火》《爱达或爱欲》和无与伦比的自传《说吧，记忆》，他还披露了有关作者的世界里其他未知的信息。博伊德分享了他的个人思考，讲述了研究纳博科夫传记的冒险、艰辛和启示，以及他在档案中的不寻常发现。博伊德是第一个关注纳博科夫意识形态的人，他告诫人们不要把它作为打开作者所有秘密的钥匙，他之所以这么做是为了展示纳博科夫小说里的细节，而人们应该关注的是他的幽默、叙事发明以及对人物和读者的心理洞察力等。博伊德将纳博科夫当作小说家、回忆录作家、诗人、翻译家和科学家来研究，帮助我们比以往任何时候都更能理解纳博科夫天才般的多面性。

拳击对于纳博科夫而言是有价值的，这项运动让他的人生散发出光彩，他认为没有哪项运动能够像拳击一样在赛场上完美地展现肌肉和挥洒汗水。他于 1925 年在一个俄罗斯移民文学俱乐部发表的一篇论文中也提到了这个观点。在这篇论文中，他细致地阐述了他的拳击理论。纳博科夫认为拳击是一种救赎性的体验，通过这种体验，相互对立的拳击手的碰撞塑造了身体的美。对这位年轻的作家来说，游戏和运动的即兴性质是他体验生活的最佳方式。拳击，是一个以体能和智力共同协作的运动，为纳博科夫提供了一种奇特的、拳头和内脏亲密接触的体验。为了展现自己的喜好，这位传奇作家经常在镜头前摆出拳击的姿势拍照，仿佛希望每一个能看到照片的人都知道他热爱拳击运动。对纳博科夫来说，拳击是生活中的最美好的运动，无论这种锻炼是精神上的还是身体上的，是通过艺术还是竞技进行的。比起军事训练，拳击是一种没有任何思考的僵硬体验，其攻击性运动尤其令人振奋，因为它为男人提供了一种创造性的方式来调动他们的身体本能。纳博科夫对拳击场并不陌生，他自己也曾经打过拳击，显然这项运动对他年轻时的想象力有相当大的影响。

在纳博科夫所写的部分短文中，他对这一项仍然年轻的运动写得很有心得。他注意到美国拳王杰克·约翰逊（Jack Johnson）的失败，说约翰逊在退休后十分安于现状，并且因为运动减少，他的体重也在急剧增加，后来他还娶了一个白人女子为妻，开始在音乐厅的舞台上为一些产品做广告，直到后来，他因为一些原因进了监狱才让酒吧和舞厅撤掉了他的海报。

为了支持他作为这项运动的合理的代言人的资格，纳博科夫向读者保证，他是亲自体验过这项运动的，尤其是被对手打晕，被打晕当然也是有趣的体验。他声称，破坏性的一拳带来的是瞬间的昏迷，但是这并不严重，因为纳博科夫本人亲身经历过这样的体验，虽然在赛场上面打输了比赛，但是这样的昏迷是相当愉快的感受。但是事实上，这里有一些事实必须要澄清，意识的丧失先不说，这种体验绝对说不上是愉快，当一个人大脑意识到它所要遭受的伤害，并在醒来意识到已经伤痕累累的时候，这种体验最终还是会变得令人恐惧。在这里，纳博科夫是带着虚荣的喜悦在写作，他确实在剑桥打过拳击。他在其无与伦比的自传《说吧，记忆》中描述了这一经历，但是依然令人很难相信，像他这样一个异常聪明和敏感的人，无论当时多么年轻和多么缺乏经验，都不会对他最宝贵的器官——大脑和他未来的健康的影响做出如此轻率的举措。

纳博科夫对布赖滕斯特与保利诺之间的较量描述得很好，而且言辞得当。他将整个比赛的舞台比作一个发着光的立方体，拳击这一项运动在他的眼里就像是在跳舞，运动员们挥洒着闪闪发亮的汗水，整个狭小的空间里充满了火药味，但又非常引人入胜。保利诺曾与乔·路易斯等当时最伟大的重量级选手交手，他在第九回合将围困他的德国人击倒的时候，整个狭小的空间里爆发出了一片怒吼声，败者瘫在地上，而胜者则举起双手示意胜利，这一切就发生在几秒钟之内，拳击运动确实是一项美妙的运动。

这就是年轻的纳博科夫：一个狂热的格斗迷。对于纳博科夫小说的爱好者和对拳击感兴趣的人来说，研究和阅读拳击相关的小说和内容，可以为生活增添更多的乐趣。纳博科夫很多描述拳击比赛的内容最初是用俄文写的。托马斯·卡尔尚说，翻译是为了保留年轻的纳博科夫散文的细微差别，这样的保留做得很好，但它没有改变纳博科夫固有的节奏，而这种节奏使后来的杰作如《洛丽塔》和《微暗的火》成为英语文学作品的经典。不过，对于读者来说，任何“新”纳博科夫的出现都是值得注意的。

纳博科夫仿佛直接对他在文章前面提到的痴迷于拳击的文人——特别是他心爱的普希金——说话，以一篇关于制度化暴力的美德的长篇理想化论文结束文章。与他的理论相反，拳击并不像谚语所说的那样——是一种“比赛”，但他对拳击在其追随者中唤起的罕见情感的描述是真实的。就这样，比赛结束了，但是纳博科夫的读者们都还能拥有相似的感觉，为了这种感觉，值得把两位伟大的拳击手聚集在一起——那是一种无畏的、燃烧的力量，活力、男子气概并存的感觉，由拳击中的比赛激发。而这种快乐的感觉，也许比许多所谓的“高尚的乐趣”更有趣。

一、纳博科夫创作前期

《玛丽》是纳博科夫创作的第一部小说，预示着纳博科夫职业生涯中的所有好事和坏事。这是一本简短的书，页数差不多只有 100 页，这对于那时候的纳博科夫而言非常具有优势——能通过一部篇幅不长的小说来表达自己的一些观点和看法。有些批评家认为小说里没有纳博科夫之后的小说特有的大量的细节、描述得美轮美奂的场景和一些有趣的暗喻。即便如此，这部小说依然受到了许多读者的喜欢，并且因为纳博科夫本人而爱上了这种冗长的叙事和他肆无忌惮输出的一些观点。纳博科夫接受采访时曾经提到过《玛丽》这部小说里缺乏他固有的一些特色。另外，纳博科夫毫不掩饰地袒露了他的失望，因为在他的大部分写作中所塑造的角色都缺乏所谓的知识分子这样的形象，他不想描述一个角色的智力究竟怎么样，也不想写一个角色有怎样的艺术品位，更不想去表达角色因为知识和头脑会和社会产生一种怎样的共鸣，他只想要表达角色自身的价值。因此，看看他早期的小说很有意思，从中我们可以探寻到纳博科夫后来倾向于一些国家或者文化，以及痴迷于创作以仇恨为主题的故事的原因。《玛丽》缺乏一些纳博科夫的“错误”，也缺乏他想要浇灌出来的一些笨拙、夸张的想法。《玛丽》的长度迫使纳博科夫的创作用语变得简洁，并专注于布尔什维克和革命前的俄罗斯之间的脱节，使内容有深度、有趣味及超现实。《玛丽》情节上面的发展也比纳博科夫后来的小说更直接，这是一个加分项。这本书的情节围绕着加宁与其他居住在德国寄宿公寓的俄罗斯移民的故事。书中的角色依照着纳博科夫的意志继承了俄罗斯的一些小传统，所展现的每个边缘人物都暗示着纳博科夫在对抗肮脏的外国环境。毕竟，他们已经习惯了“老”的俄罗斯——树木，浪漫，漫长而无忧无虑的散步，德国不能给他们，不是因为德国缺乏这些东西，而是因为德国不是俄罗斯。因此，一旦加宁发现他的爱人玛丽实际上已经是别人的妻子，她就成了他过去的象征。不仅仅是加宁，纳博科夫在书中用大量的文本描写自己的记忆，而且这也是加宁的过去——将玛丽视为自己生命的“最后一环”。一路走来，加宁幼稚地想出了一种伎俩，以便将玛丽从她的丈夫手中夺走。加宁的反思不仅在情感上是痛苦的，而且是在现场、在其他时候。纳博科夫可能想让加宁去实施他所认为的正确的想法，但他最终还是没有执行，纳博科夫因为自己的艺术偏见，而在他的职业生涯的大部分时间里都谴责加宁这个角色。

2001 年，又出版了一本关于纳博科夫于 1922—1937 年在柏林度过 15 年岁月的书。该书是一本摄影作品集，内容是纳博科夫在柏林时期的各种照片，他年轻时期，兴致勃勃摆着拳击姿势的照片就收录其中。这本书的书名是《纳博科夫在柏林》。对于纳博科夫来说，这似乎是一个荒谬的书名，因为纳博科夫从来没有想过要去柏林或者德国其他城市观光旅游，他也从来没有写过以自身为中心去描绘任何地方的文字，更不用说柏林了。他甚至希望没有来过这里，他一直渴望生活在临海的地方。他从不喜欢柏林，最后离开的时候也非常不喜欢柏林。之所以留在柏林社区内，是因为这个社区或多或少是自给自足的；在柏林解体后继续留下来，是因为他无处可去，作为一个语言大师，他竟然几乎不会说德语。他对德国事务几乎没有兴趣，就好像从来没有打算关心过一样，他没有意识到 1933 年春天所发生的巨大的根本性的变化以及它的重要性，所以后续读到《纳博科夫在柏林》这本书的人可能会惊讶于它的出版。柏林及其市民都在纳博科夫的周围，从早到晚，他在街道和商店，公共汽车和有轨电车，公园和花园，电影院、图书馆和游乐场游逛，他参加了拳击和冰球比赛，还去了足球场，等等。他总是最敏锐的观察者，他需要为他的小说和故事提供充足的日常现实，而能够为他的小说创作带来灵感的地方，就是柏林。

纳博科夫在柏林创作的四部畅销德文小说都是在 20 世纪 20 年代后期写成的，但是《王，后，杰克》的德文版并不是畅销书。在《王，后，杰克》中可以看到很多在“柏林”发生的事，但是这里的“柏林”不是我们知道的那个城市。从小说里对地点的描述来看，这只是一个对于“柏林”的缩写，而纳博科夫的小说保持在中立的位置。纳博科夫生活的地点在亚历山大广场和罗森萨雷·普拉兹，这在小说里范围又缩小了不少，柏林确实就在那里，相信纳博科夫从未因为要观察别人而冒险进入其他人的生活范围。相比之下，纳博科夫的“柏林”是威尔默斯多夫、夏洛滕堡和舍内贝格的“俄罗斯的柏林”，市中心和城市的公园和森林，尤其是格鲁内瓦尔德。虽然纳博科夫本人不承认，但是依然可以肯定地说，没有其他人能像纳博科夫那样与柏林紧密交织在一起。他的作品中有数百篇文章涉及这个地方的一些生活细节。他看待细节有一种不可思议的眼光，似乎没有其他人注意到这一点。没有人注意到蒂尔加滕的奥古斯特·维多利亚皇后雕像有一把用石头制成的扇子，也没有谁曾经看到过屋顶的那些平庸的灰泥饰品在日落时变成了半透明的门廊壁饰和壁画，那些壁画上面覆盖着很多的玫瑰图案却因为光线的原因很难被观察到，需要通过一些特殊的角度去找到它们。他以敏锐的视角观察着这座城市，在他的书中肯定有属于纳博科夫的“柏林”。在纳博科夫的其他书中，我们也能够很容易认出柏林的每一个地方。例如，在读《黑暗中的笑声》的开头时，立刻就知道了欧比纳斯的妻子和他们的小女儿的确切生活：街道的南侧，黄色的高架火车潜入地下；变成盲人后的欧比纳斯最后一次外出搭乘出租车，到达了联邦大道的房子，欧比纳斯和他的情妇在妻子离开他之后住在那里；房子仍然屹立在那里，重新焕发着活力。

纳博科夫的“柏林”因为战争或者街道的拆迁规划，现在已经所剩无几了，他曾住过十栋公寓，包括他父母住的两栋公寓，其中六栋在战争中被摧毁——有两栋在两起战争当中甚至连居住的整条街都消失了，其余四栋也已经变得面目全非。纳博科夫定居的时候，整个城区每天都有新书出版，纳博科夫经常去约瑟夫·吉森那里送他的手稿，而现在整个城区都没有了。警察局也是如此，当时俄罗斯移民经常去那里更新他们的身份证件。纳博科夫的家族在战争中也未能幸免：他的父亲在音乐厅被两名俄罗斯刺客射杀；他的兄弟也死在了集中营里。俄罗斯作家聚集的咖啡馆和演讲厅已经消失，在某些情况下甚至无法找到它们的原址。格鲁内瓦尔德的松树林里虽然大部分蝴蝶已经消失，但这个地方或多或少还能存在些什么，这也是在柏林诸多景点当中纳博科夫唯一真正喜欢的地方，但不包括那里的居民。纳博科夫几乎没有在柏林留下任何可做纪念的东西，只有照片中的那些地方勉强算是著名的景点——波茨坦广场、弗里德里希大街、勃兰登堡门等，而不是那些引起纳博科夫注意并出现在他作品中的不起眼的地方。许多照片可能没有在战争和城镇的四分五裂中存活下来，但是至少有一张20世纪20年代或30年代的照片还留存着，照片上面显示着这西部镇上的一些标准后院，有的照片还有一个音乐家在一个栈桥上。这些公寓拥挤地建造在同一条路上，大部分目前仍然存在着，如果去当地就可以探寻到它们的痕迹。在某种程度上，像这样的探寻是一项寻宝活动，有时你会无功而返，有时你也能发现很多有趣的地方。换句话说，这是对遗忘的斗争，一个新奇的发现就像是一场胜利。

《王，后，杰克》是纳博科夫于1928年来波罗的海的度假村度假期间撰写出来的小说，原文是俄语。在俄罗斯出版40年后，纳博科夫的儿子德米特里·纳博科夫将小说翻译成英文。作品中讲述了弗兰兹，一个来自偏僻小镇的年轻人，准备去他的叔叔在柏林开设的百货公司工作。众所周知，他的叔叔是一个有钱人，他可以去找他的叔叔赚点小钱。在乘坐火车前往柏林的路上，弗兰兹和一对夫妻同坐在一个车厢内，妻子的美貌迷住了弗兰兹。而纳博科夫安排这一情节的巧妙之处在于弗兰兹之前并没有见过他的叔叔，也不知道这对夫妻就是他的叔叔德雷尔和婶婶玛莎。但是在经历过这一巧遇后，玛莎便不可抑制地和弗兰兹开始私会。随着后期剧情的推进，玛莎对她的丈夫德雷尔越来越不满，而对弗兰兹的崇拜则愈加难以自持。玛莎对弗兰兹越崇拜，对弗兰兹的要求也就越高，这是一种对于“偶像”的捧杀，也是对不同人物间关系的一个毁灭过程。因此，弗兰兹逐渐失去了自己的意志，成为他的情人玛莎的傀儡，毫无反抗地被她操纵。弗兰兹表面上遵循着玛莎的意志，但是实际上越发觉得玛莎对待他的态度让他恶心。与此同时，德雷尔对弗兰兹和玛莎之间的变化毫无察觉，他继续一心一意地爱着他的妻子。当玛莎以冷淡的态度回报他的爱时，他只是觉得玛莎伤透了他的心，而不是怀疑玛莎另有所爱。随着玛莎与弗兰兹的关系更加亲密，玛莎开始为谋杀德雷尔、吞并他的财产而制订各种计划。弗兰兹同意她的计划，毕竟谁不喜欢钱呢？虽然他已经不再爱玛莎，玛莎已经透支了他对她的爱。为了实施玛莎的谋杀计划，三个人被玛莎撺掇着去度假胜地波罗的海的海景酒店，玛莎打算带着不会游泳的德雷尔乘坐划艇，这样就可以趁其不备将他淹死。然而，他们登船之后德雷尔才透露他最近将要完成一笔获利非常庞大的商业交易，此时玛莎又犹豫了起来，她想要等德雷尔拿到这笔钱之后再杀了他。但是之后这个巨大的商业利益也和玛莎没有什么关系了，因为在不久后玛莎因雨天着凉而患肺炎去世了。弗兰兹知道玛莎和他的情人关系非常危险，一旦被德雷尔发现，后果将不堪设想，所以也因玛莎的死而松了口气，甚至放声大笑。小说中有一个角色是纳博科夫经常提到的——魔术师——老恩里奇特，他向弗兰兹出租房间，并且还负责由德雷尔投资的类似机器人的机械研发，他希望通过向这个看上去似乎没有任何经商头脑的美国人出售这项发明来赚钱，这个狡猾的发明人承诺在里特的最后表演中制作三个假人，这三个假人是有寓意的。

这里要特别提到纳博科夫对于弗兰兹有趣的描述：

> 在家乡，走在轻车熟路、令人腻烦的街头，他当然已经有过许多次同样痛苦的反应，这种难以捉摸的诱惑实在撩人。不过，在过去，病态的羞怯使他不敢明目张胆、目不转睛地看姑娘。到了这里，情况则完全不同。他成了一个陌生人，这些姑娘是可以接近的，（他又“咝”地吸一口气）她们习惯色眯眯的窥视，她们喜欢这样的目光；与她们中的任何一位搭讪，开始与她们进行欢快淫荡的交谈都是可能的。[①]

“预示”是纳博科夫非常喜欢的创作手法，即关于角色的命运安排，读者们可以通过观察其他细节的描写而窥其一二。角色的命运可以从角色行为中看出，这就像是“魔术师”——老恩里奇特做出来的假人：男性假人表现出色并退出舞台；女性假人的崩溃预示着玛莎的死亡；第三个假人不完整，无法完成预定的任务。此外，弗兰兹实际上还代表了纳博科夫对德国人的看法，他认为德国人的心态不够成熟，心态的问题又导致整个人际关系组织结构的落后。纳博科夫安排弗兰兹这样一个角色是为了昭示他的批判和不满。纳博科夫从侧面将弗兰兹描写为一个让人看不起的德国人的形象——他很容易被操纵，放弃他的道德底线，变得越来越无耻。在这本书的最后一幕中，纳博科夫将弗兰兹这个角色的真实一面彻底展现出来，让故事具有极大的渗透力和喜剧性：

---

① ［美］弗拉基米尔 · 纳博科夫：《王，后，杰克》，黄勇民译，上海译文出版社 2015 年版，第 18 页。

> 经过初级阶段的尴尬、跌撞和茫然，弗兰兹渐渐开始懂得玛莎传递给他的信息，几乎不用言语解释，完全靠形体和手势，就能学会。[①]

纳博科夫喜欢在现实生活中进行取材，在《王，后，杰克》中所提到的犯罪博物馆在现实中确实存在，它在亚历山大广场的警察局，外国人每六个月必须前来报到一次，以便在身份证上盖章。之所以能了解得这么详尽，是因为纳博科夫曾不止一次地在不同的场合里观察过柏林的各个地段，不同的风景和不同的人物：

> 特快列车似乎已经沿着那条著名的大街加速行进，大街两旁参天的椴树成行，树底下衣着奢华的人群熙熙攘攘。列车飞速驶过那些郁郁葱葱的椴树林，它们的美丽程度远远胜过这条大街响亮的名字（乘务员叮叮当当地摇着铃催促那些还在就餐的旅客），接着穿过一个装饰着珍珠母金属闪光片的巨大拱门。[②]

纳博科夫和他的妻子薇拉其实也被写进了书里，虽然没有被直接描述出来，但在小说结尾处被描绘成一对快乐而又“令人费解”的夫妇：他们在波罗的海度假胜地度假并用外语说话；他们有一张蝴蝶网，弗兰兹觉得它是蚊帐，玛莎觉得这个东西是一张捕虾网，只有德雷尔知道它其实是一

---

① [美]弗拉基米尔·纳博科夫:《王，后，杰克》，黄勇民译，上海译文出版社 2015 年版，第 31 页。

② [美]弗拉基米尔·纳博科夫:《王，后，杰克》，黄勇民译，上海译文出版社 2015 年版，第 12 页。

张捕虫网——这符合纳博科夫的身份，因为他和他的妻子薇拉在一起度假的时候总是要带着一张捕虫网。后来弗兰兹再次看到这对夫妇，觉得他们正在谈论他，并且知道“关于他的困境的一切”。德雷尔还特意去查了他们酒店的人员名单，其中有一个非常奇怪的名字吸引住了他，大概这是这对夫妻的名字，这就是纳博科夫的字谜。他喜欢自己的名字也出现在文本中，喜欢让读者来猜测这个角色究竟是谁，也喜欢让故事情节里的人物被迷惑得团团转——他是“滑雪者和英语老师”，他在达沃斯拍到过德雷尔，这是作者故意打破的第四面墙，仿佛作者也参与其中。在这本书中，还有一个虚构的电影作为戏中戏来影射书中人物，以此来暗示书中人物之后的命运走向。

纳博科夫的作品风格独特，他讨厌使用一些常见的词语，例如他会使用混合音域、头韵和晦涩的术语，《王，后，杰克》这本书便是如此，读者会感觉书中处处是从一本非常大的字典中挖掘出来很多晦涩的词语。这些词语的含义不仅模糊不清，即便根据上下文也很难作出详细的解释。这些词语成了作者炫耀的资本，这也为阅读他的作品的读者们创造了一种独特的印象。但这种独特印象不是什么好印象，比如纳博科夫的批评者经常抱怨他的文章晦涩难懂。除此之外，他的作品中还有非常规的翻译和不常用的英语词汇。例如，《王，后，杰克》中的德雷尔曾被描述为“沙龙主义者”，但德雷尔和这个词语完全没什么关系；又例如，玛莎发现了“一张褪色快照的旧小专辑”——通常来讲应该直接写成“一张旧专辑”，上述这种描述就显得很拗口。但我们不得不承认，没有任何法规规定作者不能够这样改动自己的作品，或者使用难懂的词汇。在那个时候，很多作家投稿，尤其是长篇小说，基本上是在杂志上连载的，而不是直接出一本书，有的作者实在是没有条件去等小说全部创作完再发表，所以杂志连载是最好的选择。这些小说在以完整形式出版之前，内容是极有可能被重新编辑的。但是里面的内容其实改动并不大，多数是一些对拼写和标点符号的小修改，在编辑用语中称为“偶然事件”。但是纳博科夫不同，他对于情节和用语的改动可能会非常大，这对于读者和编辑来说几乎是一个新作品了。国内外对于这样的改动争议都很大，但是国外对于这方面的研究会更加的完善。国外还针对此类问题专门建立过相关的学术项目，招收很多语言类的专家和翻译，让他们对纳博科夫早期的英语翻译作品和他原版的俄语作品进行比较，看它们在细节上究竟有哪些不同。纳博科夫在创作中期经常将自己的作品翻译成英文，有的时候，他的妻子和儿子也会参与其中。

纳博科夫特别喜欢戏弄他的读者，有时候还会通过讽刺性手法反转故事情节或给读者以错误的提示，让他们所期望的故事情节发展成为泡影。在《王，后，杰克》的故事上半部分，纳博科夫设置了非常多的细节来作为谜题和暗示，让他的读者像在迷宫里探险一样寻求答案。他将这些细节设置为灾难即将来临的预兆，特别是德雷尔，他的车被称为“伊卡洛斯”，后来车果然出了事，他的司机死了。但同时，纳博科夫习惯性地让读者失望，比如弗兰兹的住所，这是他与玛莎偷偷约会的地方，结果德雷尔来了，要求去他那里看看，这个时候读者们都很期待接下来的剧情——玛莎可能人就在房间里，她和弗兰兹的奸情就要被识破了，这样的闹剧很多人都非常喜闻乐见。而实际上，纳博科夫却偏偏不这么写，后面的情节让很多读者始料未及：多嘴的房东和德雷尔暗示过他的妻子在弗兰兹租借的房子里，而德雷尔却误解了房东的意思，以为弗兰兹有一个女朋友在房间里，不方便他进去，所以他又找了个借口离开了，并没有意识到所谓“弗兰兹的女朋友”其实是他自己的妻子。还有就是精心策划谋杀德雷尔的假期计划，将德雷尔从船上丢出去淹死看起来是一件很容易的事情，但是实际执行起来情况的变化让玛莎措手不及，读者在看到这一幕的时候也感受到了紧张气氛——德雷尔起初并不想上船，最后他终于上船的时候老天又不遂人意：

天上开始下起了毛毛细雨。一个个花店敞开大门，以吸收水分湿气。此时，雨真的下大了。玛莎找不到出租车，雨点不知怎么进入到雨伞的下面，洗去了她鼻子上的脂粉。一种焦躁不安取代了当初的得意扬扬。昨天和今天都是新奇和荒唐的日子，当然很难让人理解，不过别具韵味，混沌之中透露出清晰的轮廓，就像这朦朦胧胧昏昏暗暗的景色。此刻高山的景色飘浮其中，变得越来越清晰，这场雨，这种多雨清新的湿润，在她的心灵中慢慢变成一幅幅闪烁的映像。一位被雨水浇透、热情、强壮、眼睛碧蓝的小伙，一位她丈夫在休假时结识的朋友，利用采尔马特的一场大暴雨，唬她进入一个门廊的凹处，紧紧挨着她，气喘吁吁地倾诉他炙热的感情，他的不眠之夜。她摇头拒绝，他在记忆的角落里消失了。又一次，在她的起居室里，那个愚蠢画家，一个手指甲肮脏不堪、没精打采的无赖，将他的嘴唇紧贴在她裸露的脖子上，她等了一会儿去弄清自己的感觉——什么感觉都没有，于是她感受到了冒犯，就立刻用她的肘部猛击他的脸膛。还有一次——这是最近的一次记忆——一位富有的商人——一个头发蓝灰色的美国人，上嘴唇长长的，一边玩弄她的手一边小声说她肯定会去他宾馆的房间，她笑了，含糊其词抱歉地说他是个外国人。与这些萍水相逢、令人恐惧的幽灵相处，被他们用冰冷的手迅速抚摸之后，她回到家里，耸耸肩膀，随随便便就将他们抛在脑后，就像她将打开的雨伞撂在门廊里晾干一样。[①]

最后德雷尔透露他正在计划一项让他能够赚更多钱的商业交易。玛莎也野心勃勃地认为她的冒险应该值更多的钱，一念之下，她取消了谋杀德雷尔的计划。但是这次下雨也让她感冒了，不久之后她就死于肺炎，这样戏剧性的情节扭转是读者们始料未及的。

纳博科夫的线性思维主要体现在他创造人物时候。他更加倾向于创作更具有限制性条件的故事，比如说涉及生死的内容。当然，这样的人物角色都不是一般人，这些角色可能自带一些疯狂的特质，他们偏激的性格压迫着自己，也压迫着其他人，最终他们都会由自我约束至自我毁灭，抑或更糟。纳博科夫创造了一大批这样的角色，这些角色试图让周围的世界反过来适应他们的想法，并且他们拒绝去了解和认知现实生活的正常想法。比如：亨伯特与他脱轨的生活，纳博科夫还试图让洛丽塔也脱离正常生活；V与他哥哥塞巴斯蒂安，一个尝试追寻已经不在人世的人的一生，一个写了一辈子小说没有办法过正常生活；弗兰兹和他的情妇玛莎，为了钱想要杀掉自己的亲人；等等。这里不得不提到《塞巴斯蒂安·奈特的真实生活》，V是一个不称职的传记作者，他迫使所有读这本小说的人包括小说里的角色都进入了一个关于时代的定式思维里，这种思维方式固化且老旧，但是V不打算改变这一点，他甚至在面对现实生活问题的解决方案时，都是依照老旧的思维方式去执行的，仿佛不按照规章制度来做就是失败的，纳博科夫将这样的思想评价为“陈词滥调”。就像纳博科夫创造的许多其他

---

① [美]弗拉基米尔·纳博科夫:《王，后，杰克》，黄勇民译，上海译文出版社2015年版，第45页。

角色一样，V 是纳博科夫作品中的一个代号，这个代号下的角色无法突破眼前的时代，固然从我们现在这个时代来看 V，他是一个思想陈旧且顽固不化的人，但是纳博科夫这么写不只是为了批判他，而是为了让读者们更多地感受角色的想法。

在《王，后，杰克》中，玛莎认为生活应该按计划进行，因为生活需要“直率和严格”，她有严重的洁癖，而且对她的丈夫德雷尔也非常挑剔，以至于她拥有弗兰兹之后甚至想要谋杀她的丈夫。这种思维方式是对真实生活的一种否定，没有哪个正常人会因为对生活要求高而想要去杀死自己的丈夫，这种思维方式是不走寻常道路的，但是对于角色而言却又独特而真实。玛莎想要凭借最快捷的手段实现她的目标，这与优柔寡断的弗兰兹形成鲜明对比，弗兰兹的思维太过于分散，使他无法在玛莎的计划里发挥任何作用，他什么都需要玛莎来教他：

> 他集中全部精力注意她，注意那悲哀的乐曲声，那时而高昂、时而低沉、始终伴随着他的乐曲声；在那种声音中，他已经感悟到种种节奏的呼唤、一种强烈的内涵、均匀的间歇和节奏。玛莎要求他做的原来那么简单。一旦他吸收消化了，她就会默默点头，带着专注的微笑长时间看着他，仿佛在追随一个线条已经清晰的影子，追随它的各种动作和成长过程。①

在《王，后，杰克》中，纳博科夫进一步探索了关于多边叙事的主题，

---

① ［美］弗拉基米尔·纳博科夫：《王，后，杰克》，黄勇民译，上海译文出版社 2015 年版，第 31 页。

以作为他更高的思想追求。在这里，他本人讨论了关于多边叙事的主题的基本法则，这是对玛莎这一角色思想的直线延伸，虽然小说当中弗兰兹才是主角，但是他就像是一个空壳，是玛莎在影响着他。弗兰兹是一个没有行动没有执行力的人，但是偏偏富有想象力，纳博科夫用了大量的篇幅描述了弗兰兹的记忆——这也是一种超越形而上学的独特的叙事路线。

在纳博科夫的小说里，不能用常规的基本写作法则来约束他，纳博科夫善于描写那些带着固定思维的人与摇摆不定的人，并将他们进行对比，用他自己的话来说，生命本身就是一种曲折的结构，创作出性格和思维极端的角色对于他来说是一个挑战。纳博科夫喜欢国际象棋谜题，所以他也经常把小说里的故事线设定成像棋盘的规则线一样，然后把每一个角色代入每一个棋子当中，虽然这是虚构的人物和故事，但是纳博科夫喜欢按照现实生活的真实模式来描写它们。

纳博科夫还有一种创作模式体现在《黑暗中的笑声》里：

> “某个男人，”雷克斯说道，他带着玛戈转过拐角，他们坐下来，玛戈记得很清楚——现在回想起来颇有些惊异——当初她、奥托和这两个晒得黝黑的青年时常到乡下去游玩。他们教她游泳，在水下抓住她赤裸的腿。库特前臂上刺着一只铁锚，胸脯刺着一条龙。他们摊开手脚躺在沙滩上，互相投掷又湿又滑的沙团。她刚平躺下来，他们就跑过来拍打她湿漉漉的游泳衣。这伙无忧无虑的年轻人玩得真痛快，到处都是纸屑。满头金发、体格强健的库特在湖边颤着胳膊，装着发抖的模样嚷道：“啊，水是湿的，湿的！”他游泳的时候把嘴沉在水下，发出海豹般的叫声。上岸之后他的第一件事就是把头发梳向脑后，小心地戴上帽子。她记得他们怎样在岸边

打球；她躺下，他们用沙把她埋起来，只把脸露在外面，然后用鹅卵石在沙上摆一个十字架。[①]

玛戈或者雷克斯其实性格方面都不是很健全，他们喜欢玩一些危险或者奇怪的游戏。纳博科夫对于创作有缺失的角色更感兴趣，这种缺失可能是性格上的缺失，或者是童年生活的缺失，或者是心理方面的缺失，等等。此后的一些作品里也经常出现这种创作模式，因此他的一些不太可预测的情节在熟悉他的读者看来还是遵循着所谓“纳博科夫情节”的基本规律。为了重拾曲折叙事，并使叙事看上去既回归现实生活又带着一些不可预测性，创作中必须要有情节的双重反转，而为了让反转看上去更加合理，纳博科夫又在情节当中添加了许多的细节。例如，上文中的雷克斯说到他们玩的游戏，这个游戏的过程其实是在暗示读者后面的剧情发展，读者会顺着这个思路进行猜测，但是小说的结局跟读者想的完全不一样。当读者们回过头来再看这一段的时候，会有一种被作家看穿的感觉。有些作家创作的人物和剧情足够惊悚，但对于纳博科夫而言情节并不够曲折。

《荣耀》的发展主线和结构是挂钩的，它的小说主线开头看来似乎不够明晰，但是随着故事情节的发展，读者们就可以抛弃疑虑酣畅淋漓地体验剧情，而不是一再地去想情节会在什么时候进行反转。这部小说中的结构曲折地传达了一种富有想象力的思维模式，这种思维经常偏离现实世界，进入私人的幻想空间，让读者们从个人角度来看主角马丁究竟是一个怎样的人。

---

① ［美］弗拉基米尔·纳博科夫:《黑暗中的笑声》，龚文庠译，上海译文出版社 2006 年版，第 75 页。

《说吧，记忆》是纳博科夫的自传，纳博科夫在书中充分表达了他的思维模式，希望读者们可以通过他的表述来理解他，然后这种思维模式又被运用到《说吧，记忆》的结构中，进行了一个呼应。在这本书中，我们可以看到一个富有想象力的头脑，能够超越空间和时间在小说里表达他前卫的想法。在书中，纳博科夫描述自己曾经追逐一只蝴蝶，他几乎没有用任何的过渡段，就是这么突兀地写出来了。他认为有句子在中间过渡阻碍了他的写作。

这就是年轻的纳博科夫，他对于创作充满了热情和喜爱，虽然有的作品是迫于生计创作出来的，但是永远能够表达出他对于世界独到的看法和见解。

二、纳博科夫创作中期

纳博科夫对昆虫学的兴趣是激发他文学创作的灵感源泉，这是受到了他在家乡乡间别墅的阁楼里发现的玛丽亚·西比拉·梅里安书籍的启发。在他广阔的收集事业中，他从未学会开车，他依靠他的妻子薇拉带他去可以收集昆虫的森林。20 世纪 40 年代，作为动物学研究员，他负责组织哈佛大学比较动物学博物馆的蝴蝶收藏。他在这方面的工作成果非常具有技术性，尤其是在南美眼灰蝶的发现和命名上，但是这很少为他的文学作品的崇拜者所知晓。纳博科夫属以他的名字命名，以纪念这项工作，还有许多蝴蝶和蛾类物种，例如眼灰蝶属中的许多物种都暗示了纳博科夫或他的小说中的名字。纳博科夫认为文学的乐趣和回报，除了描写在显微镜下发现的一个新器官，或在伊朗和秘鲁的山腰上发现的未被描述过的物种之外，没有任何意义。如果没有俄罗斯的战争和革命，纳博科夫本不会成为一名作家。在俄罗斯，纳博科夫本可以完全致力于流行病学的研究，也就不太可能有时间去写什么小说。古生物学家和散文家史蒂芬·杰伊·古尔德在他的文章中讨论了纳博科夫的鳞翅目研究："没有花哨的科学，没有事实的艺术：弗拉基米尔·纳博科夫的鳞翅目研究。"古尔德指出，纳博科夫偶尔会为科学而坚持不懈。例如，纳博科夫从未认可将遗传学或染色体计数作为区分昆虫种类的有效方法，而更多是用传统方法对鳞翅目动物和对其器官进行微观。现在哈佛自然历史博物馆仍然拥有纳博科夫的"鳞翅目动物器官研究分类"，这位作者在那里储存了他的南美眼灰蝶的研究。纳博科夫是一位严肃的分类学家，他能够完美区分普通人认为的同一个物种，这个方面的工作他做得相当不错，以至于很多这方面的专家都赞不绝口。虽然是一名作家，但是纳博科夫在科学上面也毫不含糊，他通过在显微镜下观察这些物种的标本，每周 7 天，每天 6 小时，直到他的视力永久受损。其收藏的约 4300 个标本被送到了瑞士洛桑动物博物馆。虽然他的工作在一生中没有被鳞翅目专业人士认真对待，但新的基因研究支持了纳博科夫的假设，即一群眼灰蝶属蓝色的蝴蝶物种越过白令海峡来到新大陆，最终到达智利。古尔德指出，纳博科夫的许多粉丝都试图将他的文学价值归功于他的科学论文。相反，其他人则声称他的科学工作丰富了他的文学作品。但这两者是相辅相成的，而不是纳博科夫的任何一方的工作引起或刺激了另一方，古尔德提出这两者都源于纳博科夫对细节的沉思和对对称的热爱。作为业余昆虫学家，除了获得有关蝴蝶的研究成果之外，被读者们喜爱便是他最大的喜悦。在外面，他能够自由地写作；在研究昆虫的时候，他收藏的蝴蝶标本是他写作灵感的来源。这些作品的成就证明他不仅仅是一个作家，而且是一个蝴蝶爱好者、一个国际象棋谜题大师。能够用文字建造出来的世界对纳博科夫来说是理想的世界。

纳博科夫早期的小说和故事是用俄语写的，但当他于 1940 年移民到美国时，他转而用英语写作——英语是俄罗斯贵族的第三种语言，法语则是第二种。在接下来的 20 年里，他一直担任大学教师。1959 年，他的小说《洛丽塔》在全球取得成功，之后他便辞去了大学教师的工作并搬到了瑞士，开始将他早期的作品翻译成英文。此举出于可以理解的一些商业原因，例如，他可以减少创作同时获得更多的收入，可以将他的更多作品推广到全世界。纳博科夫是一个完美主义者，他在这个过程中进一步完善这些早期作品的内容。他曾在某本书的序言中承认不仅要做出“微小的改变”，而且还要无情地推翻小说原文中的许多故事情节，进行重写，甚至是改变故事的走向和结局。很多读者经常反复对比他的作品，想了解前后的区别，想知道他改了哪里，以及为什么改动。

纳博科夫的第一部英语小说《塞巴斯蒂安·奈特的真实生活》是在巴黎匆匆写成的。当时，作者坐在浴室的浴缸里，拎着手提包，里面搭了个凳子作为写字台，开始了他的写作。早期他创作过 9 部俄语小说，署名为弗拉基米尔·西林（V. Sirin），并与读者们分享他在流亡期间的感受。《塞巴斯蒂安·奈特的真实生活》是纳博科夫以他自己的真名创作的第一部小说，于 1941 年由新方向出版社出版，销售非常低迷。《塞巴斯蒂安·奈特的真实生活》中叙述者 V 其实就是纳博科夫那个时候的影射，他的名字“V”和纳博科夫那个时候的笔名一样，他们同样是居无定所之人，同样专注于自己的第一部文学作品的创作——他的同父异母兄弟、出生于俄罗斯的英国小说家塞巴斯蒂安·奈特的传记。在 V 调查塞巴斯蒂安真实生活的过程中，他认识了塞巴斯蒂安在剑桥的同事，并采访了他的朋友和其他熟人。V 还调查塞巴斯蒂安写的书，了解了塞巴斯蒂安前秘书古德曼的想法，古德曼对塞巴斯蒂安的态度让 V 并不满意，尤其是古德曼对塞巴斯蒂安的误解。V 了解到塞巴斯蒂安是一个对于现实生活很冷漠的人，更喜欢独自创作，并和现实生活断绝联系。V 认为这个时候的塞巴斯蒂安其实过得并不好，尤其是与克莱尔·毕晓普分手之后，塞巴斯蒂安的最后几年是和一个俄罗斯女人一起度过的，那个女人让他寝食难安。V 是在酒店里打听到这个消息的。塞巴斯蒂安并没有和那个俄罗斯女人在一起很长时间，他已经很久没有和恋人有过正常而稳定的关系了。之后，塞巴斯蒂安又得了心脏病，花了很长时间才康复，这让他的生活质量越来越差。1929 年 6 月，V 在一位私人侦探的帮助下获得了一份名单，名单上面列出了与塞巴斯蒂安同时入住酒店的四个女人的名字，V 不知道究竟是哪个和塞巴斯蒂安最后有过接触，他就只能去追查名单上的每一个女人，这份名单让他辗转去了多个国家，但几乎一无所获。

小说的最后几章提及了塞巴斯蒂安的最后一部小说《神奇的阿斯福德》，该小说讲述了一个垂死之人的变化。以 V 的叙述视角来看，这不仅揭示了塞巴斯蒂安的生活，而且揭示了 V 自己调查冒险的过程。V 试图展示塞巴斯蒂安的最后几年，包括塞巴斯蒂安的最后一封信——信中要求 V 来巴黎郊外的一家医院探望他。那个时候 V 是从马赛赶来的，他因为工作原因没法及时去找他的兄弟。最后跌跌撞撞的 V 终于来到了医院，他以为自己听到了他的兄弟在一个单独的房间安静的呼吸声，想着他的兄弟可能是睡着了，等走过去却发现这个沉睡的男人不是他的兄弟，而是另一个男人。经过向护士打听得知塞巴斯蒂安已经在前一天晚上去世了。小说以塞巴斯蒂安的生活和最终的结局来形成一个和解，即 V 本人是塞巴斯蒂安·奈特，或者至少是他的化身。

《塞巴斯蒂安·奈特的真实生活》是一部传记小说，在某种程度上是对后现代主义的期待。这虽然只是一个类似于侦探故事的小说，其中的内容是V在寻求一个非常注重隐私和躲避世事的小说家，主题思想非常深刻。塞巴斯蒂安·奈特的信息在现实生活中很难查到，V只能通过塞巴斯蒂安写的小说这一线索来一一挖掘。到第二章结束时，读者已经清楚的是，塞巴斯蒂安的兄弟V试图写一部传记，想让所有人都知道塞巴斯蒂安。这让真正了解塞巴斯蒂安·奈特的过程变得更加复杂，因为纳博科夫写的文本没有具体明确地指明哪些是V写的传记内容，哪些又是他的兄弟塞巴斯蒂安写的小说，各种被调查出来的主观描述层层夹入其中，让读者难以分辨。首先是古德曼，古德曼虽然被塞巴斯蒂安解雇了，但是还能从他这里找到匆匆撰写的手稿，另外还有一些塞巴斯蒂安写的传记。关于塞巴斯蒂安自己的传记，实际上是由他的小说中的内容做支持，既是这部小说里作者所书写的文本内容，又是V对其传记意义的主观解读。这些伎俩延续了纳博科夫早期小说《绝望》中的观念，即第一个人与所有其他人一样，都是虚构的。读者也可以自己扮演侦探，从小说的蛛丝马迹里寻找线索，了解纳博科夫以何种方式用一部小说中的一个从未出场的人物反映自己，这其实也是纳博科夫自己的传记。正如之前所说，纳博科夫也是一名在剑桥接受教育的俄罗斯移民，他与他的兄弟谢尔盖的关系也如同V和塞巴斯蒂安一样，他们是亲人，但始终保持一定的距离。他们被多方麻烦缠绕，所以互相规避对方，以免祸及他人的生活。虽然纳博科夫是这样表达的，他也不建议人们继续探索下去，但是依然有不少读者对他的作品赞不绝口。有的时候文学作品里传达出来的内容，实际上就是现实生活中的内容，甚至能够从中找到像纳博科夫这样的天才的成长轨迹。文学的特点是作者用丰富的语言文字来讲述一个个有趣的故事，作者的存在就是为了让文学作品展现出无懈可击的可读性，让文字所创造出来的独特内容吸引读者们读下去。从纳博科夫来到美国，再到他搬去瑞士直至他去世的这段时间，纳博科夫的生活，他的一切生活上面的变化，他所参与的各项工作，里面有很多问题值得人们去思考。比如，纳博科夫离开了俄罗斯之后就再也没有回去过，那么他是怎么想的呢？他的英语作品是否能够获得更高的成就？如果他一直用俄语来写作，那么他的成就能否更高？纳博科夫和一些作家不一样，他渴望能够得到读者们的热情反馈。纳博科夫的这种独特叙事手法在《塞巴斯蒂安·奈特的真实生活》中也得到了充分体现。这就像是写推理小说，纳博科夫非常喜欢爱伦·坡笔下描写的侦探，在爱伦·坡的小说里，侦探是直接寻找解决方案，和现实生活中侦探的工作方式截然不同。V的行为方式就很违背正常人的行为方式，他更善于去思考和想象，而不是行动起来去找一些塞巴斯蒂安的生活痕迹。塞巴斯蒂安在生前写了五本书，V就从他的小说入手，从小说中描写的一些内容来推断塞巴斯蒂安的生活方式是怎样的，因为V能感觉到塞巴斯蒂安的一些写作手法在某种程度上能够传达塞巴斯蒂安的本质，让他能够更加贴近塞巴斯蒂安的真实生活，弥补之前可能犯下的一些错误。从纳博科夫的视角来看，他创作出来的“传记”既要凸显塞巴斯蒂安这个角色，又要写出现实生活中会出现的必不可少的生活挫折和可能发生的情节反转，让情节显得真实而又虚幻。这是纳博科夫自己创作出来的一种写作手法，他用这种手法在小说里努力传达他在真实生活当中的一些感悟和独特想法。《塞巴斯蒂安·奈特的真实生活》中的V对塞巴斯蒂安的过去充满了迷恋，他沉溺于搜索塞巴斯蒂安的过去，以便重新发现原始的东西——通过他以前的朋友、恋人和熟人来了解真正的塞巴斯蒂安。其实，如果想要了解一个人，通过这个人的自述来了解是最快的途径，但是V选择了更迂回的方式。他通过与其他人交流来获取他的哥哥塞巴斯蒂安的“真实”情况，寻找自己哥哥的真实原型。这和《眼睛》不一样的是，读者们是通过

V 来了解所谓原型的存在。《眼睛》中的叙述者是斯穆罗夫，叙述者的搜索实际上是为了探究他自己的真实生活究竟是什么。《眼睛》里的主人公“我”和斯穆罗夫是两个人，而《塞巴斯蒂安·奈特的真实生活》里 V 和塞巴斯蒂安是两个独立的人格。在小说中，V 和塞巴斯蒂安一起长大，他们很多东西都是相互分享的——他们的父母对他们的感情、他们的玩具、他们的书等。V 自认为他们是“半个”兄弟——他知道塞巴斯蒂安的脑子里想的是什么，而塞巴斯蒂安也知道 V 需要什么。V 通过去塞巴斯蒂安住过的地方探索可能代表了对自己身份的追求，去寻找一个属于自己的原型。但小说里自始至终没有提供一个答案，整本小说读到最后，读者们还是没有办法了解塞巴斯蒂安的原型究竟是什么样的。在结构上，这个想法暗示了 V 和塞巴斯蒂安可以在更高层次上进行融合，比如说思想，V 之所以能够这么顺利地搜寻塞巴斯蒂安，是因为他足够了解他的哥哥。然而，小说里塞巴斯蒂安本人从未真正出现过，这能够算得上找到了“原型”吗？可能结果让读者们失望，但是这是纳博科夫的兴趣之一——让读者的期待落空，甚至作者其实并不想真正揭露塞巴斯蒂安现实当中的生活是什么样的。

让一个角色拥有多种隐藏身份也是纳博科夫很喜欢运用的创作手法。纳博科夫是一个国际象棋谜题大师，也是一个喜欢在文学作品里塞满谜题的人。他通过多种方式将小说人物的身份隐藏起来。虽然只是一篇普通的小说，但是被纳博科夫这样一渲染，似乎变成了一部推理小说。他用各种含糊不清的词汇来迷惑读者，尤其是在描述人物方面。比如在《塞巴斯蒂安·奈特的真实生活》这部小说第一段中，有一位俄罗斯女士希望她的名字不要被透露：

我在巴黎时，一位俄国老夫人偶然给我看了她过去的日记，不知为什么，她请求我不要透露她的姓名。(从表面上看）那些年没发生过什么大事，因此记载日常琐事（这一向是自我维护的不高明方法）无非是简要描述当天的天气；在这方面我惊奇地注意到，国君们的私人日记主要记载的也是同样的题材，无论他们的国家遇到什么样的麻烦。命运总是在无人理睬时才显出其本色，这一次人家主动给我提供了信息，这信息我自己大概一辈子都捕捉不到，即便是事先选定的猎物也捕捉不到。[①]

这些描述人物的单词、名称东拼西凑，有的是完整的描述，但是有的句子没有主语，让人实在无法理解，这就让读者们（或者是V）距离真相始终差着一步距离，知道塞巴斯蒂安·奈特这个名字没有什么帮助，因为名字不代表全部，读者们不能因为名字而了解一个人的生平。有些V找到的塞巴斯蒂安的故事可能是原始版本，但是因为主人公的叙述带着主观观点，其真实来源究竟在哪里也并不清楚。因此，读者们需要看看小说中其他一些探寻方式，比如说从塞巴斯蒂安撰写的书里：

然而，必须承认，从某种意义上讲，塞巴斯蒂安的生活虽然远非乏味，但缺少他的文风所具有的那种巨大的活力。我每次打开他的书，仿佛都能看见我父亲冲进屋子——父亲总是猛地推开门，一

① [美]弗拉基米尔·纳博科夫:《塞巴斯蒂安·奈特的真实生活》，谷启楠译，上海译文出版社2010年版，第1页。

下子就扑向他想要的东西或他所爱的人，这是他特有的作风。[①]

能够将自身真正的才能在现实生活中发挥出来是成功的标志，这是理性与非理性的碰撞。对于纳博科夫而言，诗歌就是如此，他将诗歌定义为通过理性词语让人感知到非理性的奥秘。词语只能传达，但是并不包含这些奥秘。V用光的形象来形容塞巴斯蒂安对他母亲的感觉，就如同在用诗歌形容他，V说塞巴斯蒂安对于他母亲的记忆不太清晰了，但是可以感觉到母亲是塞巴斯蒂安生命中的一道柔和的光。纳博科夫用“柔和的光”描述一个人，看上去虚无缥缈，似乎对于了解一个人毫无帮助，但是纳博科夫特意给塞巴斯蒂安和他的母亲附加这种奇特的描述，而且还是一个附带着详细的日期和有着细节描述的情节，为的就是可以保存足够多的角色信息，让读者全方位地进行了解。无论是主观层面的了解，还是从最原始的层面了解，纳博科夫的小说不只是用文字叙述，而且尽可能提升情节的真实性。V在写传记小说的时候会使用诸如“可能”和“某种方式”这些词语来让读者们感受他的小心翼翼，如果描述得过于直白，就像是把没有做熟的鱼直接拿出来吃一样，鱼腥味会破坏它美好的味道。除了小说当中各种各样的隐喻之外，V还会对塞巴斯蒂安和他身边的人和事物做出各种评论，这种评论可以使读者了解纳博科夫在想些什么——他是一个长期伏案工作的人，在虚拟世界沉溺过久让他有时和现实生活脱节，读者可以通过小说中的角色来窥见纳博科夫是一个怎样的人。纳博科夫留在小说里的这些小线索是他心目中现实生活与艺术欣赏之间的比较，他将塞巴斯蒂安日

① ［美］弗拉基米尔 · 纳博科夫:《塞巴斯蒂安 · 奈特的真实生活》，谷启楠译，上海译文出版社2010年版，第2页。

益增强的自我意识描述为他内心的节奏，塞巴斯蒂安是一个天才，所以他内心的节奏要远比其他人快得多。V 被纳博科夫玩弄于股掌之间，他觉得自己和塞巴斯蒂安关系亲密，就很有资格批评古德曼。他认为古德曼与塞巴斯蒂安是不一样的，他尤其厌烦古德曼的陈词滥调，并觉得古德曼这种作家在当下是“不合时宜”的。“陈词滥调”这个词非常适合古德曼，他老旧的观念让 V 不屑一顾。V 在整本小说中一直在解释他为了传达塞巴斯蒂安的生活所做的全部努力，他剖析塞巴斯蒂安的整个人生，都是为了找到真正的塞巴斯蒂安。V 想要重新还原塞巴斯蒂安的真实生活，他放弃了自己的生活，就是为了要融入塞巴斯蒂安的生活，追逐塞巴斯蒂安生活当中的每一个细节。因为 V 坚信，如果不能感同身受塞巴斯蒂安的生活，就只能获得错误的信息。但是 V 对塞巴斯蒂安节奏的感知——对另一个人现实生活的感觉还是有些不太一样，他们毕竟不是同一个人，所以多少会让读者有一种错位的感觉。V 这种自满又自大的表现使得那些希望了解塞巴斯蒂安真正的生活的读者没有办法感受更多，因为 V 涉入得太多，挤压了塞巴斯蒂安出场的内容，让读者无法感知到塞巴斯蒂安的节奏。文章里塞巴斯蒂安的秘书古德曼的“格格不入”，是因为古德曼先入为主的思想阻止了塞巴斯蒂安的节奏进入他的脑海，古德曼的思想中充满了各种陈词滥调，没有办法成功感受塞巴斯蒂安。所以说 V 也没有办法从古德曼那里获知关于塞巴斯蒂安的信息。从这方面来说，V 是一个绝对理性的人，因为他对塞巴斯蒂安原型的苛刻追求让他完全不允许其他人的想法污染自己在脑海里建立的塞巴斯蒂安的形象。

另外书中还有一个细节，V 似乎对塞巴斯蒂安的生活的某一个片段很是赞赏，他看着塞巴斯蒂安的书架，发现其中一个书架比其他书架更整洁，似乎有一些暗示。V 怀念着塞巴斯蒂安用过的每一样东西：

当我平生第一次去看塞巴斯蒂安在伦敦橡树园公园路三十六号的小公寓时，心里空落落的，有一种把约会推迟得过晚的感觉。三个房间，一个冰凉的壁炉，一片寂静。在生命的最后几年里，他没怎么在那里住，也不是在那里去世的。衣橱里挂着六套西装，大部分是旧的；一刹那间，我得到一种奇怪的印象，仿佛他的身体僵硬地幻化成了好几个，成为一系列有着宽阔肩膀的身影。我曾见过他穿那件褐色上衣；我摸了摸那衣服的袖子，但它是软耷耷的，对这种唤醒记忆的轻柔呼唤没有任何反应。那里还有几双鞋，它们曾走过许多英里的路，现在已走到旅途的尽头。有几件叠好的衬衫，衣领朝上放在那里。这些沉默的物品能告诉我塞巴斯蒂安的什么呢？他的床。床上方象牙白色的墙上挂着一小幅有点裂纹的旧油画（画着泥泞的道路、彩虹、好看的小水洼）。这是他睡醒时第一眼就看到的东西。①

V 对于这些能勾起他回忆的物品赋予了人的一些表情和动作，比如说他觉得这些东西放置久了之后，就会有人的一些想法，在人们看不见的地方做着自己想做的事情，但是当有人转头看它们的时候会瞬间恢复原位，包括那个黑漆漆的大沙发，就像是某个威严的人物一样，抱起了双臂。纳博科夫写的很多东西不是凭空想象出来的，他想要表达现实，书中个人的真实生活的原型其实都是书之外的现实，它们在作者的头脑中存在了很久，最终由作者写成文字。其实，纳博科夫并不相信传记，认为传记是不真实

---

① ［美］弗拉基米尔 · 纳博科夫：《塞巴斯蒂安 · 奈特的真实生活》，谷启楠译，上海译文出版社 2010 年版，第 22 页。

的，通过他人转述的内容可能会有很多重要信息流失。这就如同V的生活一般，《塞巴斯蒂安·奈特的真实生活》中V曾经叙述道：

> 大约二十年后，我专程去了一趟洛桑，寻找一位瑞士老妇人，她曾是塞巴斯蒂安的家庭教师，后来也教过我。她一九一四年离开我们的时候一定有五十来岁了；我们早就和她断了联系，所以一九三六年时我不能肯定她是否还健在，也没有把握能找到她。可我还是找到她了……我发现老师耳朵很聋，头发已灰白，但还像以往那样健谈。她动情地拥抱我之后，便回忆起我童年的小事，可她讲的事要么完全走了样，让我失望，要么是我从来不记得的，让我怀疑是否真有其事。她不知道我妈妈早已辞世，也不知道塞巴斯蒂安三个月前去世了。顺便说一句，她甚至不知道塞巴斯蒂安是个大作家。她虽然泪流满面，情真意切，但似乎因为我又没和她一起哭而恼火。[①]

塞巴斯蒂安对于读者来说是一个遥不可及的角色，读者在V的视角下一直在追寻他，就像是飞蛾扑火一般没有收获，虽然《塞巴斯蒂安·奈特的真实生活》没有给读者一个更好的结局，但是整本书的旅程精彩万分，也足够让读者们心满意足。对于一个人的记忆而言，创新的东西总会让人记忆犹新，因此纳博科夫的创作总是会让人耳目一新，读者们在看完他的作品后总能印象深刻。纳博科夫的审美是从小培养出来的，对于美的感知

---

① ［美］弗拉基米尔·纳博科夫：《塞巴斯蒂安·奈特的真实生活》，谷启楠译，上海译文出版社2010年版，第12页。

很多人都无法企及，却特意创作了V这样一个笨拙的形象——V甚至无法超越他的哥哥塞巴斯蒂安。但正是这样一种对比，反倒可以让大家看到从V的头脑里折射出的原型的影子。

三、纳博科夫创作后期

纳博科夫在1941—1942年居住在马萨诸塞州的韦尔斯利。纳博科夫于1941年成为韦尔斯利学院的工作人员，担任比较文学的常驻讲师。这个专门为他设立的职位为他提供了收入和空闲时间来创造和写作，并有他的专属空间，纳博科夫被誉为“韦尔斯利俄罗斯部的创始人”。1942年9月，纳博科夫搬到了剑桥，在那里他一直住到1948年6月。在美国演讲之后，纳博科夫作为俄语讲师回到韦尔斯利学院学习了整整一年。到了1945年，他正式加入美国籍。他曾在1947—1948年担任韦尔斯利学院的俄语系教师，讲授俄语课程和文学课程。他的课很受欢迎，原因在于他独特的教学风格，以及他对战时俄罗斯所有事物的有趣的记忆，这些记忆让听他课的学生纷至沓来。同时，他是哈佛大学比较动物学博物馆的鳞翅目策展人。在莫里斯主教的鼓励下，纳博科夫于1948年离开韦尔斯利学院，在康奈尔大学教授俄罗斯和欧洲文学，并在那里任教至1959年。纳博科夫在美国西部的蝴蝶收集之旅中——他每年夏天都会做蝴蝶的收集，抽出时间开始写《洛丽塔》。妻子薇拉承担了很多辅助工作：秘书、打字员、编辑、校对员、翻译、经纪人、业务经理、法律顾问、司机、研究助理和助教。薇拉在纳博科夫的一生当中承担了太多重要的工作，所以当纳博科夫试图烧掉未完成的手稿时，薇拉阻止了他，他称她为他所知道的最幽默的女人。1953年6月，纳博科夫和他的家人去了俄勒冈州的阿什兰，在附近的山上漫游寻找蝴蝶的过程当中，他终于完成了《洛丽塔》并开始写小说《普宁》。

纳博科夫于1977年去世前在撰写一本名为《劳拉的原型》的小说，但是由于种种原因，他没能完成这部作品。纳博科夫的妻子薇拉和儿子德米特里受托处理这部手稿，他们本应该按照纳博科夫的要求烧掉这部手稿，但是最终决定将这部手稿全部存放在瑞士银行金库里。这份不完整的手稿大约有125张手写卡——这是纳博科夫的习惯，他喜欢在小卡片上面写作。

因为没有完稿，所以文稿一直没有出版，只有一小部分内容可以向研究纳博科夫的学者展示。直到2008年4月，德米特里终于宣布他将出版这部小说。在这部不完整的小说出版之前，《劳拉的原型》中的部分节选内容被《德国周刊》于2008年8月14日发表。记者玛勒特获得了一些纳博科夫的手写卡片，这在当时对于《德国周刊》而言是第一手资料。虽然内容不多，但的确是很大的收获。记者玛勒特在《德国周刊》的文章里写道，《劳拉的原型》这部小说虽然是零碎的，但是可以展现“原始的纳博科夫”。

2009年7月，《花花公子》杂志获得了《劳拉的原型》5000字内容的发表权，这样比起《德国周刊》，读者们能够更多地窥见纳博科夫未完成作品的样貌。在《劳拉的原型》中，你可以看到一个如记者玛勒特所说的那样“原始的纳博科夫”。纳博科夫从小就是一个可以把所有的联系和感觉变成图像的人，他曾将不同的数字等同于不同的颜色，比如红色等同于数字5，这就是“色彩联觉”，类似的这种感觉联系可以在他的一些作品中找到相关的线索。同样的，纳博科夫的妻子薇拉也有色彩联觉的能力，她的思维也能让色彩与特定的字母相关联。他们的儿子德米特里就遗传了他们的这个能力，并且更胜一筹。对于某些色彩联觉者而言，字母不仅仅与某些颜色相关联，它们本身也是有色彩的。纳博科夫天生的色彩联觉能力经常带给他意想不到的灵感和感悟。在他的作品《庶出的标志》中说，他对

“忠诚”一词的看法就像在阳光下躺着的金色的叉子。在《塞巴斯蒂安·奈特的真实生活》中，纳博科夫提到塞巴斯蒂安和V对于颜色都很敏感，尤其是塞巴斯蒂安，每当他要创作一部新的小说的时候，他都是从生活中的色彩获得灵感，而V在追寻他的哥哥塞巴斯蒂安的过程当中能够敏锐地察觉到塞巴斯蒂安究竟想要表达什么。此外，纳博科夫喜欢在小卡片上面记录自己的很多想法，然后整理在一起，当中提到的许多故事情节可以让人感受到他的联觉。他的许多角色都有一种独特的“感官欲望”，同样也让人想起联觉，这种联觉的特性让他在作品中赋予了角色别样的特点和观感。

纳博科夫在去世前几个月曾说，创作《劳拉的原型》，他需要经历50次小说中灵感的体验——无论是色彩的联觉，还是对于灵感的收集，需要积累到一定程度才能完成这部作品。

最终出版的《劳拉的原型》中许多内容是不连贯的，因为纳博科夫是用许多的小卡片写出来的，德米特里只是整理了出来，并未对其进行修改和完善。但是这恰好符合标题中“原型”的意义。从书中可以看出关于劳拉的相关内容写得并不是那么详尽，但是“原型”这个概念因纳博科夫的其他作品的加持变得更加清晰，比如说《眼睛》中的一段话提到“原型”表达了纳博科夫的想法。“原型”小说里的叙述者传达了各种版本中隐藏的“原始”的想法,《眼睛》中的“我”想要为斯穆罗夫的身份解码，目前已经解码出三个版本的斯穆罗夫，而原始版本仍然未知。这种版本的分类发生在科学分类中，对于喜欢研究昆虫分类的天才作家纳博科夫来说，这是他的强项。就像建立了人为分类体系和双名制命名法的林奈曾经整理的欧洲蝴蝶的常见种类一样，一只蝴蝶被重新分类在一系列亚种之下，成为某个昆虫物种的起源。纳博科夫这本小说的灵感来源于此——尽管原型本身可能很久以前就已经没有了，但是原型确实存在。这就像是《眼睛》中叙述者“我”为了找到真正的斯穆罗夫，只有回顾过去的种种细节。《眼睛》的叙述者肯定与V有关，《眼睛》的叙述者所说的“我对真正的斯穆罗夫的追求”和V表达出来他要追求真实的塞巴斯蒂安其实意义是一样的。直到后来，纳博科夫才认为他是在做类似科学研究一样的事情，像是收集蝴蝶标本一样，那么多的蝴蝶的种类和花纹让他眼花缭乱，但是研究的时间长了，总能从不同的标本版本中发掘到真正的原型究竟是什么，就像《眼睛》的叙述者对图像的敏感让他来追溯斯穆罗夫的真正形象：

> 卡什马林带走的是斯穆罗夫的另一种形象。哪种形象，这有什么区别？因为我并不存在：存在的只不过是反映我的成千上万面镜子。我多认识一个人，像我的幻象数也随之增加。他们在什么地方生活，它们就在什么地方增殖。只有我一个不存在。然而，斯穆罗夫会继续活很久。那哥儿俩，我的那两个学生，会长大变老，而我的这样那样的形象会像个顽强的寄生物一样活在他们心里。然后有一天，记得我的最后一个人将会死去。单凭活着这一事实，我就犯下了罪，在最后一名见证人心里，我的形象，一个逆向胎儿，将会变小，死亡。也许一个关于我的偶然故事，一个我在其中扮演角色的逸闻趣事，将会由他传给儿孙，这样我的名字和鬼魂还将会忽隐忽现一个时期。然后，就会彻底完结。[①]

纳博科夫最后的时光是在瑞士蒙特勒皇宫度过的，回顾那时那种养尊处优的生活，不得不提及他开始写《洛丽塔》的时候。1955年，《洛丽塔》

---

① ［美］弗拉基米尔·纳博科夫：《眼睛》，蒲隆译，上海译文出版社2008年版，第79页。

在巴黎出版，自此纳博科夫开始声名鹊起，一个从俄罗斯来的流浪者，一个小作家，变成了一个知名作家。那个时候，声名鹊起并没有想象中的那么容易，纳博科夫的作品当时被很多家出版社拒绝了，但是他坚信会有那么一家出版社在看了他的作品之后能了解到作品的真正价值。在《洛丽塔》之后又过了很多年，时间证明他是对的，纳博科夫又用同样的办法向出版社推荐了《魔法师》。其实《魔法师》的创作时间非常早，用俄语创作而成，纳博科夫认为这部作品的用词也是非常精致且值得认真推敲的，事实证明确实如此，这本书也如同《洛丽塔》一般获得赞赏。对于这样一个大作家而言，尤其是获得了这样的成就，他当下应该呼朋唤友来庆祝这件事情，但是纳博科夫面对他的作品，褪去了他的傲慢，满是喜悦和骄傲，这一刻值得他自己一个人拥有。

其实很多作家对纳博科夫作品的评价非常刻薄：索尔・贝娄评价他的作品是“可怜的平庸”，艾略特和庞德的评价是“大假货”，托马斯・曼的评价是一个“沉重的会话主义者”，福克纳则是拿它在开玩笑。他们所有人都没有提及纳博科夫在创作这些作品时所凸显的优势——个人鲜明的风格和大量丰富且没有重复的词汇。纳博科夫年轻的时候经常在街道上观察人类，到了老年沟通逐渐变少了，也不经常出门，这让他看起来似乎有点难以接近，到了晚年就更少和人接触了。再加上他的性格非常的古怪，很少有人能和他比较自如地沟通，有些时候他的妻子薇拉都很难应对他的脾气。从他后期创作的小说来看，他的一些想法越来越让人难以理解，但是对于读者们而言，纳博科夫的固执和坏脾气却让他更具魅力。尤其是在老年期间，如果有记者前来采访他，纳博科夫的回答也比以往要更加犀利和固执，尤其是被问到关于其他作家的问题，比如说其他作家对于《洛丽塔》的看法，或者其他作家的一些作品，他的回答基本就是“不知道，我不认识”。

纳博科夫的短篇小说创作非常少，后期因为需要翻译自己大量的作品也不得已创作了一些短篇小说，虽然内容短小精悍，但是依然展现了独到的故事结构和难以预测的故事情节，《旅客》这篇小说就是其中一个典范。虽然《旅客》这部小说内容非常简短，讲述的内容也不复杂，但是足够精彩。该短篇小说讲述了一名作家向一名评论家分享自己在旅途当中发生的故事：一列火车车厢里发生了一桩凶杀案。作家对于当晚发生的一切描述得非常详细，尤其是火车上的一名一直在呜咽哭泣的旅客。那个旅客哭了一路，他很好奇究竟发生了什么。纳博科夫为小说中的作家设立了一个“意外”，让他的旅途上发生了一桩凶杀案，而且作家作为这个故事的叙述者应该不是凶手，只是一个普通旅客，他被警察查完证件之后就离开了，虽然他很好奇警察能在那个哭了一路的旅客身上查到些什么，但是他不得不尽快离开。后续不可预测的情节就只能通过作家自己去想象了。这位作家向评论家感叹，“生活”不符合短篇小说的“框架”，如果这是一篇小说的话，作家会把那个哭泣的旅客变成犯人。纳博科夫对于“框架”的理解再次反映了他自己标准的行文结构：他对真实生活很感兴趣，不想整部小说的内容都是虚构的，他想要虚构和现实并存。

《旅客》这部短篇小说虽然篇幅很短，但是依然在故事情节里出现了多重反转。在小说中，听完作家的话，评论家提出了一种可能发生的反转——假如一个人在写一个侦探小说，真相大白时笔下的犯人肯定不是那个谁也不曾怀疑的人，而是从一开始就被怀疑的人，这样就会把有经验的读者愚弄一番，因为有经验的读者习惯于犯人到头来不是摆在明处被怀疑的那一个。评论家还认为生活中有许多偶然之事，也有许多奇特之事，但是作家是拥有特权的，因为词语本身具有非常大的权利，如果运用得好，就可以增加故事的可信度，那就很有可能创作出一篇非常圆满的小说来。

评论家对作家指出，想要创作出不可预测的故事情节，必须提前了解一件事，那就是双重反转是可能被读者们预测的，尤其是阅读量大且对推理小说经验丰富的读者，如果不想被提前预测，可以尝试只创作单一剧情。如果依赖反转剧情来创作小说，只会产出质量低下的作品。

以上《旅客》这篇短篇小说里作家和评论家探讨的悬疑故事都是虚构的，它只需要符合逻辑，但是纳博科夫所创造出来的谜题必须具有比情节更高的结构水平。为纳博科夫写过传记的博伊德提出，在纳博科夫的第五部小说《荣耀》中，纳博科夫想要把谜题融入小说的结构中，让故事里处处充满谜题。这部早期作品让纳博科夫感受到了创作的乐趣，同时也奠定了纳博科夫之后的风格，以及对细节的完美刻画。虽然前期的生活很艰难，但是纳博科夫始终保持着一种积极向上的精神，这也是他独有的，在艰难环境中仍能追求个人快乐的天才想法。

第二章　行为主义视域下的纳博科夫文学作品

一、中西方纳博科夫作品研究背景介绍

纳博科夫的作品以其复杂的情节、聪明的文字游戏、大胆的隐喻和散文风格而著称，既有戏仿性又有强烈的抒情性，以语言趣味作为主要特征。1964年，纳博科夫翻译和评论的亚历山大·普希金的小说《叶甫盖尼·奥涅金》出版，这使他获得了文学评论家的地位。纳博科夫在康奈尔大学举办的文学讲座中，表达了他对艺术的争议性观点，他坚信小说不应该以教学为目标，读者不应该只是对人物的经历和成长抱有同理心，而应该获得更高的审美享受，部分注意力要集中在作品风格和结构中。纳博科夫的绝大多数作品都更注重架构作品的结构，故事内容梗概在现在看来可能也比较老套，但是在繁复架构和诗一般的语言的衬托之下，却能够令老故事散发出新的光彩。

（一）西方纳博科夫作品研究概述

从西方对纳博科夫作品的研究来看，《洛丽塔》的出版是纳博科夫作品

在美国传播的一个转折点，因为在此之前纳博科夫的俄文作品还没有被翻译成英文，其研究分为以下几个主要阶段。

第一，《洛丽塔》出版之后，纳博科夫开始逐渐被更多人知晓，并且研究他作品的相关著作也越来越多。1980 年，哈佛大学出版社出版了研究纳博科夫作品的第一部著作——艾伦·皮弗（Ellen Pifer）的《纳博科夫及其小说》（*Nabokov and the Novel*）。艾伦认为比起描写人类与生活，纳博科夫本人是一个对文字游戏更感兴趣的作家，纳博科夫通过小说细节来探索和论证人类心理学和道德真理。艾伦的这部著作在当时对纳博科夫的小说及其对小说的贡献做了全新的评价。1987 年，斯蒂芬·简·帕克（Stephen Jan Parker）的《了解纳博科夫》（*Understanding Vladimir Nabokov*）出版。这部著作是一本了解当代美国文学作品的指导书，传达了纳博科夫想要表达的内容和主题、作品的表达方式、作品中使用的材料和语言及作品结构等。1989 年，康奈尔大学出版的利昂娜·托克尔（Leona Toker）的《纳博科夫的文学结构的奥秘》（*Nabokov：The Mystery of Literary Structures*）和保罗·J. 蒂博（Paul J. Thibault）的《具有实践性的社会符号学——文本、社会意义的产生以及纳博科夫的爱达》（*Social Semiotics As Praxis: Text, Social Meaning Making, and Nabokov's Ada*）对纳博科夫小说的文学结构进行了分析。在纳博科夫的作品中，人的构成要求与美学结构相协调，写作技巧与内容之间的张力是关键。

第二，2000 年以后，对纳博科夫的研究更多的是他的生平和意识形态。例如，新西兰奥克兰大学英语教授布莱恩·博伊德致力于研究纳博科夫的生平，曾出版过《弗拉基米尔·纳博科夫：俄罗斯岁月》（*Vladimir Nabokov: The Russian Years*）、《弗拉基米尔·纳博科夫：美国岁月》（*Vladimir Nabokov: The American Years*）及《纳博科夫的〈微暗的火〉：发现艺术的魔力》(*Nabokov's Pale Fire: The Magic of Artistic Discovery*),除此以外还有大卫·拉莫尔(David Larmour)的《纳博科夫散文中的话语与意识形态》(*Discourse and Ideology in Nabokov's Prose*)、迈克尔·格林(Michael Glynn)的《弗拉基米尔·纳博科夫:柏格森和俄罗斯形式主义对他小说的影响》(*Vladimir Nabokov: Bergsonian and Russian Formalist Influences in His Novels*)。

第三,21世纪之后,关于纳博科夫作品和他本人自传及其伪自传的心理学研究逐渐兴盛起来。布莱恩·博伊德曾在《美国学者》期刊上发表过研究纳博科夫心理的相关论文。由国际弗拉基米尔·纳博科夫协会赞助的评论期刊《纳博科夫的研究》中则可以找到更多相关论文,例如,弗朗西斯·佩尔茨·阿萨(Frances Peltz Assa)的《纳博科夫:一个心理学家》(*Nabokov the Psychologist*)里就曾从同理心、心理健康和心理创伤、群体心理学等方面来探讨纳博科夫的作品。斯蒂芬·H.布莱克威尔(Stephen H. Blackwell)则在他的著作《羽毛笔和手术刀:纳博科夫的艺术和科学世界》(*The Quill and the Scalpel: Nabokov's Art and the Worlds of Science*)中的第四章"反心理学"中提到了功能主义、格式塔心理学、行为主义等20世纪比较流行的心理学研究,以及它们对纳博科夫及其作品的影响。

(二)国内纳博科夫作品研究概述

我国对纳博科夫的研究虽然从20世纪80年代就开始了,但是内容不多。和西方的研究一样,我国对纳博科夫的研究也是从《洛丽塔》开始的,比如于晓丹在《外国文学》上发表的《〈洛丽塔〉:你说是什么就是什么》,高尚在《外国文学评论》上发表的《一幢造在高处的多窗的房间——纳博科夫及其〈洛丽塔〉》,等等。

步入 21 世纪之后，我国对纳博科夫的研究开始逐渐广泛起来，有从母题、戏仿方面进行研究的，有从多元文化、人性之谜方面进行研究的，还有从时间观、后现代性、现代主义和后现代主义方面进行研究的，如柏彬的《论纳博科夫和戏拟》、袁洪庚的《“寻觅”母题的无限延伸——对〈塞巴斯蒂安·耐特真实的一生〉的一种解读》、肖谊的《纳博科夫多元文化接受的体现——〈洛丽塔〉的戏仿与人物塑造》、王卫东的《论纳博科夫的时间观》等。

2010 年以后，我国关于纳博科夫作品的心理学研究开始逐渐变多，例如倪霞的《论〈洛丽塔〉对弗洛伊德精神分析学的反讽》通过对文本的细读来探索作品的魅力，论述纳博科夫对弗洛伊德的嘲讽；那洋的《透过〈洛丽塔〉看纳博科夫的反弗洛伊德倾向》可以算是以小见大，通过《洛丽塔》对纳博科夫的反弗洛伊德思想进行分析；熊哲宏的《“诙谐模仿”：纳博科夫对弗洛伊德精神分析学的批判》也论述了纳博科夫对弗洛伊德的批判。

以上便是国内外目前对纳博科夫及其作品的相关研究成果，从中我们可以发现，从纯粹的心理学角度来研究纳博科夫还是非常少的。纳博科夫曾在阿尔弗雷德·阿佩尔的访谈中提到过，他认为所有小说家都有资格成为心理学家。但是，纳博科夫不赞同以研究精神分析法为主的心理学，而行为主义这样能够在自然科学中占有一席之地的新心理学流派将会从研究文本细节、人物心理、作家心理、情绪等方面开辟出一条新的道路。

（三）纳博科夫作品中的心理学表现

纳博科夫的作品及其本人对于精神分析、意识、自我和心灵的本质表达出了一种极其明显的蔑视。从纳博科夫的作品如《王，后，杰克》《黑暗中的笑声》《魔法师》等就可以看出来他对角色的精神描写很少，这充分体现了纳博科夫反心理学的态度。他拒绝了那个时代对于人性、人格、病理学和心理疾病研究的主导方法，他对于这些方法的蔑视转变成了一种表现为行为主义的方式，他通过固有情绪、动作、回忆、习惯等方面来直白地表现角色。例如《王，后，杰克》里的玛莎对于丈夫德雷尔的厌恶之情溢于言表，甚至不加遮掩，而德雷尔却毫无察觉，甚至将妻子的情人弗兰兹视如己出；《塞巴斯蒂安·奈特的真实生活》更像是纳博科夫的“自传”，在这种以一人为主角串联整部故事的小说里，纳博科夫写了大量关于原生家庭的内容，他非常喜欢原生家庭，这种喜欢也映射到了V的身上；在《黑暗中的笑声》中，纳博科夫描写一个角色，不从侧面描写，而是长驱直入直接展现对方的家庭、生活环境、童年，还有角色的各类小习惯和小情绪。纳博科夫善于从细节入手，并且在之后的作品中不断进行改进，在这几部作品的铺垫之后，最终完成了《洛丽塔》。在《洛丽塔》这部作品里，他对细节内容的展现更加淋漓尽致，这些内容也能让读者了解纳博科夫的某一个侧面。

虽然纳博科夫在《独抒己见》《纳博科夫访谈》等访谈录里屡次提到洛丽塔这个形象是无意间创作出来的，没有前期影射，后期也没有相似内容，但是细读纳博科夫的作品之后还是可以看出他对这种伦理问题或者是具有不对等身份的角色间的互动颇有兴趣。《王，后，杰克》里女主角玛莎的情人是她的侄子；《黑暗中的笑声》曾数次暗示欧比纳斯的情人玛戈更像是他的女儿；《魔法师》则根本就是《洛丽塔》的前奏曲。

纳博科夫后期的作品《看，那些小丑！》里，几乎集中了以上全部纳博科夫所偏爱的元素：作品本身也是“半自传”；主角瓦季姆的第一位妻子艾丽丝有着《洛丽塔》中的主角亨伯特的初恋安娜贝尔的影子；瓦季姆对于女儿伊萨贝尔的依恋超过了自己后来续娶的妻子，还以第一人称的口吻对于这种依恋做解释，欲盖弥彰。

纳博科夫对于死亡和疾病这方面的元素似乎分外迷恋，以上提到的作品里的角色几乎都逃不了病死、被杀死的命运，死亡设定有些是因果轮回，有些非常神秘，还有一些则非常极端。

纳博科夫塑造的这些角色的身份各不相同，有艺术家、天才、梦想家、恋童癖者、精神病患者、自杀者、古怪的教授，还有一些是相对平庸的人。虽然角色的身份各不相同，但是纳博科夫给每个角色的背后都塑造了一个完整的世界，每个角色都包含着万亿之谜，他们的心理和情绪千变万化，让读者们难以揣测。纳博科夫的作品要求我们更加广泛地来理解心理学的概念，角色的心理活动会随着剧情的发展而波动，心中所想会直接体现在行为当中。从某一方面来说，这种心理学是一种思维科学，也被纳博科夫用到了自然科学方法的领域：他在蝴蝶形态学的研究中体悟出，人类个体思维的展现表明了个体是独特的、不可复制的、不可推广的。

纳博科夫对弗洛伊德的谴责早已有之，比较有名的记录便是他在康奈尔大学教室里激烈地批判弗洛伊德学说。他的作品里，从处女作《玛丽》到《洛丽塔》再到《爱达或爱欲》，每一本都充斥着对弗洛伊德的嘲讽。在《洛丽塔》里，纳博科夫借亨伯特之口说出：“那是一个背井离乡（而且的确精神错乱）的名人，以有本事让病人相信他们目睹了自己的观念而著称于世……我这个儿童治疗专家机械刻板地重复新弗洛伊德主义的杂乱无章的观点，并且设想出一个处于少女‘性潜伏’期的爱好幻想和夸张的多莉……我们必须记住，手枪是弗洛伊德学说中原始父亲中枢神经系统的前肢的象征。”[①]《微暗的火》里写道：“为了满足那内部不牢靠的愿望，弗洛伊德学派朝那座坟墓进军。”[②] 在个人回忆录《说吧，记忆》里则直白地说出了他反对弗洛伊德：“我翻遍旧梦，寻找钥匙和线索——让我马上说清楚，我完全拒绝弗洛伊德那庸俗、低劣、基本上是中世纪的世界，连同那对性象征的异想天开的探索（有点像在莎士比亚的作品中寻找培根式的离合诗），以及充满怨恨的小小的胚胎从他们天然的隐蔽深处对他们双亲性生活的窥探。”[③] 纳博科夫认为弗洛伊德的这种主流的心理分析学说根本就是折磨人，而且十分愚蠢，愚蠢到令人生厌。

我国关于纳博科夫之于弗洛伊德和精神分析学说的研究并不多，这些研究一般分为三个方面：一个是用精神分析学说来分析纳博科夫的作品，如侯双霞的《论〈洛丽塔〉与弗洛伊德的精神分析学说的呼应》；另一个方面是分析纳博科夫厌恶主流精神分析学说的原因和其对文学创作的影响，如张鹤的《纳博科夫 VS 弗洛伊德》、熊哲宏的《“诙谐模仿”：纳博科夫对弗洛伊德精神分析学的批判》；还有一个方面的研究推翻了以往纳博科夫的作品避开弗洛伊德学派的思想，反证弗洛伊德学说对纳博科夫的作品是有影响的，如那洋的《透过〈洛丽塔〉看纳博科夫的反弗洛伊德倾向》，给我国纳博科夫相关研究带来了一股清流。

为什么纳博科夫对弗洛伊德有如此强烈的敌意呢？纳博科夫认为精神分析可能会将大众的艺术推入一个危险的境地，一个小说家本来可以自由

---

① ［美］弗拉基米尔 · 纳博科夫:《洛丽塔》，主万译，上海译文出版社 2005 年版，第 54 页。

② ［美］弗拉基米尔 · 纳博科夫:《微暗的火》，梅绍武译，上海译文出版社 2008 年版，第 28 页。

③ ［美］弗拉基米尔 · 纳博科夫:《说吧，记忆》，王家湘译，上海译文出版社 2009 年版，第 1 页。

地进行艺术创作，但是不断有人将他的作品中角色的心理强加在精神分析之上。当时很多艺术家一直不太愿意接受精神分析，他们认为精神分析会产生一些消极的影响，会误导人的思想。精神分析法让艺术活动缺少了创造性，创作者对人物无意识的驱动和深层次的探讨将不复存在。纳博科夫担心他无法控制手里的作品，精神分析法可能会对他的作品产生不可逆的负面影响。正如我们所看到的那样，纳博科夫非常不喜欢用某种理论或者原理（比如精神分析法）来诠释艺术作品，因为他认为这会神话化作品，刻意抬高了作品的价值。弗洛伊德认为精神分析可以诉诸普遍性，但是纳博科夫讨厌精神分析法，这是两人的思想差异。对于弗洛伊德来说，精神分析法能够揭开人类心灵神秘的面纱，能够看到人类驱动力和欲望的扩展。

纳博科夫对精神分析充满敌意还有其他原因。像许多其他艺术家一样，他时常将童年与创作联系起来，纳博科夫对于青年时期创作出来的伊甸园非常珍惜，并且在作品中对它们进行详细描述，无论角色的原生家庭和环境是怎样的——这是角色成长的一部分，弗洛伊德学派的思想却打破了纳博科夫的想法。尤其是角色是孩子的时候，非常容易被划分到某个特定的概念下，这让角色在这类分析下显得如同纸片一般，不再饱满。纳博科夫认为，弗洛伊德的精神分析法会让很多作品或想法打上“性变态”的符号，会给很多读者造成误导，而且会让作品的细节失去光彩，也否定了角色丰富的生活和其他剧情发展的可能性。纳博科夫认为从弗洛伊德的角度理解艺术家的思想只会让精心创作的细节成为牺牲品。例如，弗洛伊德在其著作《莱昂那多·达·芬奇与他童年的记忆》中对达·芬奇的分析是基于一只鸟——秃鹫，并且直言达·芬奇的成就和不幸都来源于童年时期关于秃鹫的幻想。后来，这个分析经后人研究证明漏洞百出，但是由于弗洛伊德的这个分析过于有名，对其的反驳反倒没有人知道了，这导致很多人对达·芬奇的印象产生了偏差。纳博科夫始终教导他的学生，对每一个艺术作品的每一个细节要永远保有充沛的热情。

纳博科夫认为他创作出来的作品是高级的艺术和纯粹的科学，并且认为细节就是一切，艺术的精髓在于作品的细节。纳博科夫鼓励研究这些细节，这种研究对于艺术本身及其创作者而言是非常宝贵的，将令研究者更加具有动力和热情。所以在研究作品细节方面，通过行为主义这种跨科学研究工具能够更为巨细无遗地解剖纳博科夫的作品，让它们在不同的研究视角下散发不同的光彩。

二、纳博科夫作品中的行为主义心理研究

（一）《塞巴斯蒂安·奈特的真实生活》中的行为主义心理学研究

《塞巴斯蒂安·奈特的真实生活》是纳博科夫以他自己的名义创作的第一部英文小说，销量很少。虽然很不理想，但是纳博科夫依然在这本书中对自己职业生涯做出了一定的预判：与小说中塞巴斯蒂安的第一部小说一样，这本书在初次发行时广受抨击。纳博科夫的身份几乎就是塞巴斯蒂安和V的复刻。纳博科夫是一个受到俄罗斯和英国文化影响后成长起来的作家。他很喜欢和他的读者们交流，但是没有预料到自己的作品会被这么多人接受。他的作品里尖锐的评判、压抑的描写都有些晦涩难懂，但是依然被很多人喜欢。

在创作这部小说时，纳博科夫住在巴黎。有人说这本书是坐在马桶上写的，马桶上的一块木板构成了纳博科夫的写字台。这本书的出版过程很曲折，好不容易找到了新方向出版公司来出版，出版后的销量也远没有预期的好。《纽约时报》的评论家还对这部小说和纳博科夫进行了严厉的批

评，对这本书的发行产生了一定的负面影响。直到《洛丽塔》出版后，《塞巴斯蒂安·奈特的真实生活》才受到广泛赞誉，很多读者和评论家才开始重新审视这本书。小说里的我以“V”这个名字出现，V 为同父异母兄弟——在俄罗斯出生的英国小说家塞巴斯蒂安·奈特创作了一部自传，这是为了去反驳古德曼诋毁塞巴斯蒂安名誉所创作的传记。除此之外，V 在寻找塞巴斯蒂安人生印迹的旅途中还获得了一些对流亡人生和适应问题生活的体会。

1. 小说中角色行为的刺激反应

行为主义的创始人华生宣称，心理学应把人的行为当作研究的对象。华生认为，行为就是有机体用来适应环境的反应系统。它的构成单位是反射，而反射就是刺激 (stimulus) 与反应 (response) 的联结。刺激指的是外部环境和身体内部组织所起的任何变化。反应就是随着某种刺激而引起的肌肉和腺体的变化。根据这样的定义，华生把心理学简化为研究 S–R 的科学，任何复杂的行为，都是刺激与反应的关系，心理学就是研究刺激与反应之间的因果关系。于是，心理学终于被纳入了自然科学的行列。既然行为主义心理学认为人的行为就是刺激与反应的联结，那么，研究行为的方法就在于寻找刺激与反应之间的关系。只要发现某一种刺激能引起某一种反应，或发现某一种反应是由某一种刺激引起的，就能找到一种刺激与一种反应之间的特定的因果关系。在华生看来，行为心理学是一门纯生物或者纯生理的学科。对于如何能够研究人类的行为，他花费了大量的精力，首当其冲的就是关于刺激的反应，这也是人类行为中最为直白的反应。行为心理学认为，生理的刺激和反应是相辅相成的，一个举动势必引起一个反应，这种反应可能会发生在自己的身上，也有可能发生在别人的身上，尤其是身心没有发育完全的孩子身上，幼年时期的记忆是非常深刻的。父母的行为会对孩子的成长造成非常大的影响，不仅仅反映在日常的学习上，还反映在技能的获得上。父亲不断外遇这一特定内容反复出现在塞巴斯蒂安的记忆里，母亲的去世、父亲的再婚、寄人篱下的经历让他成了一个敏感而又安静的人，导致他成年之后讲起他的母语俄语的时候变得小心翼翼。因此，这位年轻的作家在行文上也显得非常神经质。塞巴斯蒂安是那种非常罕见的作家，“这类作家知道，除了完美成就——印刷的书以外，什么都不应该留下”①。

V专注于塞巴斯蒂安的作品，他认为塞巴斯蒂安的小说在某种程度上是对二流思想、作家和风格的嘲弄，这些小说也对人性进行了深刻的审视。比起塞巴斯蒂安的第一本书，V其实对他写的第二本书更感兴趣，认为这本书更接近塞巴斯蒂安想要创作的主题。塞巴斯蒂安对于细节要求非常苛刻，所以在第二本小说当中，他细致塑造了每一个角色。小说中讲述了一个男人和一个女人相遇的故事。塞巴斯蒂安详细介绍了这对男女的每一个细节，讲述了他们过去差点相遇的几个时间段，虽然他们还没有正式见面，但是其中的浪漫氛围已经在塞巴斯蒂安的笔下徐徐展开。当然，他们一旦和对方相遇，就会从此幸福地生活在一起，这种浪漫也就终止了。V将此描述为塞巴斯蒂安最受欢迎的作品，并强调这部小说的魅力与优雅难以用语言来描述。V面对塞巴斯蒂安的才华其实是很沮丧的，因为他认为自己不如塞巴斯蒂安，塞巴斯蒂安的优秀表现刺激到了他，这让他不能够客观地看待塞巴斯蒂安的作品。然而，V确信他已经尽力了。V认为其实塞巴斯蒂安正在以某种方式帮助他，例如，他在旅游时遇见了诗人谢尔顿——

---

① ［美］弗拉基米尔·纳博科夫：《塞巴斯蒂安·奈特的真实生活》，谷启楠译，上海译文出版社2010年版，第21页。

曾经好心地帮助过塞巴斯蒂安，向塞巴斯蒂安提供了许多信息帮助他进行文学研究。但是塞巴斯蒂安被谢尔顿的一系列举动刺激到了，他开始无法控制他的情绪和行为，变得更加阴晴不定，并时常把他的挫败感发泄到克莱尔和他的其他朋友身上。在那个时期，塞巴斯蒂安完成了三部短篇小说，虽然他一如既往地爱着克莱尔，但有的时候也故意把她抛在脑后，克莱尔则不知道拿塞巴斯蒂安该怎么办才好。塞巴斯蒂安的过激行为其实是很不正常的，但是V花了大量的篇幅去写塞巴斯蒂安的私人生活是多么的糟糕，希望塞巴斯蒂安的传记里出现这些情节。从塞巴斯蒂安对克莱尔的刺激，到克莱尔忍无可忍的反馈，最后再到他们分手，这一系列刺激反应都是塞巴斯蒂安糟糕的童年生活带来的影响。V认为塞巴斯蒂安和克莱尔之间的两性关系并不像许多人说的那样是个大问题，更多的可能是因为国家、环境等原因的刺激，塞巴斯蒂安还曾将这些原因写进了自己的小说里。V为了印证他的观点是正确的，则用塞巴斯蒂安作品中的段落来支持自己的观点。

在医生的建议下，塞巴斯蒂安启程前往阿尔萨斯的布劳博格，接受心脏病的治疗。他在要离开的那个下午，与克莱尔和谢尔顿一起喝了一次下午茶，聊了一下他今后的打算。虽然克莱尔自发地决定与他一起去阿尔萨斯，但是塞巴斯蒂安拒绝了她的陪同。此后，塞巴斯蒂安除了对外传递一些简讯外，一直与外界隔绝，直到克莱尔发来电报，促使塞巴斯蒂安尽快提前返回。在巴黎的时候，V和塞巴斯蒂安曾一起吃过一次饭，塞巴斯蒂安其实那个时候状态已经很糟糕了，V也注意到了这个情况。V问塞巴斯蒂安关于克莱尔的情况，塞巴斯蒂安说他们目前的关系“有点像夫妻”。这个时候塞巴斯蒂安的情绪和行为是很不正常的。在V的回忆中，塞巴斯蒂安在他们吃饭的中途打了一个电话，然后告诉V他需要赴约，之后就开车离开了，而V甚至没有问塞巴斯蒂安发生了什么事。V虽然在传记里提到了这部分回忆，但是很快他又将笔锋带回谢尔顿的记忆中。在谢尔顿的回忆里，克莱尔在这段时间里也过得不是太好，她把塞巴斯蒂安当成了疯子，因为那段时间塞巴斯蒂安几乎不会和她说话。直到后来克莱尔才得知，那时候塞巴斯蒂安在和一个俄罗斯女人通信。六个星期后，塞巴斯蒂安离开了英国，一去就是几个月，克莱尔则在搬家后在一家保险公司找到了工作。几个月后，她和海伦又开始见面，但他们没有讨论塞巴斯蒂安。五年后，克莱尔结婚了，并且怀有一个孩子。这段时间里塞巴斯蒂安绝口不提克莱尔，而在塞巴斯蒂安的下一部小说中，有一则故事和飞机失事有关：一些信从飞机上掉了下来，其中有一封是情书，不知何故被装进了一个商业公司的信封里，在信中，一个男人向他所爱的女人告别，承认那是因为另一个女人，并试图告诉这个所爱的女人，他的感受和事情发生的原因。V认为，这封信中所说的部分内容就是塞巴斯蒂安想要对克莱尔说的，甚至可能就是塞巴斯蒂安写给克莱尔的一封信。在塞巴斯蒂安的一生中，克莱尔其实是唯一一个试图希望他能够从童年父母不和的刺激里走出来的人，但是塞巴斯蒂安对克莱尔的帮助无动于衷。他宁愿去和一个陌生的俄罗斯女人聊天，也不愿意和克莱尔沟通，但是把对克莱尔最真实的感情拿出来去虚构了一个完整的小说。依照塞巴斯蒂安的性格来说似乎不太可能，但是事实如此。塞巴斯蒂安回到伦敦的时候，他已经因患上严重的心脏病而躺在了床上，但是他依然设法完成了新作。

行为主义者认为，某些刺激并不会获得明显的反馈，但是在一些刺激呈现不同的组合状态的时候，也会改变刺激发挥作用的强度和时间。塞巴斯蒂安是一个喜欢独居的人，没有办法和人长时间亲密接触，所以即便他很喜欢克莱尔，也不得不最终离开她。因为身体欠佳，塞巴斯蒂安的痛苦开始加剧，但是他还要进行创作。所以在这个时候，古德曼进入了他的生活。这就是外界刺激变化所产生的结果。塞巴斯蒂安之前在休假的时候，虽然身体不适，但是依然不让任何人照顾自己，生病之后就不得不因为身体疼痛难忍而改变当下的生活状态，他愈痛苦，就愈发需要有一个人前来帮助他。慢慢地，古德曼获得了对塞巴斯蒂安所有事务的控制权，也改变了塞巴斯蒂安的生活状态。据古德曼说，那时的塞巴斯蒂安萎靡不振，对所有事情都提不起兴趣。古德曼曾严厉批评过塞巴斯蒂安当时的状态，因为塞巴斯蒂安拒绝接受自己在现实世界中的样子。尽管古德曼一直在恳求塞巴斯蒂安回归正常，但是塞巴斯蒂安开始写作的时候，展现出来的始终是非常冷漠的态度。但是V不相信古德曼的话，他觉得古德曼对塞巴斯蒂安的态度非常可笑。

V在真正展开对塞巴斯蒂安的真实生活探究之前，只对塞巴斯蒂安写的前几部作品进行了赞美。V对塞巴斯蒂安创作的小说分析得并不是很好，他想要把小说的相关分析和传记的内容融在一起，但是他毕竟没有塞巴斯蒂安写作方面的才能，所以最后只能尝试解读部分塞巴斯蒂安小说里的内容。总的来说，V梳理的传记的故事线奠定了《塞巴斯蒂安·奈特的真实生活》这部小说前面部分风格转变的基础，连带着塞巴斯蒂安的身份也进行了转变——从一个普通人转变成了一个作家。V与塞巴斯蒂安不完全是兄弟关系，也有一部分读者与作者的关系，或者更进一步说是评论家和作者的关系。塞巴斯蒂安以一种非常强大、真实的方式——通过他的小说——来表现他的生活。因此，《塞巴斯蒂安·奈特的真实生活》这部小说的名字恰好就是塞巴斯蒂安的小说内容。

塞巴斯蒂安写的小说内容表达的主题思想其实很多都是纳博科夫的思想，这是纳博科夫在现实生活中受到刺激的一种反应。书中塞巴斯蒂安的表现都是通过V来描述的，塞巴斯蒂安究竟是一个怎样的小说家就只能见仁见智了，毕竟很多都是V的主观看法。这部作品是对侦探类型小说的一种模仿，是对交织的命运谨慎的探索，这种方法非常新颖，但是并不是所有读者都能接受。小说中掺杂着很多人的想法，这些想法组合在一起成了塞巴斯蒂安的传记。事实上，V对于塞巴斯蒂安的作品的理解非常偏激，这是因为他曾经遭受过塞巴斯蒂安才华的刺激。V多次重申说自己不能公正地对待塞巴斯蒂安的作品的美，对于V来说这是一件非常有意义的事情，但是对于其他人来说这种反复重申和肆意地去夸大一部作品的美太过夸张。V喜欢去写这些东西，并且乐此不疲。他引用了一些塞巴斯蒂安小说的内容，节选内容充满了荒谬和戏剧性的情节。可能对于读者来说，塞巴斯蒂安就是一个平庸的小说家，但是V是一个疯狂的粉丝，他大肆宣传着塞巴斯蒂安的作品多么精妙、多么有趣。对于读者来说，有趣的其实不是塞巴斯蒂安，而是V，因为V的行动理由非常有趣：V追随在一个人身后，寻找这个人生平的蛛丝马迹，热爱这个人，但是又很嫉妒这个人。

后来V提到了塞巴斯蒂安的身体状况，塞巴斯蒂安生病其实是他的一个命运转折点，在这之后，他与克莱尔的关系开始恶化，他后来的小说主题变得更加消极。同时，塞巴斯蒂安与那个神秘的俄罗斯女人的关系也和他的健康问题相关，这两者相互作用和相互刺激，生活再次与艺术发生冲突。塞巴斯蒂安其实是不喜欢将艺术与生活关联起来的，他痛恨现实，但是现实是他即将死亡，他又不得不去面对，这导致他的创作也开始变得与死亡相关，糟糕的健康状况似乎改变了塞巴斯蒂安对世界的整个态度。克莱尔强调阳光、幸福、成功，随着塞巴斯蒂安的名气越来越大，克莱尔认为塞巴斯蒂安应该享受自己的生活；但后来随着塞巴斯蒂安的健康状况恶化，克莱尔的状态也逐渐变得不好。身体的病痛也使塞巴斯蒂安沉浸在各种虚构的痛苦中，这种痛苦和现实的痛苦交织在一起让他没有办法正常处理日常的事务。

另外，还值得仔细研究的是小说和后期的一些新角色之间的刺激—反应的关系。在行为主义视域下，个体和个体之间是通过某些刺激联系到一起的。对于 V 来说，对塞巴斯蒂安的朋友的一次次探访刺激他不断推进传记的创作，引导了故事情节的走向，这部小说也算是半部侦探小说。V 在见到海伦的第一眼就知道她和这件事情其实没有什么关系，但是海伦恰巧又知道一些关于塞巴斯蒂安的信息，这让她把 V 引向了塞巴斯蒂安的初恋情人娜塔莎·罗萨诺夫。娜塔莎和她的哥哥又向 V 提供了一些塞巴斯蒂安的生活细节，不过这些内容对于 V 来说无关紧要。V 对于寻找俄罗斯女人和分析塞巴斯蒂安的小说更加痴迷。从后面几章的内容来看，V 写的内容不再是一本传记，虽然这部作品中塞巴斯蒂安的生活是关键内容，但是其中包含的不仅是塞巴斯蒂安的生活，还有 V 的生活，以及其他人的生活。

在读者们看来，V 寻求的是堆积着各种巧合的故事和塞巴斯蒂安写的小说。塞巴斯蒂安写的小说中把所有的女性分为两个阵营：坏女孩阵营和好女孩阵营。例如，帕尔·里希诺伊对第一任妻子尼娜的描述，让人想起塞巴斯蒂安的母亲。同时，对克莱尔·毕晓普、海伦·格林斯坦和 V 的母亲的描述具有相似之处。V 很明显将海伦划分为好女孩的那种类型。V 认为海伦绝不可能是那个让塞巴斯蒂安痛苦的女人，她这种类型的女孩不会去破坏一个男人的生活。正如 V 的母亲，她尽管失去了丈夫，但还是设法让自己的家人安全地离开了俄罗斯。海伦在自己的悲痛中继续前行，成立了另一个家庭。同样，当克莱尔失去塞巴斯蒂安时，她并没有崩溃，她告别了自己过去的生活，与另一个男人结婚。

V曾经猜测塞巴斯蒂安最后一段感情的归宿是尼娜，她似乎是塞巴斯蒂安如此神秘的罪魁祸首，但是V又觉得尼娜是一个太过普通的女人，不符合塞巴斯蒂安喜欢的女人的标准。于是，V继续前往下一家，要求见冯·格劳恩夫人，但是冯·格劳恩夫人不在，于是V与冯·格劳恩夫人的朋友莱切夫夫人见了一面。在知道冯·格劳恩夫人是俄罗斯人后，V与莱切夫夫人的关系拉近了很多，莱切夫夫人觉得冯·格劳恩夫人可能确实是塞巴斯蒂安的情人，并说V很快就能见到冯·格劳恩夫人。从莱切夫夫人那里了解到一些关于冯·格劳恩夫人的情况后，V更加确信冯·格劳恩夫人是那个他寻找已久的女人。

我的第一个印象是，我已得到了想要的信息——至少我知道塞巴斯蒂安的情人是谁了；可是我很快就冷静下来。可能是她吗，那个夸夸其谈的男人的前妻？一辆出租车拉着我去找下一个地址，一路上我都在思索。我值得花时间去追寻那条看似有道理又过于有道理的踪迹吗？保尔·保利奇根据记忆所描述的那个形象不是有点过于明显了吗？那个想入非非的水性杨花的女人，她毁掉了一个蠢人的生活。可是塞巴斯蒂安蠢吗？我回忆起他对明显的坏事和明显的好事都有强烈的反感，对各种现成的快乐形式和各种陈腐的痛苦形式都有强烈的反感。那种类型的姑娘会马上让他心烦的。因为，就算那姑娘确实在博蒙酒店结识了安静的、不善于交际的、心不在焉的英国人塞巴斯蒂安，她可能谈些什么呢？可以肯定，她刚一开始发表见解，塞巴斯蒂安就会躲开她。我是知道的，塞巴斯蒂安常常说，行动敏捷的姑娘脑子迟钝，爱玩闹的漂亮女人比谁都乏味；更有甚者，他还常说，当最漂亮的姑娘显示自己是普通人中的精华时，你如果仔细观察她，肯定会发现她的美貌里有细微的瑕疵，这与她的思维习惯是一致的。①

最终V确定冯·格劳恩就是那个女人，他立刻空出时间来与她见面，只是为了看看是什么样的女人能毁了塞巴斯蒂安。莱切夫夫人在为她的朋友做了一些无用的辩解之后，邀请V去莱切夫的乡间别墅拜访她和冯·格劳恩夫人。冯·格劳恩夫人其实和尼娜很相似，她很有可能是尼娜介绍给塞巴斯蒂安的。其实V曾想问尼娜是否意识到塞巴斯蒂安是他那个时代最重要的作家，但是转念想了一下，这个对于V来说很重要的问题其实毫无价值，因为对于尼娜而言是不会懂塞巴斯蒂安的小说的，而且塞巴斯蒂安不会让这种女人了解他的文学成就，这也就是为什么尼娜没有像克莱尔那样成为这部传记中更重要的一分子。V认为，尼娜对于塞巴斯蒂安很有吸引力，但是没有办法给塞巴斯蒂安带来创作灵感，所以也就没有办法成为塞巴斯蒂安人生的一部分。

2. 小说中的情绪表现

行为主义学者认为人的情绪是整个行为心理学里最核心的部分，因为一个人的情绪反应是最直接的反馈。这点在小说里尤其明显，因为纳博科夫很善于表现每一个角色在不同情境下的不同情绪。行为主义视域下的情绪的流行分类大致有以下几种：恐惧的情绪、厌恶的情绪、惊奇的情绪、愤怒的情绪、服从和得意的情绪，等等。此外还有一些情绪很难用文字形容，但是同样也能代表情绪的本身。

① ［美］弗拉基米尔·纳博科夫:《塞巴斯蒂安·奈特的真实生活》，谷启楠译，上海译文出版社2010年版，第104页。

塞巴斯蒂安的传记是从他于1899年12月31日在俄罗斯前首都圣彼得堡出生的那天讲起的。塞巴斯蒂安小时候就是一个十分敏感的人，他敏锐却又不善于表达自己的情绪，但是对同父异母的“我”很不错。塞巴斯蒂安的情绪很难用某种分类标记出来。很明显，塞巴斯蒂安的原生家庭和第二个家庭影响了他，而塞巴斯蒂安的一些行为也影响了V。

V在情绪表达上经常想要模仿塞巴斯蒂安——为了能够更好地理解塞巴斯蒂安，但是更多的时候V是通过塞巴斯蒂安身边的人去了解他的。V在短暂地与古德曼的交谈中看出古德曼和塞巴斯蒂安是完全相反的人，V几乎看不透古德曼。古德曼是一个圆滑而富有情趣的城里人，为了掩藏情绪，戴着一个面具，面对V询问塞巴斯蒂安的相关信息，在不失态的情况下，礼貌而又婉转地回绝了对方。相比之下，V几乎算得上是自己哥哥的翻版。他在进入古德曼的书房之前就一直在考虑着对方的情绪，担忧自己的话会不会唐突，会不会显得粗鲁；进入书房后直接坦白了自己的身份，被对方抓住了主动权，之后还屡屡被对方打断谈话，最后只能在无话可说的情况下打道回府。

面具在小说中扮演着一个重要的角色，它掩盖了角色的真实情绪，时常令读者们摸不着头脑，不知道角色们想要表达的真正意图。在小说中，面具的含义有着伪装或欺骗的意思。V为他的读者戴上了面具，同时他自己也戴着面具掩饰自己的真实情绪和动机，这个面具蒙蔽了读者们，也蒙蔽了他自己。V试图扮演忠于塞巴斯蒂安的兄弟的角色，也是为了便于获得他需要的信息。当然，V戴面具并非都出于一些见不得人的原因。当塞巴斯蒂安去剑桥的时候，V就为自己戴上了一个面具，他试图摆出一些塞巴斯蒂安特有的情绪来证明自己是塞巴斯蒂安的兄弟，他们是如此的相似。他是来支持塞巴斯蒂安的，但是V身边的人却认为V的行为过于夸张，仿佛是故意这么做来引起别人的注意。当V去见古德曼时，古德曼也戴着一个古板的面具面对V，对于古德曼的这种行为，V摆出一副很理解古德曼的姿态，虽然不认同对方，但是也把古德曼的古板的面具戴到了自己的脸上。V明明本身很讨厌古德曼，但是从某个动作或者情绪上来说，又做出了和古德曼一样的反馈，这种情形实在太过于荒诞。V直到小说的结局都没有对这种情况给出一个合理的解释，不过对于读者来说，这种情节上面的问题只是纳博科夫的一个文字游戏而已。很多时候，无论V是否戴着一个遮盖自己情绪的面具，读者都不会察觉到角色的情绪上的变化。

从根本上而言，V并不是一个实事求是的传记作家，更谈不上一个“好”的传记作家。他对要写的内容并不是很感兴趣，而只想厘清他与塞巴斯蒂安的关系；他不是为了塞巴斯蒂安去创作这样一部作品。小说的一开始，V提到关于塞巴斯蒂安的家庭时，就已经能够看出他的意图。事实上，V想要向文学界展示他比古德曼更了解塞巴斯蒂安。V写了很多关于他们父亲的一些内容，比如说他们的父亲有怎样的情史，是怎样离开他们的母亲，又是怎样为了荣誉而在决斗中死去。这些鸡零狗碎的内容其实体现了一个家庭的悲剧，父亲和母亲因为各自的感情让一个家庭遭受了动摇。通常对于孩子们而言，这是非常难以接受的，但是对于V来说，这似乎不是什么很难接受的事情，他对这些事缺乏洞察力，觉得这些事并没有影响自己的人生。这对他作为塞巴斯蒂安的传记作家来说却不是一个好兆头，因为他无法很好地共情，也就没有办法很好地了解塞巴斯蒂安，所以说V模仿的塞巴斯蒂安的情绪都是装出来的。V认为塞巴斯蒂安应该有一本自己的传记。他试图把塞巴斯蒂安从古德曼错误的传记叙述中拯救出来。然而，当读者们读到这本书时，只会越来越清楚地看到V的动机并不那么单纯。比如，在他们童年里，他们的关系并不好，V承认对塞巴斯蒂安有嫉妒、有愤怒，这些情绪长期占据着他的大脑。另外，他们对于父亲也有不同的理解：塞巴斯蒂安是从置身事外的角度去看的，而 V 更加认可父亲，认为他和父亲一样沉溺于获得荣誉感。V 执着于写出一部塞巴斯蒂安的传记是想要占有属于塞巴斯蒂安的生活，就像他的童年一样，他依然嫉妒着成年之后的塞巴斯蒂安。因此，V 揭露了塞巴斯蒂安想要掩盖的秘密，毫不顾忌兄弟的隐私，想要从高处来俯瞰塞巴斯蒂安。在这一点上，V 不管是有意识还是无意识，我们都只能从字里行间推测，不过有一点可以肯定的是，V 和古德曼创作塞巴斯蒂安的传记都不是出于好的动机。后期 V 在讲到塞巴斯蒂安拥有俄罗斯身份的时候还特意进一步提升了冲突，还把自己也加入冲突里去。他抨击了古德曼关于塞巴斯蒂安憎恨俄罗斯的论点，试图希望读者在阅读这一部分的时候能够感受到古德曼犯下的大错，以及能够对塞巴斯蒂安的愤怒的情绪感同身受。V 对俄罗斯的感情也非常复杂，但是他的情绪太过张扬，如果这本小说是写 V 自己的故事，那么这样的情感是合理的，但这是塞巴斯蒂安的传记。所以说 V 越是写得多，越是试图进入塞巴斯蒂安的视角，就越是显现出他在用自己的视角写作，在利用塞巴斯蒂安的名声来宣扬自己的重要性。

受古德曼的影响，V 回忆了很多塞巴斯蒂安的童年场景。在每一次回忆中，V 都会被塞巴斯蒂安注意到并且邀请他一起玩，但每次 V 都拒绝了，假装自己像大孩子一样成熟；还有一次，V 在偷看塞巴斯蒂安写的一首诗之后把这首诗藏了起来，并在诗上签了一个洋洋洒洒的签名，假装这首诗是他的作品。V 承认由于塞巴斯蒂安的冷漠，自己对塞巴斯蒂安其实是带有一种偏见的，尤其是对他才能的嫉妒。因此，V 转而叙述了他对塞巴斯蒂安的生活的研究，去找他和塞巴斯蒂安曾经的家庭女教师，希望她能回忆并谈谈对塞巴斯蒂安的印象。但是令 V 失望的是，家庭女教师对塞巴斯蒂安的回忆对他撰写传记并没有什么实质上的作用。同时，令V感到伤心的是，当他离开时，那个家庭女教师甚至没有问问塞巴斯蒂安后来的生活，或者近期过得怎么样这样的问题。V这么想是有原因的，塞巴斯蒂安和V及V的母亲在1918年逃离了俄国的战乱，当时的环境实在是太过混乱，塞巴斯蒂安险些丧命，家庭女教师时隔这么久却没有对自己学生有过一丝丝的关怀。

对于塞巴斯蒂安来说，逃离战乱这个回忆是他小说的灵感源泉。塞巴斯蒂安在创作的最后一本书中讲述了自己是如何从俄罗斯逃离出来的，但是他的意图完全被古德曼误解了。古德曼引用了这段内容，然后在他撰写的塞巴斯蒂安的传记里提到这是塞巴斯蒂安憎恨他的祖国俄罗斯的一个证据。V否认了这个观点，他觉得这完全算不上证据，并引用了另一段话——塞巴斯蒂安在其中谈到任何流离在外的人都是渴望回到故乡去的，所以这完全不是什么憎恨。

不管塞巴斯蒂安的感情有多复杂，V觉得他唯一能肯定的是，塞巴斯蒂安对于V的离去而感到绝望和悲伤。在芬兰生活了一段时间后，他们在一个小酒店的房间里分开了——V和母亲去了巴黎，塞巴斯蒂安去了剑桥大学。在接下来的三年里，塞巴斯蒂安只回来了两次，但是V总和母亲谈到塞巴斯蒂安的旅程，讲述塞巴斯蒂安的冒险经历，比如他曾经和诗人及诗人的妻子一起旅行，在他们停留的每个城镇，诗人都会用表演来赚钱以支付他们的路费。最后，诗人的酗酒让这一场旅行无疾而终，诗人的妻子还因为打警察耳光而被捕。经历这一段奇特的旅行，塞巴斯蒂安似乎完全没有受到任何影响，就像是他没有办法和身边的人共情一样。V记得母亲评价塞巴斯蒂安——她从未真正理解过塞巴斯蒂安，尽管她总是试图对塞巴斯蒂安友善，但是好像结果并不是很好。塞巴斯蒂安希望能够接受英国的事物，能够融入当地，但是事实证明他在当地过得很尴尬。塞巴斯蒂安希望V能够来英国陪伴他，但是那个时候V拒绝了，说他想和他的朋友留在巴黎，只接受了塞巴斯蒂安提供的金钱，然后就去了法国南部。

不同的客体在不同的环境下所引发的反应能够体现人的行为的复杂性。在这本小说中，荣誉经常被当作角色行动的动机。荣誉也是人类情感的一种合理的伪装，让人们看着不至于太过狼狈。例如，塞巴斯蒂安的父亲为了他前妻的名誉而决斗，这对于他的前妻和孩子们是一件很滑稽的事情。这位前妻抛弃了塞巴斯蒂安的父亲和他们的孩子，而她曾经拥有的声誉也被抛弃。在这里荣誉代表了爱和嫉妒，并暗示塞巴斯蒂安的父亲根本就没有从失去第一任妻子的痛苦中走出来。同样的，V说他写这本书是为了捍卫他哥哥的荣誉，他要消除古德曼的负面影响，不让他参与到塞巴斯蒂安的传记写作中来。可是这一切都未曾询问塞巴斯蒂安的意见，虽然V是塞巴斯蒂安的家人，但是家人之间也是有边界感的。V和塞巴斯蒂安之间的感觉可能会不尽相同，也许塞巴斯蒂安觉得古德曼对他的生活的描述更有意思。V公开讨论塞巴斯蒂安的家庭历史、他的爱情经历及他慢慢走向死亡的过程，这样毫无情感的客观描述似乎比古德曼对于塞巴斯蒂安的迂腐看法更让人难以接受。

名声或者说是荣誉在整部小说中是一个微妙的话题，它经常以一种老旧的方式被提及，但是V是不区分“荣誉”和“臭名昭著”这两个词的含义的，并认为这两个词的意义相同。V认为，塞巴斯蒂安对于他创作的第一部小说所带来的成果没有任何想法，似乎这种成果是可有可无的；当第二部小说给他带来荣誉时，塞巴斯蒂安感到很害怕，他希望这种荣誉能够从他的生活里消失。从V的描述中很难得知塞巴斯蒂安对荣誉的态度是因为他的性格问题还是他目前的处境。虽然不知道塞巴斯蒂安的精神状态如何，不过很显而易见的是，他的健康状况随着巨大的工作量而恶化。塞巴斯蒂安知道自己的时间非常有限，所以对工作的过分专注，导致他筋疲力尽，但是又没有办法创作出什么像样的东西来。拿他的感情来说，塞巴斯蒂安的感情与克莱尔的感情形成对比，随后与V的感情形成对比。克莱尔希望塞巴斯蒂安能以他的荣誉为荣，与其他作家和评论家打成一片，并能够心安理得地享受他的创作带来的荣誉。虽然不知道克莱尔这么做的原因是什么，但是如果克莱尔是无私的，而她也知道以塞巴斯蒂安的身体情况是没有办法活得太久的，她可能就会让塞巴斯蒂安在有能力的时候充分享受生活。比起克莱尔，V似乎对他哥哥的成功感到非常自豪，但他也假设他哥哥能够安心享受这份荣誉。当他看到塞巴斯蒂安最后一本书的发行通知时，他想象着他哥哥被崇拜的粉丝包围着，比以往更嫉妒他哥哥的成功。这就是V冷血的地方，这种置之事外的态度让读者又一次怀疑V写这部传记的目的。V将这部分情节作为传记的一部分写下来的时候，也知道塞巴斯蒂安会很快死去，但是没有改变他在传记里流露出的嫉妒和羡慕之情。另外，V声称对古德曼的作品如此厌恶的原因之一是，只要塞巴斯蒂安的作品被阅读，就会有人继续阅读古德曼的作品。所以说归根结底，纳博科夫只是在暗示V的不平衡心态，对于V来说，不属于自己的名誉只能让自己为他人而感到高兴，而名誉的主人塞巴斯蒂安却对这种东西不感兴趣，因为名誉对他即将到来的死亡而言没有任何用处，这种东西救不了他的性命，这种虚无缥缈的东西只是空洞的慰藉。但是克莱尔和V觉得这对于他们来说也算是一种安慰了，就算是塞巴斯蒂安死了，但是至少他在活着的时候曾经被认可过。

小说的前几章没有太多内容让读者们了解塞巴斯蒂安的多面性，只是了解了个性复杂而且情绪上有缺陷的V：V没有办法还原自己的哥哥，甚至没有办法很好地去表达自己的情绪。所以说读者们从一开始就被误导了，V从他自己的记忆出发，从他的保姆的记忆出发，从他的母亲的记忆出发来讲述属于他自己的故事，而不是塞巴斯蒂安的故事。这部小说一开始是对古德曼，以及V、塞巴斯蒂安和他们整个家族的一个完整的介绍。所以说纳博科夫作为这本书的作者在之前的承诺只是一个幌子，如果真的抱着阅读伪传记的心态来阅读，那么读到本书的最后能感受到的只会是沮丧和困惑。V提到，他在塞巴斯蒂安死后两个月就开始深入研究他的作品，原因是他和塞巴斯蒂安之间是有紧密的联系的，虽然他们在平时一直没有表达出来，但是塞巴斯蒂安的作品里肯定会有一些蛛丝马迹。V还写过一些短篇小说来证明这种关系是存在的，他想要证明他与塞巴斯蒂安作为兄弟不管是哪方面都是非常相似的：在写作失败的时候，V觉得塞巴斯蒂安在写作的时候也曾经遭遇过失败。在塞巴斯蒂安死后，V翻阅了他的文件，塞巴斯蒂安的遗愿是烧掉一些信，V虽然有些不情愿，但还是遵照塞巴斯蒂安的愿望做了。在整理信件的过程中，V发现了一些自己和母亲写给塞巴斯蒂安的信件，有的还是用俄语写的，这让V越发地对塞巴斯蒂的生活感兴趣。他认为接下来应该多去研究塞巴斯蒂安的生活，尤其是去剑桥看看，因为V回忆起塞巴斯蒂安对英国的依恋，同时为塞巴斯蒂安永远无法完全属于英国社会而感到悲伤。起初，塞巴斯蒂安努力做着真正的英国绅士需要做的一切，但总是失败。V找到了塞巴斯蒂安在剑桥的一位老朋友，希望能和他谈谈，那位朋友讲述了塞巴斯蒂安在剑桥的一些有趣的逸事。其实塞巴斯蒂安在大学里一直非常热爱写作，甚至大学的后半段干脆退出了学业而专注于写作。他形容塞巴斯蒂安在写作时性格会变得非常难以捉摸，可能在创作的时候十分忧郁，但是当他写完一首诗后又变得兴高采烈。这位朋友还讲述了塞巴斯蒂安与一位导师的关系，这位导师经常说塞巴斯蒂安是俄罗斯人，让塞巴斯蒂安感到有些不安。塞巴斯蒂安最后假装是匈牙利人，结果发现导师也会说匈牙利语，闹出了笑话。

其实，V 对于塞巴斯蒂安拥有怎样的朋友并不在乎，只是交代塞巴斯蒂安在大学期间有一个很了解他的朋友。如果对方只是很客观地叙述塞巴斯蒂安的故事，V 就会打断对方，他不想塞巴斯蒂安的故事变成流水账，所以后来他又换了一个对象来写。他的下一个对象就是古德曼。其实从一开始，V 并不知道古德曼正在写塞巴斯蒂安的传记，当他知道古德曼虽然只是塞巴斯蒂安的秘书，却和塞巴斯蒂安拥有这层关系的时候，他的评论风向就转变了。V 在写古德曼时讽刺古德曼利用了他与塞巴斯蒂安的关系，但同时 V 又撇清自己的关系，让自己置身事外，显得他这么讽刺古德曼只是为了塞巴斯蒂安的名声而不是为了自己。V 认为古德曼并不知道他与塞巴斯蒂安的关系，所以古德曼愿意向他提供一些商业文件。但当他得知 V 也在写一本关于塞巴斯蒂安的书时，他的态度开始发生转变，变得不屑一顾。他希望 V 能够放弃写传记这个想法，这让 V 对于古德曼的看法越发偏激。当 V 与古德曼结束会面时，海伦又拦住了 V，她介绍自己是塞巴斯蒂安的女友克莱尔的朋友，她也很了解塞巴斯蒂安。另外，她其实知道古德曼写了一本关于塞巴斯蒂安的传记，不过看完之后并不喜欢古德曼笔下的塞巴斯蒂安，所以希望能够协助 V 写一本真正的塞巴斯蒂安的传记。当 V 重新开始整理这本传记的故事线的时候，他觉得距离成功更近了一步。V 认为他已经按照塞巴斯蒂安一直以来的全部生活进行了调查，也按照时间线进行了编排，但是这也恰巧反映了这部作品的性质，这本书表面上是写塞巴斯蒂安的，但是实质和塞巴斯蒂安没什么关系。V 开始起笔写传记的后半段内容的时候就更夸张了，他更多的是在写塞巴斯蒂安死后的一些内容，而不是生前的一些故事。他沉溺于通过采访或跟踪塞巴斯蒂安的一些朋友来获取线索，并且按照自己的意愿来进行加工。一般来说，传记这种东西只需要客观描述就可以了，但是V更希望自己写的故事能够成为认同塞巴斯蒂安一生的唯一作品，也就是说只有V的作品才具有权威性和可信度，其他人写的都是假的。但是V写得越多，暴露得也越多。在V的故事里有塞巴斯蒂安奇怪的生活习惯和普通的居住环境，以及塞巴斯蒂安有多么热爱他的工作。V有的时候还经常发表自己对于塞巴斯蒂安的新见解，他越表达自己是在发现不一样的塞巴斯蒂安，越暴露出自己对于塞巴斯蒂安的认知的浅薄，读者们就越清楚V在平时其实并没有理解或者真正关注过塞巴斯蒂安的想法。

V调查过塞巴斯蒂安和他的女友克莱尔在一起的六年生活，就是为了能够从克莱尔身上还原一个正常情绪的塞巴斯蒂安。在此期间，塞巴斯蒂安创作并出版了他的两部长篇小说和三部短篇小说，占他全部作品的五分之三，当中有些内容是克莱尔协助塞巴斯蒂安一起写出来的。不善言辞的塞巴斯蒂安经常会将自己对现实世界的一些反馈投射到小说上去，所以帮助他撰写稿子的克莱尔肯定很能理解塞巴斯蒂安。但是即便如此，V依旧认为克莱尔和塞巴斯蒂安之间的关系不那么密切。他们从未结婚，并不是出于非传统的抵触，而是因为他们从未想过要以这种方式改变他们的关系。V在传记里详细地写了克莱尔如何在塞巴斯蒂安口述的过程中用打字机打出他的小说。V还提到了塞巴斯蒂安对小说中的很多语言表达其实并不是非常满意，可能因为塞巴斯蒂安过于坚持完美，也可能因为塞巴斯蒂安的英语不如俄语娴熟——这在塞巴斯蒂安和克莱尔之间显得有些尴尬，克莱尔有的时候会纠正塞巴斯蒂安不规范的英语，塞巴斯蒂安虽然接受了克莱尔的意见，但是内心并不是很舒服。最终，塞巴斯蒂安的第一部小说出版了，但是在文学业界并没有引起什么注意。接下来在克莱尔的帮助下，塞巴斯蒂安的下一部作品写得非常顺畅。之后的一段时间里，塞巴斯蒂安决定去德国度假，以帮助他写小说。但是当克莱尔和他一起去度假的时候，塞巴斯蒂安的表现非常奇怪：他沉默寡言，情绪暴躁，而且身体状况每况愈下，面对克莱尔的质问，他不知如何回答。这非常像塞巴斯蒂安的母亲发病时的症状，因此塞巴斯蒂安怀疑自己也遗传了母亲的病症。从德国回到伦敦之后，塞巴斯蒂安的情况又稳定起来，他平稳地工作了将近一年，这段经历是塞巴斯蒂安的一个朋友告诉V的。V多次探访塞巴斯蒂安的各种朋友，试图将他们的描述拼凑成一个完整的故事，以还原塞巴斯蒂安的创作前期、中期和后期的样子。

随着对塞巴斯蒂安的情感问题研究的展开，V的视角已经变得越来越不显眼，他的一些叙事技巧也有所提升。一个好的叙事者是能够让读者沉浸在故事情节的氛围当中的，但对于V来说，他自己的兴趣和想法才是全部，传记的故事线究竟要往哪方面延伸是他说了算的。比如说，V对古德曼依然抱有各种成见，打倒古德曼的观点才能够让他复仇成功，但对于读者来说V的复仇是无关紧要的。另外，V为了找出塞巴斯蒂安身后那个神秘的俄罗斯女人的身份，跑遍了很多的国家，但其中的真正目的不过是希望这个女人能够告诉他塞巴斯蒂安在离开朋友消失的这段时间里究竟做了什么。V在传记里告诉读者，他决定去布劳博格寻找那个俄罗斯女人的下落。他是坐火车去的，这里是和多年前塞巴斯蒂安的火车旅行是相照应的，他到达布劳博格时正好是酒店开业的时候。在酒店里，V试图劝说经理透露塞巴斯蒂安女朋友的身份，但经理拒绝透露任何此类信息。V被迫改变策略，在一辆开往斯特拉斯堡的火车上制订了一个新的计划，想以此来揭开她的身份。这个时候，一个操着浓重法国口音的男人来到了V的车厢，告诉V他曾经是一名私人侦探。V询问他如何追踪那个俄罗斯女人，幸运的是他愿意帮忙找出那段时间塞巴斯蒂安所居住的酒店里所有人的姓名和地址。虽然这个寻人的工作量很大，但是V依然认为这是值得的。V从柏林的地址开始寻找，在外面徘徊了很久之后，他先找到了海伦。海伦对V很亲切，因为一开始以为V是来参加她姐夫的葬礼的。V问她是否认识他在布劳博格的兄弟塞巴斯蒂安，但海伦表示很遗憾，因为他们从未见过面，V立刻相信了她。不过，在得知V的名字和身份后，海伦透露说认识他的父亲，罗萨诺夫夫妇是他们共同的朋友，这对夫妇前几天还在谈论塞巴斯蒂安。V确信海伦不是一个执意破坏别人家庭的人，并决心去见罗萨诺夫夫妇，把他们的回忆也纳入传记中。

在罗萨诺夫家，V得知塞巴斯蒂安与罗萨诺夫是好朋友，罗萨诺夫的妹妹娜塔莎是塞巴斯蒂安的初恋。娜塔莎把仍然记得的和塞巴斯蒂安在一起时的一切都告诉了V。夏天结束的时候，她和塞巴斯蒂安结束了这段恋情，她告诉塞巴斯蒂安她已经爱上了别人。但是罗萨诺夫与娜塔莎不同，他拒绝回忆关于塞巴斯蒂安的任何事情，只说他在学校不受欢迎。然后V在他仅有的线索里继续查找可能和塞巴斯蒂安有关联的三个女人。他的动作很快，马上找到了两个，其中一个已经结婚了。整个过程就像塞巴斯蒂安的小说一样，V的叙述似乎也变成了一个侦探小说，在寻找故事里真正的凶手。不过V是一个蹩脚的侦探，他当时的计划是去询问酒店经理，结果被经理误解并赶走了，后面误打误撞又遇见了真正的私家侦探才得到了他需要的信息。V的行动虽然显得很愚蠢，但是从作者纳博科夫的视角来看，他其实一直都在精准地控制着小说里每一件事情的发生。虽然V的行程很波折，但还是完成了每一件想要做的事情，这是纳博科夫特意安排的巧合。另外，塞巴斯蒂安的小说内容其实被纳博科夫编排得非常完整，有着详细的大纲和故事内容，纳博科夫又让V为了这些小说而着迷，驱使着

V 去寻找想要了解的事情。这就像是一个怪圈，V 在这个怪圈里绕着塞巴斯蒂安小说中的人物打转。当然，从另一方面去想，可能只是 V 在编造整件事，就像他在叙述剑桥之行时很想给自己的想象力以自由的空间，他希望能够建立起作为小说家的信心。V 觉得他可以简单地编造塞巴斯蒂安的部分生活，就像它们真的发生过一样，同样这也是他期望的传记发展的方向。也许，受困于酒店经理的误解，V 或多或少有意识地开始了塞巴斯蒂安式的故事情节，传记里充满了巧合和荒谬，但是这种节奏可以保持他的故事不至于完全停滞下来。纳博科夫非常享受控制自己的作品，包括控制读者看法和小说里的角色。小说里 V 的很多看法和内容都是虚构的，他没有办法真的直面塞巴斯蒂安生活的真相，真相可能和传记里提到的内容是相悖的，所以说这就是为什么 V 对于发生在塞巴斯蒂安身上的一些事情一无所知。但是对于 V 来说，真相是什么似乎并不是那么的重要，V 想要成为一个作家，想要将自己的写作技巧提升，想要将自己崇拜的人塑造成他想要的形象。如果故事能按照他的想法来发展，那么 V 就是成功的。

塞巴斯蒂安所写的小说也成了 V 撰写的传记内容的一部分。塞巴斯蒂安创作的故事情节和现实生活产生了共鸣，从他的一些小说的细节里可以窥探出不同时期的他的心理表现。从整体来看，塞巴斯蒂安的情绪并不稳定，他创作的小说内容都大不一样，有的讲的是侦探故事，有的写的是爱情故事。按照 V 的说法，塞巴斯蒂安的小说都是调查类小说，每部小说实际上都是在调查不同的内容，塞巴斯蒂安把调查当作生活的一个必要部分。V 也在模仿塞巴斯蒂安的一些行为，虽然表面上看来他在写一部传记，但是其实这也是一本调查类的小说，当 V 调查塞巴斯蒂安的一切时，V 写的不仅仅是塞巴斯蒂安，他把自己的生活也写进了书里。

在 V 的回忆视角下来看，塞巴斯蒂安的一生中充斥着死亡。首先是塞巴斯蒂安父母的死亡：他的父亲在一次决斗中被杀，他的母亲在抛弃家庭后死于心脏病。然后是塞巴斯蒂安因为遗传到了母亲的心脏病，生命岌岌可危。对于行为心理学而言，人类从儿时起就牢固树立起了条件化的视觉反应，也就是说如果从儿时起就有间接或者直接目睹过死亡或者是产生伤害的事故，那么就会对类似情境产生消极反应，这是造成恐惧情绪的其中一个因素，也就是为什么塞巴斯蒂安没有办法和其他人有更加亲密的关系。V 在写传记的时候整理了一些塞巴斯蒂安的人际关系。比如，古德曼作为塞巴斯蒂安的秘书甚至还照料着塞巴斯蒂安的起居，但是塞巴斯蒂安对他天生就带着一股抗拒感，古德曼之于塞巴斯蒂安而言就像是一个吸血鬼，他贪婪又无知，总想从塞巴斯蒂安身上获取什么，塞巴斯蒂安觉得古德曼和他实在合不来，最后还是辞退了他。又比如，塞巴斯蒂安的前家庭教师只记得塞巴斯蒂安是一个性格冷淡的小孩，对于他生平遭遇不抱有任何看法。再比如，塞巴斯蒂安在剑桥的朋友很欣赏塞巴斯蒂安，但是他也觉得塞巴斯蒂安没有办法融入当地人的生活中。在 V 看来，塞巴斯蒂安很喜欢英国毋庸置疑，但是他没有办法真的变成英国人。塞巴斯蒂安喜欢写作，但是写作生涯只会让他变得更加内向，社交越来越少，所以塞巴斯蒂安的一些剑桥的同学才觉得他是一个怪人。

塞巴斯蒂安的前女友克莱尔对于他来说也是一种痛苦的存在，他爱她，但是没有办法接受克莱尔真正地走进自己的生活，他没有告诉克莱尔自己的心脏病严重得影响到了自己的生活和工作，他宁愿出去旅行，把克莱尔冷漠地推出自己的生活，也不愿意接受克莱尔想要帮助他的好意，最后克莱尔远离了塞巴斯蒂安的生活。V 将克莱尔的这段经历写进了传记里，似乎希望读者们能够对塞巴斯蒂安的悲惨命运感同身受。

谢尔顿是与塞巴斯蒂安相熟的诗人，他们是旅行期间认识的，谢尔顿一路上非常照顾塞巴斯蒂安，但是塞巴斯蒂安对他非常冷淡，尤其是在谢尔顿喝酒惹祸之后，塞巴斯蒂安就逐渐疏远了他。塞巴斯蒂安是一个矛盾的人，他不喜欢长期的亲密关系，但是会将自己的某一段亲密关系告诉关系并不是特别亲密的人。V 通过谢尔顿的讲述，知道了克莱尔和塞巴斯蒂安是怎么分手的：自从塞巴斯蒂安在布劳博格遇到了另一个女人，他和克莱尔的关系就渐渐淡漠了，也不再联系了。V 动身去了布劳博格，他打听到塞巴斯蒂安曾经和那个女人同住一家酒店，而且这是一个俄罗斯女人。对于塞巴斯蒂安的选择，V 感到困惑不解，他想要从酒店经理那里了解到这个女人的身份——她究竟是谁，为什么塞巴斯蒂安会选择她，但是酒店经理拒绝了他。然后他又辗转去巴黎寻找这个女人的身份。V 知道塞巴斯蒂安很想融入英国，但是他又离克莱尔而去选择了这个俄罗斯女人。塞巴斯蒂安这样的选择是因为死亡的折磨让他更趋向于选择舒适圈。他是一个俄罗斯人，一生都希望能够成为一个真正的英国人，但是克莱尔给他的压力太大了，他实在无法承受，但是他又没有对克莱尔提及。塞巴斯蒂安不是一个情绪外放的人，但是到了这个时期，他选择将自己的消极情绪全部释放出去。塞巴斯蒂安的最后一部小说是关于死亡的，并且这本书是根据塞巴斯蒂安自己的濒死经历写的，他患有心脏病，身体虚弱，随时都能感受到死神将要来临。V 觉得这是塞巴斯蒂安所有的书里他最喜欢的一本。

面对塞巴斯蒂安在写作中对于死亡抒发出来的情感，V 非但没有感受到悲伤，反而感受到了一阵欣喜。他将塞巴斯蒂安悲伤和恐惧的情绪转化成了爱的情绪，虽然塞巴斯蒂安可能即将因为心脏病去世，但是他并不会真正离开，V 觉得塞巴斯蒂安的离去让自己获得了他的灵魂，他想象自己在舞台上，被塞巴斯蒂安生活中的人物（包括真实的和虚构的）包围，自己站在塞巴斯蒂安的位置上。

情况就是这样，我还是没见到塞巴斯蒂安，或者至少没在他活着的时候见到他。可是我倾听了我以为是他的呼吸声，那几分钟完全改变了我的生活；若是塞巴斯蒂安在临终前跟我说了话，同样会完全改变我的生活。不管他的秘密是什么，我也了解到了一个秘密，那就是：灵魂不过是存在的一种方式——不是一种恒久的状态，因此任何灵魂都可能是你的灵魂，如果你发现了它的波动并进行仿效的话。“来世”可能是一种有意识地生活在任何选中的灵魂或任何数量的灵魂里的完全的能力，所有这些灵魂都没有意识到它们的可以互换的负担。因此——我就是塞巴斯蒂安·奈特。我感觉自己仿佛站在一个灯光明亮的舞台上扮演他，还有他的熟人来来去去——他为数不多的几个朋友的模糊身影：那个学者、那个诗人和那个画家——以优雅的姿态平静地默默悼念他；古德曼来了，那个平足的小丑，他的假衬衫前襟从西装背心下面耷拉下来；看哪——克莱尔低着的头上闪着白光，她正哭着被一个好心的女仆带走。大家都围着塞巴斯蒂安转——围着扮演塞巴斯蒂安的我转——那位老魔术师怀里揣着兔子在舞台侧面候场；尼娜坐在舞台最明亮的角落里的一张桌子上，她那涂过脂粉的手掌朝下，攥着一个玻璃酒杯，里面盛着洋红色的水。然后假面舞会结束了。当灯光渐渐暗下去的时候，秃头的小个子提词人合上了他的本子。剧终，剧终。他们都回到自己的日常生活中去了（克莱尔则回到她的坟墓去了）——可是主角还留在舞台上，因为我无论怎么努力都无法摆脱我扮演的角色：塞巴斯蒂安的面具紧紧地贴在我的脸上，我们两人的相像之处是洗不掉的。我就是塞巴斯蒂安，或者说塞巴斯蒂安就是我，或许我们两人是我们都不认识的某个人。[①]

V 和塞巴斯蒂安一样，是一个孤独的边缘人，虽然拥有属于自己的圈子，却因为性格和情绪的问题显得有些格格不入。他们同样敏感、害羞、不善言谈，在他人的地盘上如履薄冰；但是同样的，他们也善于将自己的思维印刻在笔下的角色里，通过纸笔来展现自己的思想和情绪。这类人很被动，他们的情绪只会让自己的小世界掀起波澜，没有办法对外在的客观世界产生影响。而古德曼这样圆滑的人却能在资源有限的情况下获取更多。塞巴斯蒂安曾提到，古德曼一旦讨论到自己熟悉的事情就会变得非常雄辩，这让寡言的塞巴斯蒂安把自己的文学作品都交给了古德曼来处理，所以古德曼获取了太多关于他的信息，后来他利用塞巴斯蒂安的信息为自己带来利益——创作了一部关于塞巴斯蒂安的传记。古德曼笔下的塞巴斯蒂安是一个不善于交流、冷漠、不关注当下时事的人。虽然 V 为塞巴斯蒂安写的“伪传记”是为了驳斥古德曼，本身古德曼为塞巴斯蒂安写的传记确实过于夸张，但是不得不说，在认识塞巴斯蒂安的众多人中，古德曼更能抓住塞巴斯蒂安的精髓。塞巴斯蒂安因为身体原因才雇用了古德曼，古德曼对他的工作和起居照料得非常好，也因为这段时间的亲密接触，古德曼比其他人更加了解脆弱状态的塞巴斯蒂安是什么样的。但即便有这样一个得力助手，塞巴斯蒂安还是因为一些迫不得已的原因辞退了古德曼，他甚至在辞退古德曼之前都不愿意和对方沟通。塞巴斯蒂安上大学的时候就是一个不善与人交流的人，只交往不爱说话的伙伴，他只按照自己的习惯在小圈

① ［美］弗拉基米尔 · 纳博科夫：《塞巴斯蒂安 · 奈特的真实生活》，谷启楠译，上海译文出版社 2010 年版，第 143 页。

子内活动着。作为和塞巴斯蒂安一起长大的人，V 也受到了这种情绪的影响。从某种程度上来说，V 比塞巴斯蒂安更极端。V 为了去见塞巴斯蒂安最后一面简直无所不用其极，那个时候的塞巴斯蒂安在巴黎住院，希望 V 能够来探望他。一开始由于生意上的耽搁，V 没有时间赶去探望他。最后当塞巴斯蒂安的医生发来紧急电报时，V 终于急急忙忙赶去巴黎。在去往巴黎的路上，V 描述了一段地狱般的旅程，这段旅程仿佛不希望 V 能够正常赶到一样，他在旅途中因为各种问题一直被延误，最后好不容易到达了塞巴斯蒂安所在的医院，又找不到塞巴斯蒂安的病房。V 想尽办法贿赂了一名护士，希望能见到自己的哥哥。那个时候的 V 心情急迫，他站在病房外面，似乎能够听到对方垂死的呼吸声。然而 V 事后才知道，这个发出垂死呼吸声的病人根本就不是塞巴斯蒂安，塞巴斯蒂安已经死了，他之前甚至没有留下任何只言片语。V 觉得自己与同父异母的兄弟之间有一种联结，虽然塞巴斯蒂安已经死了，但是他已经理解了塞巴斯蒂安的灵魂，觉得他成了塞巴斯蒂安。

V 在为塞巴斯蒂安写传记的这几年中辗转了很多的地方。他从一个默默无闻的小职员变成了一个擅于表达情绪的作家。虽然 V 的童年也过得很艰难，也失去了父亲，但是好歹还有母亲陪伴他。成年之后，V 比塞巴斯蒂安更加恐惧融入社会，更喜欢和俄罗斯朋友们在一起，并且讨厌踏出舒适圈。直到决定写塞巴斯蒂安的传记之后，V 抛弃了以往不善表达的自己，开始肆意挥洒自己的感情，并且准备接纳塞巴斯蒂安所发泄出来的情绪。在塞巴斯蒂安人生的最后一段时间里，他写了一部关于死亡的小说，V 尤其喜欢这部作品，他认为这是了解真正的塞巴斯蒂安情绪的关键。这部小说讲述的是一个即将死去的男人，故事篇幅不长，但是详细地讲述了死亡是如何一点点蚕食一个人的生命的，讲述了这个即将死去的男人所遭遇的遗憾、所犯下的错误和他所面临的恐惧是怎样的。塞巴斯蒂安最后的小说让人们能够深切地感受到他的身体正在逐渐死亡，他的心灵正在逐渐枯竭。V一边在感受着塞巴斯蒂安的痛苦，一边在寻找着塞巴斯蒂安的人生经历。在此之前，V的生活是枯燥而又乏味的，他的人生只有一间小小的办公室，但是自从他决定要开始了解塞巴斯蒂安，他认识了克莱尔、海伦、尼娜、莱切夫夫人和冯·格劳恩夫人。V对待这几个女人的情绪和状态是完全不一样的，这当中可能有来自塞巴斯蒂安的影响。在海伦劝导V之后，V对于克莱尔是敬而远之的。V对待尼娜态度很矛盾，他先入为主地认为尼娜不可能吸引塞巴斯蒂安，甚至准备要将尼娜从塞巴斯蒂安的人生经历里剔除出去了，但是小说的一些细节又将尼娜和V之间的接触描写得很详细，尼娜确确实实地吸引了塞巴斯蒂安和V，这里不仅仅讲述的是尼娜和塞巴斯蒂安的关系，还有尼娜和V的关系。不过V本人并没有意识到这一点，他只是认为他需要从尼娜那里保护塞巴斯蒂安的记忆，保证传记内容的完整性。当然这也可能是童年的阴影影响到了V，他把尼娜看作毁掉他父亲的那种女人的化身，而他把自己当成塞巴斯蒂安的骑士，希望能够从这种女人手中拯救塞巴斯蒂安，哪怕只是塞巴斯蒂安的记忆而已。这是V嫉妒情绪的本能展露，他的身份一直在置换：他在塞巴斯蒂安的角度上觉得尼娜可以爱上她丈夫这样的人，却不能爱上像塞巴斯蒂安这样的文学天才；他回到自己的角度来看，又觉得尼娜抢占了塞巴斯蒂安的注意力。很多一时的冲动都是来源于妒忌，妒忌甚至会让人走向一个极端。这个时候的V本就是一个情绪外放的人，一点点的刺激就会让他变得不客观起来，他利用文字扭曲了尼娜的身份，以及她和塞巴斯蒂安的故事。V现在已经是一个成熟的作家了，他可以操纵故事变成自己喜欢的剧情，并让读者相信他。不过里面的内容也不可能完全都是假的，至少V也诚实地反映了塞巴斯蒂安和自己的一些情绪表达。塞巴斯蒂安和V对于尼娜都表现出了信任，也许V希望将此作为他与塞巴斯蒂安相似的进一步证据。总而言之，纳博科夫给读者们提供了一个类似于文学谜题的东西，开启了对这种谜题的各种猜测。也就是说，不管它是被解开了还是没被解开，都能引起多方讨论。

在梳理塞巴斯蒂安人际关系和身份的过程中，V精确地把握着塞巴斯蒂安的每一份情绪，意图能够完美地还原真正的塞巴斯蒂安。但是当V谈到塞巴斯蒂安的最后一本书，也就是那本关于死亡的书即将出版时，他又一次打破了原本传记的客观性。V回忆说，他想象塞巴斯蒂安站在一个满是崇拜者的房间里，沉浸在他成功的喜悦中。尽管V注意到塞巴斯蒂安当时的表情实际上是很痛苦的，而且他的身体抱恙，但是V并不在乎，而且他对这种想象中的荣耀时刻感到嫉妒。V评论说这是他在塞巴斯蒂安写的所有书中最喜欢的一本书时，这种略带羡慕的语气萦绕在字里行间。但是当读者们了解到那个时候的塞巴斯蒂安是如何拖着重病的躯体写出这本书，以及在写这本书时的心态，就有一种难以言喻的代入感，而且也很难想象声称对塞巴斯蒂安有多么喜爱的V在读这本书时怎么会不分享一下兄弟当时的苦与难。这个时候的V完全被妒忌冲昏了头脑，因为他是很清楚处在重病之下的塞巴斯蒂安是多么的痛苦，了解塞巴斯蒂安痛苦的情绪也是他研究的一部分。在那时，情绪不佳的塞巴斯蒂安几乎被他所有的人际关系抛弃了：1935年塞巴斯蒂安的小说出版后，他最后一次尝试去见尼娜，但是尼娜拒绝见他；失望而归的塞巴斯蒂安想要去见克莱尔，但是一想到他对克莱尔的所作所为就放弃了；回到伦敦的他其实被很多人注意到，但是那个时候的塞巴斯蒂安过于颓丧，很多人都绕着他走。塞巴斯蒂安就这样病恹恹地过了好几个月，那个时候的他不理会医生的建议，也不和亲戚朋友们联系，就这么消失了几个月。而那个时候的V正在马赛出差，他收到了塞巴斯蒂安的一封信，信里充满了悲观和哀伤的情绪，虽然塞巴斯蒂安关于他即将死亡的暗示让V看着很不高兴，但V对塞巴斯蒂安的悲观情绪已经很习惯了，而且那个时候的V对塞巴斯蒂安严重的心脏病一无所知，也不了解他根本不去看医生，也不和其他朋友联系的情况，不过他还是决定去巴黎看看塞巴斯蒂安。那天晚上，V做了一个奇怪的、不愉快的梦：

> 他头发很乱，没穿外衣：我明白，他旅行归来后刚刚睡了一会儿。他下楼的时候，每走一步都要歇一会儿，总是抬起同一只脚准备迈下一级楼梯，并把胳膊搭在木制扶手上。当他被绊倒并仰面朝天溜下来的时候，我妈妈又回来帮他站起来。他走到我跟前时哈哈大笑，可是我感觉他在为什么事感到羞愧。他脸色苍白，没有刮脸，可是看起来还是比较快乐的。我妈妈手里拿着一个银杯，在什么东西上坐下，原来她坐的是一副担架，因为她很快就被两个男人抬走了，这两个人每星期六都来这里住，这是塞巴斯蒂安笑着告诉我的。我突然注意到，塞巴斯蒂安的左手戴着黑手套，手指头一动不动，而且他从来不用那只手——我非常害怕，心烦意乱，到了恶心的程度。我怕他在无意中会用那只手碰我，因为我明白那是装在手腕上的假手——我还注意到他做过手术，或是出过什么可怕的事故。我也明白他的外表和他到达时的总的气氛为什么那么怪异，可是，尽管他也许注意到了我在微微颤抖，可他还是继续喝茶。我妈妈回来取她先前忘记拿走的顶针，然后很快走开，因为那两个男人急着要走。塞巴斯蒂安问我他的美甲师来了没有，因为他急着

做准备，好参加宴会。我试图回避这个话题，因为我一想起他那只伤残的手就受不了。可是很快我看见整个屋子都成了锯齿状的手指甲，一个我过去认识的姑娘（但她奇怪地淡出了我的记忆）带着修指甲的小包来了，并在塞巴斯蒂安面前的凳子上坐下。塞巴斯蒂安叫我别看，但我不由自主地要看。我看见他解开手套，慢慢地往下拉；手套脱下来时，里面的东西洒了出来——许多只很小的手，像老鼠的前爪，发淡紫的粉红色，很柔软——有许多许多——都掉到地上；那个穿黑衣的姑娘跪到地上。我弯腰去看她在桌子底下干什么，只见她捡起那些小手放在碟子里——我抬起头，塞巴斯蒂安已经消失了，等我再弯腰的时候，那个姑娘也消失了。①

噩梦醒来后，V 意识到错过了什么，这才努力想要去直面塞巴斯蒂安的消极情绪，但是已经太迟了，塞巴斯蒂安已经死了。

虽然 V 没有在塞巴斯蒂安临死之前见他一面，但是 V 依然觉得他学到了一些不一样的东西。V 认为任何灵魂都可以属于你，只要你能理解它，那么它就是属于你的。因此，在努力理解塞巴斯蒂安的所有一切之后，V 认为他就是塞巴斯蒂安·奈特："我就是塞巴斯蒂安，或者说塞巴斯蒂安就是我，或许我们两人是我们都不认识的某个人。"② 所以说，即便 V 得知塞巴斯蒂安已经死了，但他自己的这种心灵上的平衡是没有被打破的，也没有受到影响。因为 V 在追寻塞巴斯蒂安的过程中学会了太多，这些丰富

---

① ［美］弗拉基米尔·纳博科夫：《塞巴斯蒂安·奈特的真实生活》，谷启楠译，上海译文出版社 2010 年版，第 132 页。

② ［美］弗拉基米尔·纳博科夫：《塞巴斯蒂安·奈特的真实生活》，谷启楠译，上海译文出版社 2010 年版，第 143 页。

多彩的生活给予了他活下去的动力，所以在他得知失去了自己的兄弟之后也不会损耗他的情绪和精力。与此恰恰相反的是，V 的情绪饱满而又激昂，并通过写塞巴斯蒂安的传记最终成了一个作家。他已经占有了塞巴斯蒂安的人生，尽管其中可能有他自己杜撰的成分，但是这已经和真正的塞巴斯蒂安没有什么关系了，毕竟真正的塞巴斯蒂安已经死了。V 之前一直觉得古德曼是一个小丑，但是他在经历过这一系列的事情之后，自己也成了古德曼。V 利用塞巴斯蒂安的名声来改变自己的生活。对于读者来说，V 这么做是非常自私的，如果说有什么可以为 V 开脱的话，那就是他对塞巴斯蒂安的描述虽然没有那么客观，但是依然可以体现出塞巴斯蒂安风趣幽默的一面，以及作为兄弟的 V 直到最后也依然非常嫉妒塞巴斯蒂安。

3. 小说中的习惯性行为研究

除了情绪和感情之外，习惯是行为主义心理学的另一个主要的研究方向。在行为主义者看来，记忆能够在大脑里留存多久这种问题就是无练习期间技能保持了多少。V 是一个善于做图像记忆的人，所以他把关于他的哥哥的所有信息，童年的、少年的、青年的，全部整理成了图画。在 V 的印象里，塞巴斯蒂安面对女性是羞涩的、不善言辞的，很多时候需要对方多次询问才能吐露真言。和习惯性的肢体语言一样，口头语言也是具有习惯性的，它受到“喉部或言语习惯的数目，复杂性和完美性”[①] 的影响。自幼年以来，塞巴斯蒂安就很少说话，或者总是以愤怒的情绪来表达自己的态度，这使得他不擅长口头表达。他没有办法自由地向女朋友表达自己的想法，也没有办法拒绝古德曼，所以在创作最后一部作品的时候干脆避开古德曼。V 在提到塞巴斯蒂安的作品的时候，把它想象成了一幅画，V 对

---

① ［美］华生:《行为心理学》，刘霞译，现代出版社 2016 年版，第 22 页。

于自己的想象力非常自豪，发生在他眼前的事似乎都能变成一幅图画。这种细节记忆让V对塞巴斯蒂安的作品理解得更加透彻，这是他以前养成的一种习惯，现在这种习惯被他带到了传记的写作中。塞巴斯蒂安曾创作过一部名为《棱镜的斜面》的侦探小说，这部书中详细描述了一个小酒店的格局，V介绍了这本书的结构构建方法，并认为可以像欣赏一幅画一般欣赏这部作品。在V平生第一次去拜访塞巴斯蒂安的公寓的时候，他把那间小小的公寓巨细无遗地描述了一遍。这是他的习惯，这样的习惯带有一定的重复性，反复的描述可以将他对于自己哥哥的印象深深地印入读者的脑子里。

《塞巴斯蒂安·奈特的真实生活》中的写实多于想象，除了图像，对颜色的描述也颇多——在《说吧，记忆》里纳博科夫曾提到他对颜色的敏感来自童年的家庭教师，这种习惯也延续到了他的作品里。行为主义中的“习惯性行为，是最本能、最本质的行为心理学”[①]，而这些本质的行为和习惯会影响自己之后的人生甚至是后代的人生。塞巴斯蒂安的人生原本应该如同他的小说一般精彩，但事实恰好相反。其原因是，他幼年几乎是由保姆照看大的，而他的父亲常年不安分，在女人之间流转不定，在家的时候只会把自己锁在房间里；而对于他的母亲，塞巴斯蒂安从她那里唯一继承过来的就是对火车的喜爱，还有对蓝色的分外执着。小说中的“我”对幼年的塞巴斯蒂安的唯一印象就是他在用颜料绘画的场景，蓝色颜料使用得尤其快；举家来到芬兰之后，塞巴斯蒂安穿的是一套蓝色的西装。对蓝色的喜爱反映了塞巴斯蒂安的性格，他对于自己同父异母的弟弟的感情开始是很冷漠的，这应该源自他的父亲。虽然说父亲让他和他的继母的生活

---

① ［美］华生:《行为心理学》，刘霞译，现代出版社 2016 年版，第 22 页。

变得很平静，但父亲也是个“满怀爱意的丈夫”，“不时仍被其他女人所吸引”。[1]

无论是情节还是人物塑造，小说中浪漫的爱情故事都起着重要的作用。塞巴斯蒂安曾经在小说中谈过两次恋爱，根据他的友人的描述，塞巴斯蒂安是爱着克莱尔的，但是在很多地方又让人觉得他们似乎更像亲密的朋友而不是恋人。V 执着于追逐塞巴斯蒂安的情感问题，甚至开始去寻找那个用俄语给塞巴斯蒂安写信的女人，因为他相信自己将找到影响塞巴斯蒂安一生的爱情，但是当他真正找到那个女人的时候，他又万分后悔，因为这个女人给他带来的消息只能让他意识到塞巴斯蒂安的生活到底有多么匮乏。

家庭对于 V 来说是非常重要的，拥有家庭成员让 V 感到完整和满足，这也是促使 V 开始在传记里讲述他的故事的一个主要的内在原因之一。他对古德曼的憎恨很可能更多来自古德曼不承认 V 和他的母亲是塞巴斯蒂安家庭的一部分。塞巴斯蒂安是游离于所有人之外的人，这让他显得非常孤独，而 V 试图通过几种方式证明虽然塞巴斯蒂安很孤独，但是他和塞巴斯蒂安是一家人。首先，V 试图以他们过去的经历来证明他们的关系，但是通过塞巴斯蒂安的一些经历来看，其实 V 本身并不是很想回忆这样的经历，这种经历只会绊住他前进的脚步。然后，V 试图将自己插入塞巴斯蒂安的生活，通过会见塞巴斯蒂安所有亲近的人，获取能够“成为”他的资格。最后，V 试图证明他比其他人更了解塞巴斯蒂安，因为他们是兄弟。具有讽刺意味的是，V 和他的母亲是证明塞巴斯蒂安是家人的唯一证人，他将这份关系塞进整部小说的每一个角落。比如塞巴斯蒂安给他们经常写

---

① ［美］弗拉基米尔 · 纳博科夫:《塞巴斯蒂安 · 奈特的真实生活》，谷启楠译，上海译文出版社 2010 年版，第 5 页。

信，还来参加V的母亲的葬礼，希望V能够到他身边和他一起生活，并且向V承诺如果他需要钱，自己会想办法资助。直到最后，当塞巴斯蒂安快死的时候，他希望他的兄弟V能够前来见他，而不是其他人。V之所以如此迫切地想证明他和塞巴斯蒂安有关系，那是因为V对于归属感具有依赖性，他习惯性地认定家人就是要在一起，然而他们却经常因为工作和战争而分开，所以V是一个缺少归属感的人。年幼的时候，当他的父亲为了一个女人而抛弃他们母子的时候，V的家庭观念已经从根本上被破坏了。无论他是出于什么样的原因来写这部传记，至少有一点是肯定的，V希望重新获得那份在年幼的时候与父亲在一起的归属感，同时也希望能够证明自己对于塞巴斯蒂安来说是多么的重要。

童年时期所发生的事情会深刻影响一个人未来的性格和行为习惯。V不是一个专职传记作家，V以他典型的离题、特立独行的方式，向读者们讲述了他和塞巴斯蒂安童年时期的经历。他们曾经出生在同一栋房子里，父亲是同一个人，但母亲不同。前面提到过V对于家庭的严重依赖性，V因为发现古德曼对塞巴斯蒂安的家庭描述有问题，所以非常看不上古德曼所写的塞巴斯蒂安·奈特的传记。V纠正了他一些细节问题，然后提供了他自己的家庭情况给古德曼，特别是他和塞巴斯蒂安的父亲，V认为父亲的很多行为习惯对塞巴斯蒂安的写作产生了很大影响。V回忆说，他的父母的婚姻非常幸福，他尽管对于父亲之前的情史还是耿耿于怀，但是对于父亲死于决斗中这一行为怀有非常强烈的自豪感。V不满于古德曼对塞巴斯蒂安的童年的描述，他认为古德曼不过只是塞巴斯蒂安的秘书，并不了解塞巴斯蒂安成长过程中经历过什么，不知道他的父母的行为习惯给他造成了什么影响，也不知道俄罗斯和欧洲文化对他的行为习惯造成了怎样的影响。

随着故事的发展，V的叙事技巧终于磨炼了出来，作为叙述者的叙事技巧开始不断提高。他也开始向一些批评家学习，对古德曼写的塞巴斯蒂安的传记发表一些夸张的评论，并且对于这种批评感到非常自得，觉得自己一针见血地提出了不足之处。V所表达的这些批评的观点实际上是纳博科夫自己想要表达的许多观点，包括他对弗洛伊德主义的憎恨和对历史性文学分析的蔑视。V如此执着还有一个原因是塞巴斯蒂安贯穿了他的童年和之后的生活，虽然他们之间并没有那么亲密，但是V也参与了他的生活。其实V对于塞巴斯蒂安而言并不重要，虽然塞巴斯蒂安表示他要支援自己的兄弟，但是从未让V参与到自己的生活当中，这是塞巴斯蒂安的习惯性行为。随着传记小说的展开，V的习惯性行为同样也发生了转变，从写塞巴斯蒂安转向写塞巴斯蒂安的书，最后他的目的可能已经不是为塞巴斯蒂安写一部传记，而是为自己写一部传记。V为了可以更加迅速地达到目的形成了另一种习惯，甚至不惜改变自己的身份，从塞巴斯蒂安的兄弟身份变换到了塞巴斯蒂安最好的评论家。

V撰写了很多关于克莱尔和塞巴斯蒂安关系的内容。在行为主义里，习惯的学习曲线并不是一直上升的状态，极有可能会因为各种问题而停滞。对于读者来说，V描述的他们的感情状况虽然很复杂，但是依然能够看出克莱尔对塞巴斯蒂安的生活习惯产生了很大影响。对于塞巴斯蒂安来说，克莱尔是不可或缺的，他们的关系似情侣而非情侣。但是事实无论怎样，塞巴斯蒂安都对克莱尔很不好，克莱尔有心帮助塞巴斯蒂安，但是塞巴斯蒂安并不愿意为克莱尔敞开心扉，甚至在克莱尔帮了他这么多之后依然伤害了克莱尔。另外，还有一个需要强调的事情就是克莱尔和塞巴斯蒂安的身份，克莱尔是英国人，塞巴斯蒂安是俄罗斯人，小说早在前面的部分就强调了塞巴斯蒂安的自卑性格，他努力成为一个英国人却似乎没有什么人承认他。这加强了整个小说中反复出现的冲突。克莱尔是英国上层社会女性的缩影，她低调的美丽、优雅的举止、健忘的性格和随和的态度都是她作为英国人的标志。就像塞巴斯蒂安在剑桥大学时和英国的女友谈恋爱一样，他更爱克莱尔背后所代表的东西，而不是克莱尔本人。克莱尔在许多方面与塞巴斯蒂安非常相似：她是个孤儿，很独立，很有能力按照自己的意愿生活，完全不关心别人的看法。海伦作为克莱尔的好友，为 V 提供了很多关于他们的信息，在她看来，塞巴斯蒂安和克莱尔之间是一段幸福而又不是那么完美的关系。总的来说，海伦认为他们相处是快乐的，塞巴斯蒂安爱着克莱尔，但是两人的关系并不那么的平衡。当塞巴斯蒂安将精力用于写作时，克莱尔将精力用于塞巴斯蒂安；克莱尔努力做塞巴斯蒂安的后盾，希望能用自己的力量来成全塞巴斯蒂安，但是塞巴斯蒂安并不喜欢这种牺牲，也并不感激克莱尔这么做。塞巴斯蒂安喜欢的是他们之间发生的小摩擦所带来的舒适感，这种舒适感和氛围能够促进他创作。最终，克莱尔的这番努力反而让塞巴斯蒂安远离了她，他不再执着于英国，而是走向了俄罗斯。

4. 纳博科夫的行为习惯对小说架构的影响

纳博科夫在俄罗斯和英国文学的讲座上发表了一套简明的艺术理论。1980 年，他出版了《文学讲稿》(*Lectures on Literature*)，随后在 1981 年出版了《俄罗斯文学讲稿》(*Lectures on Russian Literature*)。尽管他的理论也曾经遭受过一些批评，但纳博科夫因其创新性的阅读方式、精心构建的理论及对其他作家的理性分析而受到广泛尊重。纳博科夫也以同样的标准要求自己的写作。

从这个讲座中可以得出两个重要观点。第一，纳博科夫强调小说是构造出来的。情节和主题不是从自由流淌的灵感中迸发出来的，而是为了完美反映现实而创造出来的。纳博科夫在他的书中模糊了现实和想象之间的界限，这是他在童年养成的习惯。对于他而言，无论什么样的创作都可以让自己的学习曲线朝着正向去发展。在他看来，任何杰出的艺术作品都是一种想象，因为它反映了一个独特个体背后的独特世界观。第二，纳博科夫明确提到了作者的意图及想法，并根据作者最初的意图来评价一部作品是否成功。不过作者的意图也不代表作者一定要把自己的个人经历带入笔下的作品中去，纳博科夫对于作品的分析和评判是不会把作品与作者个人生活完全联系起来的，尽管纳博科夫在写塞巴斯蒂安这个角色的时候加入了一些自己的经历，但是他不鼓励自己的学生在进行创作的时候让笔下的角色和自己的一些经历产生共鸣，尤其是一些悲惨的经历。同时，他否定了弗洛伊德精神分析法对作品的分析和理解，例如，《变形记》中主角格里高尔的家庭是否投射了卡夫卡自己的家庭原型，纳博科夫认为完全没有去了解的必要。尽管他在这个问题上立场非常坚定，观点也很明确，但是批评家们还是毫不犹豫地对纳博科夫本人进行了批评，因为很多批评家坚信纳博科夫的很多经历和作品里的人物是有重合的，这是属于纳博科夫的创作习惯。他其实一直在回避自己熟悉的环境，幼年时期家境优渥让他过着富足的生活，但是成年之后的他一直在极力改变自己的生活环境，想在一定程度上改变自己的习惯，不过很多早年经历的影响让他对一些习惯有所保留。很多评论家将叙述者 V 与塞巴斯蒂安的关系与纳博科夫和他的兄弟谢尔盖之间的关系联系起来，觉得这两者之间有一定联系，因为后来谢尔盖在德国集中营中被杀害，他们兄弟之间的关系也非常微妙，纳博科夫曾经在谢尔盖被杀害的那段时间里写了很多关于死亡内容的小说。

《塞巴斯蒂安・奈特的真实生活》其实从一开始的构建就非常奇特，纳博科夫想让故事情节变得更加有趣。他不仅要建立所有小说中常见的悬念，还必须让读者对一个虚构的人物——塞巴斯蒂安·奈特和他的伪传记感兴趣。此外，纳博科夫对于书中的主角的选择也很特殊。V是一个很难把控的角色，他的想法千变万化，让读者防不胜防。V其实对于读者来说不是很适合在一个故事里当引导者。纳博科夫已经预见到了这些难题，甚至乐于接受。小说从一开始就营造出了一种紧张关系，V对塞巴斯蒂安的故事有着独特的理解，因为这是他哥哥的故事，所以一开始就和古德曼起了冲突。虽然冲突没有办法让人感到愉快，但是这场传记作者之间的斗争恰恰证明了塞巴斯蒂安是一个多么有趣的人。不管是频繁出现的V还是古德曼，皆为次要人物，塞巴斯蒂安才是两本传记的主人公，而且是一个神秘的、有争议的人。此外，传记的标题还呼应了这部小说的主题:《塞巴斯蒂安·奈特的真实生活》不仅仅是关于塞巴斯蒂安·奈特的，还有他写的所有小说，以及因为他产生的所有冲突。纳博科夫还在小说里故意放置一些他特有的小细节，暗示读者们塞巴斯蒂安在现实生活中是真实存在的，就是一名真正的小说家。在小说里，塞巴斯蒂安在写一部研究性的小说，而在小说外的读者们看来纳博科夫写的《塞巴斯蒂安·奈特的真实生活》也是一部研究性小说，内容是对人物的身份和生活的调查。纳博科夫让读者们看不出来哪些是真实的，哪些是虚构的，他为一个虚构的人物精心构建了一个详细的背景，又将小说当中的内容分成不同的层次，让读者们可以从不同的角度来看待这个角色。以小说中V的视角来看这本书，它是一本传记；以纳博科夫的视角来看这本书，它是一本研究性小说。对于当年的纳博科夫来说，这样的写法颇具争议，且独树一帜，但是它打破了纳博科夫之前的桎梏，扭转了困在战时环境里的他，改变了他一贯的写作习惯。

虽然《塞巴斯蒂安·奈特的真实生活》是一本研究性小说，但是书中塑造的故事让读者们拍案叫绝。在调查塞巴斯蒂安生活的过程中，V发现有两个女人与塞巴斯蒂安有非同寻常的关系，认为她们能够给他提供线索。塞巴斯蒂安究竟为什么和这两个女人有关联，以及他为什么拒绝社交，V思考的这些问题成了推进他完成这部书的动力。V对他兄弟塞巴斯蒂安的生活很好奇。V是一个无名小卒，而塞巴斯蒂安是一个著名的作家，V对于了解塞巴斯蒂安的一切有着一种执念。虽然V无时无刻不在小说里露面，但是实际上描写的主要内容还是塞巴斯蒂安的生活，V只是一个叙述者，不过读者也能从中了解到V的一些故事——V是一个小商人，在巴黎马赛的一家公司工作，身份卑微，朋友都是俄罗斯人。尽管V只向读者们提供了这些少得可怜的事实，尽管他在整部小说中小心翼翼地控制着他对塞巴斯蒂安感情的陈述，但愤怒、嫉妒等这一系列负面情绪还是从字里行间流露了出来。《塞巴斯蒂安·奈特的真实生活》中追寻一个人的身份就像是一场游戏，或者是纳博科夫最喜欢的国际象棋谜题，V就像是棋盘上面的棋子，他纵横在棋盘的方格里穷尽时间寻找塞巴斯蒂安的生活痕迹和人际关系。

纳博科夫叙事的标志性特征是模糊写实和虚构之间的界限。尽管小说应该是虚构的，但纳博科夫利用了一些叙事技巧，让写实和虚构混杂在一起，将作者现实的世界和塞巴斯蒂安小说中的世界融合在一起。例如，纳博科夫让塞巴斯蒂安的小说里的人物和V在现实生活中遇见的人物进行了重叠，这是一种双重虚构的手法，故事里的角色行动完全是按照作者的意愿来进行的，小说里安排的戏中戏让V的经历多了一丝戏谑——V自己是没有任何感觉的，但是读者们知道V遇到的一些人是塞巴斯蒂安小说里的角色。与其说《塞巴斯蒂安·奈特的真实生活》中有太多的巧合，不如说这就是纳博科夫故意设置的。他安排这些内容完全是因为要契合小说，而不是为了迎合某些情节。纳博科夫使用这种技巧来进行创作是有原因的。

首先，这种技巧其实一直在提醒人们，小说的很多内容是真实的，塞巴斯蒂安将现实和想象融合在一起来创作小说，小说的很多内容不只是想象力的产物。这就是为什么小说是有意义的，毕竟小说的故事内容与日常生活有着千丝万缕的联系。其次，这种技巧符合叙述者的世界观。V在对塞巴斯蒂安的理解、对塞巴斯蒂安生活的探索、对塞巴斯蒂安的书的理解，以及对他们之间关系的探寻这四个方面，都没有做到很好的把握，他需要通过外界信息来辨别真实情况是什么样的。这种虚与实的界限很模糊，小说里的角色没有做很明确的区分，读者其实也很难区分出来哪些是现实的产物，哪些是虚构的产物。纳博科夫对文学和非文学体裁的随意切换让作品的主要叙述者和其他角色之间的关系变得混乱，此外，纳博科夫还喜欢在作品里加入谜题、游戏及暗示，很多数字和颜色都是具有特殊意义的。他长年累月培养出来的文学技巧非常独特，这是他的写作习惯。读者们对于这样的习惯也习以为常，在读到一些书中细节的时候就知道后面的内容肯定别有安排。

纳博科夫在《塞巴斯蒂安·奈特的真实生活》中借V之口写了很多自己的观点，塞巴斯蒂安与纳博科夫也有某些相似之处，因此这本小说经常被解读为纳博科夫发表见解的一种手段。例如，纳博科夫在小说里提到了作为批评家或小说家应该或者不应该做什么，他还借古德曼的那本《塞巴斯蒂安·奈特的悲剧》嘲讽了一些胡说八道的批评家。另外，纳博科夫还利用塞巴斯蒂安来表现他对生活的一些看法。例如，塞巴斯蒂安在自己的小说里写了一封情书，情书的内容是一个男人向一个女人告别，而这封情书里影射的感情实际上就是塞巴斯蒂安对克莱尔的感情，还有一些小说提到了俄罗斯，但是里面的内容并没有描写关于塞巴斯蒂安对他的童年以及家乡俄罗斯的怀念之情。所以说纳博科夫写这些内容是根据小说创作的需要来写的，并没有什么固定的写法一定要让角色的生活与作者的经历相照应，这是作者的个人习惯所致。纳博科夫觉得没有必要从他的小说中来窥视他的家庭是什么样的，如果有人想去了解，他可以自己写一部真正意义上的自传出来，而不是从其他小说的细节里去揣测。所以有时候我们需要把纳博科夫当作文学批评家来看待，并认识到他对写作艺术的关注和支持。纳博科夫鼓励自己的一些读者们对他的作品进行多角度的分析和揣摩。纳博科夫的小说结构复杂，内容里充满了各种意象和象征，经得起读者反复阅读。

（二）《看，那些小丑！》中的行为主义心理学研究

《看，那些小丑!》是纳博科夫的最后一部长篇小说，是以主人公瓦季姆·瓦季莫维奇纷繁芜杂的情史，还有瓦季姆几十年创作出来的作品串联而成的自传体小说。作品中的主角瓦季姆和作者纳博科夫一样是俄罗斯裔的美国作家。这部作品和《塞巴斯蒂安·奈特的真实生活》一样，是一部“伪自传”作品。瓦季姆出生于革命前的圣彼得堡，由他的阿姨抚养长大，之后他经历了四次婚姻，拥有了一个可爱的女儿伊萨贝尔。瓦季姆作为作品中的主要叙述者，几乎可以算是小说里的另一个纳博科夫，这在文中很多地方都有影射。例如，主人公瓦季姆以《洛丽塔》男主角亨伯特的名字做押韵起了一个假名，并用这个假名在幽会公寓的门房登记簿里登记信息；瓦季姆用假名的事情最后因为一封信导致了悲剧，就像《黑暗中的笑声》里情妇的一封信被妻子看见导致整个家庭分崩离析；瓦季姆像《洛丽塔》里夏洛特对待洛丽塔一般将女儿伊萨贝尔驱逐至瑞士寄宿学校，还故意在作品里“口误”，管女儿伊萨贝尔叫“多莉”——《洛丽塔》女主人公的昵称；纳博科夫还把自己的作品名字改了改，当作瓦季姆的作品，如将《斩

首之邀》改名为《红礼帽》，将《防守》改名为《兵吃后》，里面有些内容还糅合了剑桥求学的经历，出现了《荣耀》里缓慢前行的火车和逾越森林边境等内容。纳博科夫在文中假借男主人公写作的艰辛隐喻自己写作的艰辛，书中男主人公的作品与纳博科夫的原作形成了一种有趣的互文与对照。纳博科夫用自己毕生的作品，创作了一本属于自己的传记。

童年时期是纳博科夫作品里避不开的内容，而分析一个人的习惯心理是行为主义必不可少的一部分。“人类在婴儿时期还处于不稳定的发展状态，这一时期，由于所有的组织都处于非习得的活动中，所以他们还无法抵御野蛮侵犯。”[①] 因此，童年时期的习惯性情绪的条件反射将会伴随一生。《看，那些小丑！》里的主人公瓦季姆的人生就是长期处于一种病态的恐惧之中的。和塞巴斯蒂安·奈特的父母一样，瓦季姆的原生家庭频繁的离婚和再婚让他的童年生活很不稳定，之后布尔什维克革命的爆发加重了他的精神错乱，让他一直无法以正常人的状态生活。紧张的情绪一直伴随在瓦季姆左右，外在的刺激让他无法松懈，所以他尽可能让自己在幽静的环境里休养，不让自己的情绪太过激动。但是瓦季姆的第一任妻子艾丽丝打破了他的宁静，莫须有的艾丽丝的情人让瓦季姆变得过于歇斯底里。他知道自己的情绪状况不佳却依然要疯狂地创作。在第一任妻子去世后，瓦季姆又续娶了个性不同的配偶。瓦季姆每一任的妻子塑造了不同面的瓦季姆——少女一般的艾丽丝，成熟的安妮特，粗俗的路易丝，就像瓦季姆自己所言，“就是这样。听上去很乏味吧，说到精神错乱这事，确实，如果我不再去想它，就能把它缩小为一个无关宏旨的小错误——天生九指的畸形人所失去的那个小指头。然而，仔细想一想，我就不禁怀疑它是一个危险

---

① ［美］华生:《行为心理学》，刘霞译，现代出版社 2016 年版，第 22 页。

的前兆，预示着某种精神疾患，最终会影响整个大脑”[①]。和瓦季姆拥有一子的安妮特非常多愁善感，和性感天真的艾丽丝不同，安妮特是一个性冷淡者，尤其是在怀孕期间，她那暧昧不清的态度让瓦季姆分外痛苦，让瓦季姆也变得尖刻起来。在此之前，瓦季姆如果见到安妮特炫耀自己写对的语法好歹会“忍俊不禁”一下，从安妮特怀孕影响到他的情绪之后，他就觉得安妮特的英语越发矫情，后来安妮特离开了他，他对安妮特只留下痛苦的记忆。

瓦季姆一直被人叫作猫头鹰，猫头鹰是智慧的象征。虽然他一直在夸耀他的每一任妻子，但是对于她们的庸俗和对艺术的不解感到乏味和难以忍受。由于他的几次恋爱经历都算不上正常，所以他的精神开始变得越发错乱。瓦季姆的第三任妻子路易丝是一个年轻的女人，而且之前曾和一位叫作杰里·亚当森的男人结过婚。在杰里死之前，路易丝就是瓦季姆的情妇；在杰里死后，瓦季姆甚至还愉快地称“路易丝自由了”。路易丝的故事是和伊萨贝尔的故事穿插着描写的，一个是年轻的情人，一个是早熟的女儿，这两个人围绕着瓦季姆，使他不由得想到了自己小时候曾无耻地调戏了自己的表妹，他甚至联想到了他少年时看到的少女裸露的双臂，并肆意描述了一番。瓦季姆不止一次提到他讨厌安妮特的长相，他一直在强调伊萨贝尔说话的口气和嘴唇有多么像安妮特，还有她的容貌也由于像安妮特而变得普通，但是之后又因伊萨贝尔提到她惨死的母亲时过于冷漠而愤愤不平。直到伊萨贝尔成长到 13 岁时，瓦季姆对于她的描述突然就变了：

---

① [美] 弗拉基米尔·纳博科夫:《看，那些小丑！》，吴其尧译，上海译文出版社 2016 年版，第 94 页。

直到一九五四年至一九五五学年之初，贝尔快十三岁的时候，我仍然快乐无比，丝毫没有察觉在我和女儿的关系上存在任何差错或危险、荒唐或愚昧。除了一些微不足道的疏忽——饱含柔情的几滴热泪，咳嗽所掩藏的一声喘息，诸如此类——我和她之间的关系再清白不过。[①]

但事实上，瓦季姆对于伊萨贝尔的偏爱再明显不过。他承认自己发现了她的美，详细地描述了伊萨贝尔美丽的眼睛和头发。他原谅了她对于自己母亲的冷漠，并且称赞了她的才华。与伊萨贝尔相比，瓦季姆反倒更加疏远要搬进家来的路易丝，并且戏称对方是“知识分子路易丝”。由于妻子和女儿在同一个房子里的明争暗斗让他这个男主人颇为头疼，所以他主动提出要把伊萨贝尔送到寄宿学校里去，还曾将伊萨贝尔错叫成了多莉——他当年的一个二十来岁的年轻情妇的名字，这让伊萨贝尔彻底疏远了他，和其他男人私奔了。这段失去伊萨贝尔的空白期，又让瓦季姆回忆起自己的童年期偷偷“探索”小妹妹拉拉姬双腿的事，还在旅游途中读了一本几乎就是《洛丽塔》翻版的小说，再之后的生活几乎和路易丝毫无关系了。童年习惯的“反复养成”，导致到了将近60岁的瓦季姆的人格变成了习惯的最终产物。瓦季姆的行为习惯是冲突的：他想要一个成熟的女性作为自己的伴侣，又受不了没有激情的人生；和更年轻的女人生活，却又抵御不住更年轻的少女的诱惑——更勿论这个少女有着绝佳的才华；虽然优先将对方驱赶出自己的生活，希望自己的生活保持安静，但又忍不住想起童年

① ［美］弗拉基米尔 · 纳博科夫：《看，那些小丑！》，吴其尧译，上海译文出版社 2016 年版，第 148 页。

时期自己骚扰过的那些活泼的少女们。“个体所展示出来的东西就有了鲜明的标志，使得他的人格因为这种活动被明显地‘注意’到。”[①] 和之前惨死的一任又一任的妻子相比，路易丝更加聪明，她的身份也更不一样，她是从瓦季姆的情妇变成正牌夫人的，本性的不安分也让她成了优先出轨的那一个。路易丝很明显觉察到了瓦季姆对于自己的冷漠和淡然的态度，瓦季姆的聪明也让他更难和常人相处，他总是喜欢去嘲笑比他蠢笨的人。路易丝知道自己丈夫的本性，所以在他表现出厌恶之前，先于瓦季姆一步离开了他。

纳博科夫讨厌教条，并且为人非常自傲，从不参加任何团体，并且不善言辞，比起说话，他更喜欢写作。此外，比起翻译，他更善注释，在对诗歌翻译时，其注释的篇幅甚至长于诗作本身。从多个方面可以看出，纳博科夫是一个过分理性的人。在纳博科夫的作品里，早期作品更倾向于写实和细节描写，对于人物的翔实描写，他更喜欢直接用文字表达出来，而不是借助侧面和他人之口来描述；到了晚期，他的作品的表达积累开始沉淀下来，虽然受到了很多作家的影响，但是依然可以看出他个人风格明显的习惯语言和习惯内容已经全部成型。纳博科夫在 1926 年开始创作第二部作品《王，后，杰克》时就接触到了伦理方面的内容，之后《黑暗中的笑声》和《魔法师》这两部作品的创作为《洛丽塔》的创作奠定了基础，最后就是这本《看，那些小丑！》，它集合了纳博科夫之前几乎所有作品的特点，一方面这是作者故意为之，另一方面这是作者的习惯性行为导致的。瓦季姆是晚年时期纳博科夫的状态，他创作了太多的作品，很可能已经甩不开《洛丽塔》带给他的影响了，从用英语创作开始，几乎每一本小说里

① ［美］华生:《行为心理学》，刘霞译，现代出版社 2016 年版，第 48 页。

小女孩的角色都带有洛丽塔的影子。

从语言习惯上来看，纳博科夫晚年时期的作品风格变得逐渐大胆娴熟起来。虽然《看，那些小丑！》里的细节描述可能没有《塞巴斯蒂安·奈特的真实生活》那么详细，但是对于情绪和习惯的描述却更多。比起其他角色，主角瓦季姆被意外地增添了一个心理方面的设定，这让角色的发展更加扑朔迷离。瓦季姆从一开始就表明自己的青春期是在甜美的少女身边度过的，他厌恶成熟的女人。面对童年时期家庭环境的反复变化，纳博科夫给这个角色增添了前所未有的想象力，一种关于生活的想象力，类似于生死攸关的经历。这些经历能够让他从生活中汲取可以进行创作的素材，再将这些素材转换成小说的故事情节。这些想象力激发及文学创作的过程让纳博科夫收获了快感。一方面，纳博科夫从一个可爱的女孩的皮肤、头发、下巴及手臂开始描写，将人物的细节一一展现在小说中；另一方面，纳博科夫让角色不断地遭遇困惑，让角色的真实生活和想象中的情节交织在一起，令读者分不清楚哪些是真实发生的，哪些是角色想象出来的。纳博科夫在《看，那些小丑！》里还利用角色遭遇到的不幸来升华自己的作品：瓦季姆的几任妻子一个接一个地死亡；瓦季姆的打字员是一个无能的人，却还要被迫留在瓦季姆身边为他做事；安妮特冷暴力过瓦季姆；女儿伊萨贝尔和一个男人私奔了，永远地离开了瓦季姆。瓦季姆的婚姻太过于贫瘠，他找到了一个新的女人——路易丝来暂时安慰自己，而路易丝就像是纳博科夫之前创作的那些让人厌恶的女人的集合体，她让伊萨贝尔离开了他们的家，但是自己又消失了，跟随着一个男人离开了瓦季姆。瓦季姆歪曲的记忆，搭配着他变化多端的生活，这一切都让读者们眼花缭乱，故事情节非常精彩且引人入胜，往往第一遍阅读只会被多面的表象迷住。对于瓦季姆和纳博科夫来说，艺术就是表演。角色们戴上一个面具，表演起小丑或者空中飞人的演出，但是它可能是没有安全网的，这让角色的演出变得非常危险。正如纳博科夫的创作语言从俄语到英语的转变，虽然纳博科夫从小到大接受的是三语教育，但是俄语毕竟是自己的母语，冒险使用英语来创作确实十分冒险，但是这被纳博科夫克服了。在他的英语作品中，每一个短语、句子都被纳博科夫完美掌控，读者们瞠目结舌。

（三）《洛丽塔》中的行为主义心理学研究

纳博科夫于 1949 年在康奈尔大学教书时开始写《洛丽塔》，几年来笔不停辍，包括他与妻子在全国各地进行夏季捕蝶旅行时也在写这部小说，最后于 1954 年完成这部小说。当他将这部小说拿给出版社的时候，出版社对一个诱拐未成年少女的故事——并且故事的叙述者还是主角——不得不谨慎看待，因此这部小说直到 1955 年才在欧洲出版，1958 年在美国出版。有争议的主题没有阻拦这部作品的畅销，反而吸引更多的人来购买这本书。这本书的畅销使纳博科夫赚取了大笔的稿酬，让纳博科夫能提前退休，在瑞士的蒙特勒集中精力专注写作。尽管《洛丽塔》被炒作成一部禁忌小说，但其实小说中几乎没有对性爱的直接描述。纳博科夫坚持认为专制化的写作会让他感到厌烦，而那些期待着有禁忌内容描写的读者则会感到失望。纳博科夫专注于写亨伯特对洛丽塔的压倒性的、窒息的欲望，当然，那很快就变成了压倒性的、悲剧性的爱。纳博科夫对小说中用词的选择非常苛刻，以至于他觉得很多想法和感情并没有真正表达清楚。《洛丽塔》可以说是英文文学作品中的佼佼者，纳博科夫还以其他方式在英语中留下了自己的印记，引入了英语新词，如用“nymphet”（仙女）来描述亨伯特爱慕的年轻女孩，用“Lolita”（洛丽塔）来专门描述少女。事实上，纳博科夫更喜欢这样的说法：《洛丽塔》是他对英语的爱恋的记录，而不是他对美国和欧洲文化发展的记录。不过，《洛丽塔》仍然是一部充满年代感的小说，就像是虚拟的20世纪50年代美国的博物馆，这一点从洛丽塔对流行电影的崇拜到夏洛特·黑兹的资产阶级价值观都可以看出。无论读者从《洛丽塔》中得到什么，它始终是纳博科夫最受读者和学者欢迎的小说。

纳博科夫在《洛丽塔》里涉猎了很多跨学科的内容，使用的写作手法多样且语言表述繁复，另外他还设置了很多的文字谜题来引诱读者自己寻找答案，增加阅读的乐趣。例如，薇薇安·达克布洛姆（Vivian Darkbloom）这个名字是弗拉基米尔·纳博科夫（Vladimir Nabokov）这个名字的变位词，这标志着这个女编剧在小说里是纳博科夫的替身，是纳博科夫在小说里的代言人，她被安插在小说的某些个场合里，作为整个故事的见证人，冷眼旁观着这一切。又例如，亨伯特的死因——冠状动脉血栓，其实是“心碎”的另一种方式的表述。虽然这可能显得很可笑，但它展现了一个事实，即《洛丽塔》其实是一部悲喜剧，它的很多内容能够逗笑读者，但是其本质是悲伤的，同样也是矛盾的。洛丽塔荒唐的行为会让读者们啼笑皆非，但是洛丽塔荒唐行为背后的悲哀也只有读到最后才能被读者们领悟到。亨伯特的讲话非常优雅，即使面对粗鲁的洛丽塔和夏洛特，他也能维持优雅的姿态，这有时候会让读者忘记亨伯特邪恶的本质。亨伯特是一个生活精致的欧洲人，他做派迷人，经常吸引同龄的女性，有时候也会使读者不由自主地站在他那一边，转移了读者对他作恶的注意力。纳博科夫在整个小说中表现的另一个主题是心理学，尤其是乐于嘲笑弗洛伊德的心理学。小约翰·雷引用了心理学的统计数据，证明如果亨伯特去找一个心理医生来进行定期的诊断治疗，悲剧就不会发生，并坚持认为亨伯特为洛丽塔写的那本书将成为心理学的“经典”。但纳博科夫从不相信弗洛伊德的理论有任何合理的依据，他喜欢利用小说里的角色的言论嘲弄心理学的方法论。

《洛丽塔》这部作品作为一份病例、一本精神病学史上的经典著作无疑是饱受争议的。自《洛丽塔》这部作品诞生至今，无数的专家学者曾在精神分析理论、女性主义视角、精神生态视角等方面进行过解读。而行为主义作为一个有别于其他心理学的流派，为心理学分析提出了更为彻底的主张，并对《洛丽塔》这部作品的分析提供了新的视角。接下来，本书将从刺激的反应、不同角色的情绪表现以及习惯性的行为养成这三个方向来分析《洛丽塔》。

1. 小说中角色行为的刺激反应

行为主义学中所谓的刺激反应其实是一般环境中的动物的生理状况所发生的一些变化。比如说，如果在黑暗中突然出现亮光，那么动物可能会避光，也可能会被吓到突然跳起来。在《洛丽塔》这部小说的开头，小约翰·雷博士告诉读者，亨伯特在 1952 年 11 月 16 日，他的审判即将开始之前，在监狱中死于冠状动脉血栓。亨伯特是一个教授，他平时的生活非常安逸，而条件恶劣的监狱环境让亨伯特无法承受，以至于最终死于疾病。

纳博科夫在整本小说当中运用了一些名字上面的隐喻。“亨伯特”这个名字的拼写“Humbert”让人想起拉丁文的“umbra”（阴影）。另外，亨伯特这个角色在故事中其实还代表着很多没有出现的阴影角色，这些角色和亨伯特是一样的，也在觊觎洛丽塔。此外，“亨伯特”这个名字还与西班牙文中表示人的单词“hombre”的写法相近，而“ombre”也是 17 世纪欧洲的一种纸牌游戏。亨伯特与游戏的关联很重要，因为纳博科夫用文字玩了无数次游戏，这些和角色也是有关联的。亨伯特·亨伯特是一个双重名字。小约翰·雷在某种意义上也是一个双重名字，暗示着这个帮助亨伯特记录整部回忆录的小约翰·雷也可能是其中的一个分身。纳博科夫玩这些游戏也是为了能够刺激读者，在故事缓慢进展的过程当中，读者需要一定的刺激，就像是一只小白鼠被刺激了腺体之后会在后面的时间里异常兴奋；读者们能够和文本中的角色一起做游戏、猜谜题，能够长久地对接下来的故事内容保持兴奋状态。纳博科夫在《洛丽塔》中从头到尾都在使用双重身份讲故事，双重身份其实从某种程度来说就是让一个人物角色与他自己进行对抗的过程。

罗伯特·路易斯·史蒂文森的《化身博士》是用双重身份讲故事的典型案例，这也是纳博科夫非常欣赏的一部作品。纳博科夫曾认为采用双重身份手法创作的小说结构“无聊得可怕”，所以对其进行了大量的模仿和修正。在《洛丽塔》中之所以塑造双重身份，是因为从某种程度来说亨伯特对抗奎尔第就是在对抗他自己，这让两个角色之间既能对抗，也能让小说因为他们的行为相互刺激产生火花。奎尔第很像亨伯特，他们都热爱文学，都有令人厌恶的恋童癖，到了故事的后期他们甚至颠倒了猎人和猎物的位置。纳博科夫抹去了这两个所谓对立面之间的差异，揭示了他们的相似之处。因此，纳博科夫的模仿并不是简单的文学颠覆，而是对道德的灰色地带的审视。

此外，整部小说中的镜子这个物件也创造了双重形象。在奎尔第的家中，放置了大量的镜子，映照着亨伯特和奎尔第的身影。镜子中的影像与亨伯特或奎尔第的形象是一致，只是放大了，比如说像奎尔第，前期他作为亨伯特的影子，一直没有出现，直到小说的最后，他家里的镜子映出了他真实的身影。这种刻意的放大，暗示了人物的个性，特别是亨伯特，他自大而又虚伪，同时无法摆脱真正的孤独，他相信自我是唯一存在的东西，所以才努力想让洛丽塔留在自己的身边，但是这种满足只是暂时的，最后亨伯特的人生会继续回归孤独。

《洛丽塔》最引人注目的特点是亨伯特华丽的令人阅读起来分外舒畅的

散文。写作和阅读同样也是刺激反应的一个过程，通过写作这个行为，不管是书里还是书外，都能在不同的特定环境下激发不同客体的反应。比如纳博科夫创作《洛丽塔》的主要动机是让读者陷入一种“审美幸福”的状态。阅读《洛丽塔》和阅读任何小说一样都是一种愉悦的阅读体验，对于表面看上去是一个神秘的故事来说，读者能够重读它，主要是基于其优美的文字。纳博科夫认为所有的故事都应该类似于童话，他喜欢在小说里写戏中戏，把讲述戏中戏的人称为“魔法师”。亨伯特的语言令人陶醉，他讲述的魔法和童话的主题贯穿小说始终。除了语言令人陶醉之外，《洛丽塔》的语言还有其他一些效果，纳博科夫利用文字把属于洛丽塔的时间冻结起来了。当亨伯特详细描述洛丽塔打网球的样子时，他成功地将洛丽塔最美好的一面永恒地锁定在少女时代。纳博科夫在写《洛丽塔》这部小说，而亨伯特也同样用优美的文字和语言来重新审视洛丽塔，亨伯特还用他优雅的语言转移了读者对他丑陋行为的注意力。纳博科夫还颠覆了悬疑小说的类型，将语言作为主要的线索，而不是行动。比如在小说里提及的有些典故是揭示奎尔第的身份和亨伯特的性格的线索。

虽然纳博科夫否认他的小说以任何方式寓意旧欧洲（以亨伯特为代表）和年轻美国（以洛丽塔为代表）之间的文化冲突，但读者仍然可以在书中找到明显的信息关联。夏洛特可以被看作美国资产阶级的象征，她一直在努力追求欧洲的优雅，但陷入了美国中产阶级的媚俗；洛丽塔经常被低级趣味的电影吸引，美国流行文化也在她心中根深蒂固，被美国文化培养长大的她却吸引了亨伯特的注意。亨伯特虽然是半个欧洲人，但是他陪着洛丽塔看了很多美国电影，愿意为了洛丽塔而接触美国文化，所以他也耳濡目染了美国的一些文化的精髓。

与其说《洛丽塔》是一个神秘的爱情故事，不如说它关注的是亨伯特在小说第一部分中对性和小说第二部分中对暴力的执着追求。这两种激情是相互对立、相互刺激、相互反馈的，因为性创造了生命，而暴力则使生命终结，这两种行为是相辅相成的。当然，这种主题设置并不是绝对的：亨伯特在小说第一部分经常想杀死夏洛特，就像他想杀死他的第一任妻子瓦莱丽亚一样，而且他的欲望在小说第二部分并没有减少。夏洛特死了，亨伯特和洛丽塔最终能够远走高飞，亨伯特还如愿以偿杀了奎尔第。然而，亨伯特的某些欲望是不可能实现的——他希望“仙女们”永远不要长大。随着洛丽塔年龄的增长，亨伯特失去了对她的控制，洛丽塔越来越渴望独立。所以，一旦机会到来，洛丽塔就会选择逃离。正如亨伯特后来所发现的那样，洛丽塔最终离开了他而跟随着奎尔第。这时亨伯特的立场改变了，疯癫往往随之而来，他曾经也有过这样的经历，比如瓦莱丽亚欺骗他的时候。他偶尔会承认自己的精神错乱，并称自己是个“疯子”。

亨伯特的精神状态问题从小说一开始就是讨论的焦点。他认为生活中的无数巧合都是命运的安排，而不知道的是这些巧合其实就是他的行为所导致的结果。由于这部小说从头到尾都是亨伯特的视角，所以还有一种可能性是亨伯特在小说一开始坐牢的时候就和小约翰·雷合作，撰写了这些巧合，把真实的事件改头换面，以适应他自己的行为习惯，而不是按照正常的行为习惯来如实记录。由于纳博科夫认为小说不应该是道德的，而只是审美的，他通过让亨伯特把他的读者当作陪审团成员和法官来嘲笑读者们做出的道德判断。然而，这种解释掩盖了对道德、命运和自由意志的探寻。亨伯特试图通过认同命运哲学来消除对自己行为的道德责任；如果他不能掌控事件，那么他就不能对事件负责。然而，在小说的结尾，他承认自己在虐待洛丽塔的过程中行使了自由意志，应该受到某种惩罚。

纳博科夫是一位备受尊敬的鳞翅目动物学家（研究蝴蝶的专家），如果说《洛丽塔》中描写的某一个物件可以被看作一种象征，那就是洛丽塔的蝴蝶。蝴蝶在小说中意味着不稳定，没有办法给人带来安全感。洛丽塔是一个难以捉摸的女孩儿，亨伯特就像鳞翅目动物学家用他的网捕猎蝴蝶一样捕猎她。然而，她还是经历了亨伯特试图阻止的蜕变。这种蜕变似乎是反向发生的，亨伯特作用在洛丽塔身上的行为非但没有刺激洛丽塔从一个幼虫变成一个华丽的有翅膀的蝴蝶，反而是随着她的年龄增长失去了她应有的力量，她没有变得美丽，反而变得更加粗俗，特别是在小说的结尾，她无所不用其极地逃离亨伯特，甚至做出出格的行为来和亨伯特做对抗。

纳博科夫曾对西格蒙德·弗洛伊德和整个精神分析领域进行了严厉的批评，而亨伯特在《洛丽塔》中就是他的代言人。亨伯特在书里代替纳博科夫嘲弄着这些理论。他嘲笑安娜贝尔是他爱上洛丽塔的原因——因为创伤导致他爱洛丽塔，并取笑许多其他精神分析的迂腐和无趣。所以纳博科夫并不喜欢大量的心理描写，他更喜欢描写肢体语言或者情绪上的直白表达，这也就为行为主义心理学提供了一定的分析空间。

2. 小说中的情绪表现

在行为主义心理学家约翰·华生的行为分析论看来，人出生时的情绪反应非常少，只有“惧”“怒”和“爱”等。其他的行为只有后面建立了新的刺激和反应联结才能够习得，比如“嫉妒”和“害羞”，就是发生性成长，刚出生的时候是不会出现的。而非习得情绪——“惧”“怒”和“爱”则会伴随我们完整的一生。在《洛丽塔》这部小说中，洛丽塔身边出现了很多家人和朋友，有的人出现的时间并不长，但是足以从他们出场到退场的这段内容中看出他们的行为和情绪对洛丽塔日后成长的影响。

（1）非习得性情绪中恐惧情绪的表现

亨伯特和洛丽塔在小说中的关系长期处于一种固定的状态，并且洛丽塔生活的每个方面都由亨伯特来决定，在强烈的控制欲下，亨伯特也有很多的担忧。在夏洛特去世后，他带着洛丽塔离开家并外出旅行这件事情并没有通知更多的人，所以他很害怕有人给洛丽塔的家里打电话。他时时刻刻提防着人们的目光，特别是路过的警察，他一碰到法律上面的相关问题就心惊胆战。他也非常担心洛丽塔对他的态度，当洛丽塔对他表现出明显的厌恶时，他会生出带着洛丽塔逃跑的想法。他对人、环境，特别是未来，变得偏执，有着莫名其妙的自信心，但是又因他与洛丽塔的不伦关系即将暴露以及失去洛丽塔而变得十分恐惧，这种心理上的斗争让他陷入忧虑，而这种忧虑开始逐步在他的心里占据上风。随着他恐惧情绪的增强，他的控制欲也开始逐渐膨胀起来。

对于洛丽塔来说，在遇见亨伯特之前，父亲的影响几乎是不存在的，她和母亲相处的时间最长。虽然乍看上去，洛丽塔在那栋黑兹家的小别墅里似乎活得很自由自在，其实由于夏洛特时隐时现的控制欲，洛丽塔隐隐有一种恐惧感。这种恐惧是不定期发生的，基本发生在夏洛特的尖声叫喊之中；让她们母女俩吵起来的，也都是些鸡毛蒜皮的小事。洛丽塔从裙子下面抬起腿来系鞋带，这时候她母亲的叫声就紧随其后，“多洛蕾斯·黑兹，别露出你的腿来”[①]；洛丽塔打扰了夏洛特和亨伯特的独处空间的时候，夏洛特则行使了作为母亲的特权，强行要求洛丽塔去睡觉，“现在我们都认为洛应该上床睡觉了”[②]，她做这种决定的时候完全是因为自己而不是为洛丽塔。她们母女甚至经常不顾房客在场就尖声吵闹，而夏洛特完全没有一个

---

① ［美］弗拉基米尔·纳博科夫:《洛丽塔》，主万译，上海译文出版社 2005 年版，第 68 页。

② ［美］弗拉基米尔·纳博科夫:《洛丽塔》，主万译，上海译文出版社 2005 年版，第 71 页。

母亲的样子，“那个老娘儿们带着一位母亲的嘲弄神情斜眼瞟了瞟洛”[①]，她丝毫没有把洛丽塔当作一个孩子，洛丽塔之于夏洛特更像一只宠物。面对母亲的嘲弄，洛丽塔的情绪也异常激动，差点打翻桌子上的牛奶，这样激动的情绪很有可能与洛丽塔在婴儿时期就受到的刺激有很大的关系。关于婴儿时期的洛丽塔，夏洛特曾经向亨伯特提到过：“她一岁的时候脾气就不好，老把玩具往小床外边扔，她可怜的母亲只好不停地去捡，这个可恶的毛娃子！”[②]一个神智还尚未发育完全的孩子，会不停地把玩具往外面扔不是没有理由的，夏洛特在洛丽塔的成长期不知道该如何正确地做一个母亲，所以她很有可能在喂养尚处婴儿时期的洛丽塔的时候表现出了极大的不耐烦，甚至可能朝着洛丽塔嘶吼过。这对于一个需要母爱关怀、需要良好环境成长的孩子来说简直是灾难级别的，她会因为巨大的响声而引起惊惧，这可能在她玩玩具的时候发生过好几次，所以才导致了她会不断地把玩具丢出去。而这些正常婴儿不会做的事情却被夏洛特归咎于“脾气不好”，并辱骂洛丽塔为“可恶的毛娃子”“十足的讨厌货”。这样的细节构建贯穿整个故事的始终，其实不仅仅只是夏洛特和洛丽塔，大多数角色都试图互相操纵。夏洛特计划将她的女儿从家里赶出去，以便和亨伯特有一个独处的场所，她通过拒绝正视洛丽塔的需求来管理洛丽塔的行为——虽然这并没有什么用。亨伯特花了几个小时精心计划他对洛丽塔的求爱，后来，不断用各种方式勒索她和自己待在一起；洛丽塔意识到她对亨伯特的重要性，反过来利用亨伯特的感情，让他给她买了一大堆小女孩的玩意儿。再往后，亨伯特和洛丽塔之间的关系逐渐失控，濒临崩溃，所以洛丽塔开始计划逃

---

① ［美］弗拉基米尔·纳博科夫：《洛丽塔》，主万译，上海译文出版社 2005 年版，第 65 页。

② ［美］弗拉基米尔·纳博科夫：《洛丽塔》，主万译，上海译文出版社 2005 年版，第 71 页。

跑。虽然与奎尔第离开风险也很大，但这时的洛丽塔已经慌不择路了，亨伯特和奎尔第这两个人都不是什么好的选择，而亨伯特的逼迫让洛丽塔的恐惧情绪爆发，这让她宁愿选择奎尔第。

（2）非习得性情绪中愤怒情绪的表现

亨伯特曾不止一次说过洛丽塔的脾气非常坏，仅仅在黑兹家住下的那段时间里就提到了五六次。洛丽塔对任何人、任何不顺心的事都能发脾气，亨伯特把这称为“朝气蓬勃”。但其实细究其日常生活的细节，很容易看出来洛丽塔容易激怒的情绪是长期生活在这个扭曲的家庭环境中而养成的，不属于正常孩子平日里会抒发出来的正常的愤怒情绪。大多数《洛丽塔》中的人物都用一个性格特定、情绪特定的角色来掩饰自己。亨伯特假装自己是一位地位尊贵的贵族知识分子，力图在自己的计划里扮演具有爱心、心地善良的丈夫和继父。夏洛特非常关注她在上层人士眼中的形象，但是她法语讲得不好，并且只会根据女性杂志的建议乱说话。洛丽塔在大多数时候认为她自己以后可以成为一个明星，这是她表面的样子，也就是她本来在正常情况下该有的样子，可是她的母亲强硬的做派让洛丽塔非常绝望，所以她只能通过愤怒情绪来发泄自己的不满。随着洛丽塔和亨伯特的关系继续恶化，她不断重新评估自己还能够承受多少，并开始策划逃跑的计划。当亨伯特开始感到被她的诡计威胁并狂怒时，洛丽塔喜欢看着他这么发疯。最终失去洛丽塔的恐惧导致亨伯特变得偏执，并且非常没有安全感。威胁与安全感之间的关系开始不再平衡，起初是洛丽塔感到受到威胁和不安全，现在是亨伯特感受到威胁和不安全带给他的焦虑。

约束身体的行动是夏洛特常对洛丽塔做的事，她总是以尖锐的声音催促洛丽塔做她并不想做的事情，而且没有反驳的余地。这让洛丽塔从小就有了发着脾气和母亲，或者说和任何人进行交流的习惯。比如他们一起去镜湖游玩，结果遭遇了大雨，这让她“大发脾气”。汉密尔顿太太的女儿由于高烧导致野餐延期，夏洛特和洛丽塔进行交流也因为洛丽塔大发脾气而告终。洛丽塔恶意地提出，如果她的母亲这样无视她的愿望，她就再不跟母亲去做礼拜了；而夏洛特也无视女儿的愿望，甚至不纠正她那怪异的脾气，只是冷冰冰地表示“很好”，然后就走开了。夏洛特有时会突然要求洛丽塔换掉花哨衣服，赶洛丽塔去夏令营营地里待着，而这只是为了更方便她和亨伯特在一起。但是对于洛丽塔的暴怒的理由，夏洛特只是给亨伯特简单地解释为“那孩子又大发脾气，借口说，你和我想要把她甩掉；实际的原因是，我告诉她明儿我们要把她硬逼着我替她买的一些过于花哨的睡衣等换成素净一点的织物。你瞧，她把自己看作一个小明星，我却只把她看作一个结实、健康但相貌绝对平常的孩子。我看这就是我们吵闹的根源”[①]。而想要拦住洛丽塔聊两句的亨伯特则无故承受了洛丽塔的愤怒——被鞋楦重重抽打了两下。可以说，洛丽塔的坏脾气和易怒的情绪都是常年和她母亲相处之下养成的，她母亲对于愤怒情绪的抑制同洛丽塔一样——她们在年轻的时候都没有办法很好地管理情绪。洛丽塔这个角色的负担太重了，这不是她这个年纪应该承受的消极情绪。她不仅要以小小年纪提前去面对成年人的世界，而且要面对她母亲的意外死亡，从此她便要一个人独自生活在这个世界上。鉴于她被迫经历的事情，她的表现是可以被理解的。所以即便在夏洛特死后，洛丽塔也难改习性，最终就连亨伯特也无法承受她阴晴不定的脾气而想尽办法加以抑制。而强硬的控制终究让一个年仅 14 岁、心理和生理都没有发育成熟的女孩子难以承受，结果只能是逃离亨伯特而去。在与亨伯特在一起久了之后，洛丽塔能够准确评估他的行为。当

① ［美］弗拉基米尔 · 纳博科夫：《洛丽塔》，主万译，上海译文出版社 2005 年版，第 100 页。

他虚张声势时，洛丽塔会主动攻击亨伯特，这让亨伯特措手不及；洛丽塔还会密切关注身边一些男人的情绪，一旦出现伤害到她的苗头，她就会优先保护自己。

行为主义心理学家通常会在情境中观察心理对象，了解对象的精神状态本身，并熟知对方的情绪变化。情绪问题是行为心理学确定人的基本心理问题的依据，包括情绪的数量和种类，它们在什么情况下出现，以及出现的强度是多少，出现的顺序是怎样的，等等。《洛丽塔》小说中的大多角色虽然都保持了自己出场时的情绪直到最后，但他们很多时候在假扮别人来掩饰自己的真实状态，这让他们的情绪很不稳定，而愤怒就是不稳定情绪的开端。早些时候，夏洛特曾经提到了上层阶级的女主人是如何生活的，她们的缩影是她追寻美好生活的动力，而夏洛特的浅薄让亨伯特捕捉到了，并巧妙地利用了她，这导致夏洛特的情绪崩溃，每天都在和亨伯特歇斯底里地吵架。从表面上看，奎尔第是一位闻名世界的剧作家，但实际上他也是一个臃肿的、有毒瘾的变态，他的行为与亨伯特发生了冲突。洛丽塔的性格就像是一个木制的俄罗斯套娃：打开一个才发现另一个，而套娃的性格又是不同的，环境的变化让洛丽塔难以适应，愤怒的情绪就会爆发得更加频繁。从一开始，洛丽塔似乎是有一个正常和健康的青春期生活。在她母亲去世后，亨伯特惊讶地发现她曾经有过一些性行为。在平时的生活中，洛丽塔扮演了亨伯特快乐、无所畏惧、年幼的女儿的角色；在私下里，她必须扮演成他的情人以满足他难以控制的性冲动。亨伯特常常因为强迫洛丽塔和自己待在一起，以及禁止洛丽塔的正常社交而感到内疚，有时他甚至会因为自己不可饶恕的行为而讨厌自己。亨伯特无法停止担心他和洛丽塔的未来。其实他可以通过解除与洛丽塔的关系来消除这种焦虑，但是由于他经常是处于崩溃状态的，所以他没有办法冷静下来去认清这一事实。

（3）非习得性情绪中喜爱情绪的表现

亨伯特是一个非常自信并且骄傲的人，是一个自恋者。他时常为自己的回忆录而自豪，其中包括对艺术品、音乐、诗歌和书籍的品评。除了这些之外，他还经常使用一些双关语和首字母缩略词来表现他的聪明才智，以及对其他人智商的鄙视。当他嘲笑庸人和资产阶级时，他表现出了极强的虚荣心。而对于洛丽塔而言，亨伯特引起了洛丽塔的好奇心。洛丽塔作为一个青少年，她是脆弱的，在被母亲强烈排斥的情况下，有一个成年人能够接纳自己，这对洛丽塔很重要。另外，亨伯特本身长得也像好莱坞明星，又是一个大学教授，这种名人的魅力自然而然引起了洛丽塔的兴趣。早熟的洛丽塔也能看出来情绪不稳定的夏洛特爱慕着亨伯特，他们之间会发生些什么也让洛丽塔非常感兴趣。她想要了解更多关于他的信息，她认为他既和蔼可亲，又很有趣。另外，亨伯特会帮她反驳夏洛特的一些观点，并且维护她，这是洛丽塔在这个家中不曾享有的待遇。

从上文两种非习得性情绪的分析可以得出，洛丽塔和她的母亲之间的交流基本是靠吼、靠发脾气来进行的，平和的交流是不存在的，这不得不说夏洛特给予洛丽塔的爱实在太少了，甚至在夏洛特得知亨伯特是一个惦记着她女儿的变态的时候，她对于洛丽塔的代称都是“那个不要脸的小鬼”。在亨伯特视角的描述下，夏洛特更是一个自私自利的母亲：“我知道黑兹妈妈恨我的宝贝儿，因为她十分喜欢我。”①

在夏洛特看来，洛丽塔的任何喜好和愿望都不值得被尊重，洛丽塔喜爱打扮，喜欢漂亮的衣服，但是在夏洛特眼中，这些都是需要被改掉的。洛丽塔觉得自己是一个明星，而夏洛特觉得她就是一个普通的孩子。夏洛

① ［美］弗拉基米尔·纳博科夫：《洛丽塔》，主万译，上海译文出版社 2005 年版，第 88 页。

特还在某些场合公开嘲笑过洛丽塔的这些想法。夏洛特给亨伯特讲述这些事情的时候曾特意强调“我看这就是我们吵闹的根源”[①]，也就是说夏洛特知道她说的这些话伤到了孩子的自尊心，但是她依旧乐此不疲地打击着洛丽塔。夏洛特知道洛丽塔在新学校里过得不快活，她甚至清楚是什么原因——被各色各样的男孩子骚扰了，但是她依旧觉得是洛丽塔太过分——“总绷着脸，难以琢磨，既粗鲁又爱挑衅”[②]。洛丽塔拿水笔戳男同学很明显是有原因的，很有可能是那个男生骚扰了洛丽塔，但是夏洛特也只是轻描淡写地一带而过。洛丽塔在来来回回的搬家期间和母亲的摩擦肯定不止小说中描写的那一点，可能更严重。也许洛丽塔想要在和母亲的相处中表现得更好一些，讨得母亲的欢心——这对于这位早就懂得人情世故的小姑娘来说不是什么难事，但是夏洛特毁掉了这一切，她根本不关心洛丽塔，洛丽塔幼年能下地走路的时候，她们之间就不再有更加亲密的动作了。夏洛特对待其他的男男女女反倒要比洛丽塔更为耐心，声音更为柔和，眼神就像一只小鹿，她对着一大早打来的第三通电话都能聊得柔声细气且兴致勃勃，这让缺爱的洛丽塔难以接受。所以她看到母亲的所有爱和一腔柔情全部献给了这位才来没多久的亨伯特的时候，她非常嫉妒，想办法插足夏洛特和亨伯特之间的各种私人活动——夜间的门廊，驾车去闹市区买东西，还有镜湖。夏洛特则是想办法赶走洛丽塔，无论洛丽塔愿意不愿意。因而，洛丽塔抢夺亨伯特的注意力根本就是下意识的，简直像在和夏洛特比赛一样，童年缺少父爱和母爱，让洛丽塔对于喜爱的东西的占有欲彻底扭曲了。亨伯特曾努力对洛丽塔展现自己的父爱，他知道，为了有一个正常、幸福

---

① ［美］弗拉基米尔 · 纳博科夫：《洛丽塔》，主万译，上海译文出版社 2005 年版，第 100 页。

② ［美］弗拉基米尔 · 纳博科夫：《洛丽塔》，主万译，上海译文出版社 2005 年版，第 72 页。

的家庭生活，需要有一个正当的理由；对于亨伯特而言，他维持这一表象的成本很高，因为他的目标是完全拥有洛丽塔，他的欲望是无穷无尽的。而洛丽塔从亨伯特那里无穷无尽地提取着钱，各色的商品和服务，网球课、服装、电影、收音机、自行车、青少年杂志、糖果和冰激凌，什么都可以，但是唯一无法兑现的是她的自由。

（4）不同角色在不同环境下的情绪反馈

在亨伯特的视角下，他对夏洛特一开始的称呼就很不友善，他叫她“黑兹太太”；在他认为夏洛特打扰了他和洛丽塔的相处的时候，他又称呼她为“姓黑兹的女人”；或者在心情很差的时候直呼其姓“黑兹”；夏洛特大声讲起蹩脚的法语或者想要故作高深地讨论某部作品的时候，亨伯特还会加上一些修饰词“肥胖的”“那个老娘们儿”“自以为是的”，并把这些写进了自己的日记里——最终这本日记导致夏洛特发现了他那龌龊的秘密。即便如此，在亨伯特的客观视角下的夏洛特形象还是比较真实的，他在自己入住期间如实记录了夏洛特和洛丽塔之间所发生的矛盾。亨伯特是一个狡猾的男人，住在黑兹家的这段时间里，他掩饰自身的心理问题，如同变色龙一般适应当下的环境。他为了能够长期留在这里，向夏洛特提出了结婚。这既打消了夏洛特的疑虑，也达到了自己的目的，还不会让其他人怀疑自己和洛丽塔之间的关系——他和夏洛特的夫妻关系能够让他既和洛丽塔保持距离，也能和洛丽塔亲密相处。《洛丽塔》整体故事的催化剂是欲望，这种催化剂融入了亨伯特的性格中，是他行动的动力。

亨伯特终于甩脱夏洛特和洛丽塔在一起后，一直在全国各地旅行，他不敢在同一个地方待很久，害怕他和洛丽塔的关系被其他人发现。他把洛丽塔作为他不自然欲望的安全阀；当不自然的欲望破灭后，他为了发泄情绪又谋杀了奎尔第。在这部作品中每一个人在故事的开端都承受过失去，都经历过损失。亨伯特在 13 岁时失去了母亲和他心爱的安娜贝尔，后来他的第一任妻子瓦莱丽亚也离开了他；洛丽塔也在 13 岁时失去了母亲；夏洛特曾经失去了一个小儿子，而且那时候她的丈夫也已经去世了。他们都曾因失去而感到恐惧，但是成人情绪的修复速度是很快的。夏洛特找了一个新住所和一个新丈夫，她不介意再次拥有一个“新的”孩子。亨伯特则是一个彻彻底底的自我主义者，他固执己见，坚持自己的观点和想法。他在平日里表现得非常内敛，而当他面对青春期少女的时候，他的真实内在情绪就会倾泻出来，比如当他评估一个雏妓，或者扫视一个游乐场里的年轻女孩，或者遇到洛丽塔的一瞬间，他就知道谁是他的目标。但是亨伯特也很容易放弃旧目标去寻找新目标，他曾经就抛弃了一个妓女莫妮克，和还是少女状态的瓦莱丽亚结了婚。

亨伯特回忆起了他 1947 年 6 月被销毁的日记中的一些条目。他曾经仔细观察洛丽塔，分析她的品质，赞美洛丽塔为至高无上的“仙女”；但是他又要把他的一些小心思藏起来，因为夏洛特一直在他身边，他不得不小心翼翼。亨伯特非常自恋，觉得自己很像洛丽塔暗恋的某个歌星或演员，他觉得他大可以倚仗着外貌和个人魅力等优势来靠近洛丽塔，比如用他的舌头从洛丽塔的眼睛里弄出一根眼睫毛，或者同意秋天留在房子里辅导洛丽塔的功课，等等。亨伯特把日记当作他情绪的宣泄工具，他曾在日记中写到，他有时会梦到杀人。和夏洛特的相处让他的恐惧情绪一直在泛滥，去“我们的镜湖”的旅行约会一直被耽搁，因为亨伯特的所有心思都在洛丽塔身上，他不想和夏洛特有相处过密的行为。亨伯特甚至复制了一份洛丽塔的同学的名单，想象年轻人在一起玩耍是什么样的，期望能够通过这种行为和洛丽塔走得更近。他同时又渴望发生一场事故让夏洛特消失，并在洛丽塔违背她母亲的意思的时候鼓起勇气继续与洛丽塔调情。日记在小说里是一个方便读者窥视的设置，让人们可以通过亨伯特的眼睛，以完全主观的、私人的视角看洛丽塔。然而，伴随着他日益增长的性欲，他的暴力倾向也越来越强烈。

亨伯特想要谋杀夏洛特的这个想法一直没有被付诸实践，因为亨伯特其实一直是一个胆小鬼，他一开始是希望夏洛特能遭遇一场意外，这样他就不用因为谋杀而提心吊胆了。究竟是安排一个刻意的谋杀，还是等待命运的意外，这些想法困扰着他。他相信“命运”正在阻碍着他和夏洛特的情感的发展，让他逐渐远离夏洛特。亨伯特为了疏解自己的压力，还把洛丽塔身边的朋友和同学想象成不同的人，并在不同人身上安置他无处发泄的情绪，并且在日记里将他们随意处置。对于亨伯特来说，文字比人更重要，他可以随便用文字塑造洛丽塔身边的亲朋好友，随意污蔑他们。玛丽·罗斯·汉密尔顿和罗莎琳·霍内克是洛丽塔的好朋友，她们会叫洛丽塔为多洛蕾斯，这个设置其实是在提醒读者洛丽塔真正的名字，但是亨伯特觉得他心中的洛丽塔才是真正的洛丽塔，洛丽塔是一朵含苞待放的玫瑰。之所以把洛丽塔与鲜花联系在一起是因为亨伯特曾是一名香水推销员，设计过香水广告，这种逻辑上的联系对亨伯特有吸引力。

夏洛特为亨伯特和洛丽塔制订了去湖边的计划，但令他沮丧的是，洛丽塔的一个同学玛丽·罗斯·汉密尔顿也会一起去，这打乱了亨伯特想要和洛丽塔独处的计划。亨伯特费尽心机地想要达到自己的目的，甚至开始幻想命运对他的人生进行了干涉。在行为心理学中，这类疯子或心理变态者应该被收容到精神病院去，他们的条件性情绪反应的建立和消退都很迅速，过于激烈的情绪会让他们做出自己都难以置信的行为。亨伯特开始用一些看上去命中注定的事情为自己的一些出格行为做辩解。例如，他得知在他来之前，一位来自乔治亚州的老妇人法伦小姐本来要住在亨伯特的房间里，但她摔坏了臀部没有来成，最终让亨伯特来到了夏洛特的房子，并认识了洛丽塔。亨伯特认为这样的事情既是巧合也是命运的安排，命运总归会帮助他的。所以亨伯特为了能够不去镜湖出游制订各种层出不穷的计划，出游计划的取消也让亨伯特觉得是命运的安排。但是这对于夏洛特来说算不上什么意外，而且夏洛特对于意外情况处理得很得心应手，这让亨伯特不断受到挫折。这样的拉锯战持续了非常久，亨伯特很痛苦，夏洛特则感受不到。对于亨伯特而言，洛丽塔既是关于欲望的压抑，也是关于欲望的释放，他没有办法这么快得到她。原定出游的那天早上，玛丽·罗斯·汉密尔顿生病了，不能去湖边，所以夏洛特取消了这次旅行。如此一来，唯一不高兴的人变成了洛丽塔，她发了脾气，并且没有和她母亲一起去教堂。而亨伯特很高兴，因为终于有了独自和洛丽塔在一起的机会。亨伯特让她坐在自己的腿上，而她则吃着一个红色的美味苹果。亨伯特一边开玩笑，一边唱着歌，哄洛丽塔高兴，亨伯特自认为洛丽塔没有注意到任何不对劲的事情。

洛丽塔和亨伯特一起玩耍的场景模仿了伊甸园的故事。洛丽塔作为夏娃，吞下了红苹果，但她对亨伯特的作为一无所知。这个时候的洛丽塔还是一个在伊甸园里享受她的美好童年的小女孩。亨伯特对洛丽塔的情绪太过狂热，以至于要通过一段长长的散文来描述出他对洛丽塔的赞美，洛丽塔之所以感受不到亨伯特对她的那种狂热是因为她的情绪构架还很稳定，没有承受什么压力。当然，对于亨伯特的无耻行径，读者们依然无法因为文字的美丽而消除对他的厌恶。对于诱拐未成年人的行为，亨伯特用各种各样的措辞为自己开脱，觉得自己并没有损害未成年人的利益，认为自己这么做是在保护洛丽塔的纯洁。当亨伯特得知洛丽塔要去参加夏令营并要一直待到开学的时候，他痛苦不已；当夏洛特问起亨伯特是否不适的时候，他把自己的痛苦归咎于牙痛，这个时候夏洛特建议他去看他们的牙医艾弗·奎尔第——其实从这里开始，“剧作家”的伏笔就埋下了，因为艾弗·奎尔第是克莱尔·奎尔第的叔叔。

亨伯特向陪审团承认，他娶夏洛特就是为了能够更近一步地接触洛丽塔，甚至是为了操纵夏洛特的一些想法。在这里，亨伯特的条件性情绪因为事态的发展不受他的把控而逐渐难以控制，他的行为也逐渐离谱起来。他曾经考虑给夏洛特和洛丽塔同时服用安眠药，这样他就可以在晚上偷偷抚摸洛丽塔。夏洛特送洛丽塔去夏令营时，亨伯特又给夏令营打电话，希望能联系到夏洛特，但意外的是洛丽塔接了电话。他只能告诉洛丽塔他要和她的母亲结婚，但是洛丽塔似乎已经忘记了亨伯特，向他表示其实对于他俩结婚这件事，她根本就无所谓。亨伯特一直在外面喝酒，直到夏洛特回来，亨伯特的内心计划终于已经成形，他决心娶夏洛特并实施他的安眠药计划，尽管情况有所不同，但是亨伯特决定走一步想一步。因为整部小说其实是一部回忆录，所以亨伯特一直在提醒读者，这部回忆录就像是他自己的日记一样，所有的事情是通过他的视角来阐述的，他觉得这么做是极具艺术性的。他仗着夏洛特喜欢他，玩弄这个女人的想法，然后操纵夏洛特和自己结婚，达到自己的目的。对亨伯特来说，写作是一个可以控制别人的游戏，同时，他也可以抒发自己的情绪。这是亨伯特自己的回忆录，他在里面作为一个不可靠的叙述者修改了他和洛丽塔的一些经历，企图博得读者和陪审团的同情，或者在适合的时候调整一些事实，以便欺骗身边所有的人，毕竟亨伯特还是一个老师、一个名人，他还是有一定的社交活动的，他不能因为洛丽塔和夏洛特的事情扰乱自己的社交圈。

亨伯特和夏洛特迅速地结了婚，夏洛特的决心之坚定连亨伯特都感到惊讶。夏洛特则表示如果亨伯特不相信，那么她就会自杀。夏洛特其实是一个爱慕虚荣的女人，她对亨伯特的爱意让她自己的条件性情绪的反馈也逐渐不正常起来，她开始不满足于目前的生活，试图让自己融入亨伯特的生活，融入上流社会，但是却屡屡出糗。亨伯特之所以能够如此忍受夏洛特，是因为他想到夏洛特曾经长得像洛丽塔，这让他在夜晚里和夏洛特同床共枕的时候能想办法忍耐下来。夏洛特为了她和亨伯特的二人世界重新装修了房子,为的是感受到不同的文化氛围，她希望能够在婚后得到熏陶。夏洛特的这些行为就是为了迎合资产阶级的价值观，甚至她的宗教信仰也是虚伪的，只是为了能够让自己更加融入社会。

亨伯特还扬扬得意地提到夏洛特是个醋坛子，因为亨伯特只要提到任何关于他过去的恋情或者情人都能挑起夏洛特的嫉妒。他为自己的过去编造了一些情史，以取悦夏洛特挑剔的口味。夏洛特对亨伯特的情人的嫉妒情绪，加上她对自己女儿的憎恨情绪，如果亨伯特做了背叛夏洛特的行为，那将会是一场避免不了的生死纠葛。亨伯特计划和夏洛特在 7 月去镜湖旅行，希望用约会缓解她的疑虑，或者至少能够缓解她的情绪。在一次旅行中，夏洛特透露了她对洛丽塔之后的安排，她想秋天把洛丽塔送到一所寄宿学校。亨伯特由于担心与她争论会暴露他对洛丽塔的意图，所以暂时按捺下来，认为唯一的选择就是以某种方式杀死夏洛特。他们游到湖里，亨伯特认为他们离岸上剩下的两个游伴很远，他可以悄无声息地淹死夏洛特，让它看起来像一场意外。然而，他最终没法完成这一行动。亨伯特解释说，他不是一个冷血的杀人犯，尽管他对洛丽塔有着难以自持的变态倾向。当亨伯特想要继续策划一场看似意外的谋杀时，命运又一次在他的面前进行了干预。很明显，要想干净利落地完成一场谋杀，必须要事先做好一系列的预谋。亨伯特之前曾表示，夏洛特很快就会遭遇一场“意外”，然后丧生，这个“意外”可以使他摆脱夏洛特这个负担，他已经在想象中努力地策划夏洛特的死亡，以至于任何偶然的意外都是命中注定的。

当夏洛特说出她想要和亨伯特在秋天一起去英国的计划时，亨伯特极力反对，本来应该会大吵大闹的夏洛特轻易地默许了他的想法。亨伯特利用他新发现的优势，花更多的时间独自假装工作。有一天，夏洛特忍无可忍地走进他的书房，她不明白为什么亨伯特要花这么多时间在工作上，问他为什么把桌子上的抽屉锁起来。在敷衍夏洛特使她离开后，亨伯特开始担心他的日记是否足够安全。他太了解夏洛特了，自从夏洛特对亨伯特的日记感兴趣之后，就不断地追问他日记里写了什么，尽管亨伯特声称那是“锁起来的情书”，但是对于夏洛特来说，那就是一把锁的距离。最终，夏洛特对抽屉里的日记的好奇心，让她撬开了抽屉。

之前在和夏洛特旁敲侧击后，亨伯特得知，洛丽塔会在1月转入寄宿学校。亨伯特从医生那里获得了一些强效的紫色安眠药，他对医生说是为了治疗他自己的失眠症，其实是用来给夏洛特和洛丽塔下药。他开车回家，却发现夏洛特含泪在写一封信。夏洛特表示她看了亨伯特的日记，并告诉亨伯特她要和洛丽塔一起离开。亨伯特试图让她平静下来，并准备给她弄一杯饮料。也就是几分钟的时间，他就接到一个电话，电话里的人通知他夏洛特被车撞死了。亨伯特冲出去，发现一辆由小弗雷德里克·比厄驾驶的帕卡德汽车撞倒了夏洛特，当时她正准备跑去邮箱邮寄三封信——亨伯特庆幸这一切发生得及时，他拿到这些信就立刻把它们撕了。这个时候亨伯特的情绪非常混乱，他既兴奋又恐惧、悲伤，以至于很多前来帮忙的人害怕他太过于悲伤做出过激的举动，于是决定叫让·法洛与亨伯特待在一起。但是亨伯特急于完成他的计划，他告诉邻居们，他将全身心地投入洛丽塔身上，并为她在纽约找到一所私立学校。他打电话将这场意外告诉了洛丽塔的夏令营的班主任，并说自己将在葬礼后接洛丽塔，带她去某个地方旅行。这个时候，撞死夏洛特的小弗雷德里克·比厄来访，解释说他在事故中没有过错，他是为了避开邻居的狗才转弯的。亨伯特故作大方地原谅了他。同时，他也因自己在这件事上的过错而感到心虚，最终哭了起来。这是亨伯特内在情绪的一种发泄，作为最重要的非习得性情绪之一，悲伤情绪在客体经历了重大事故之后更能被真实地表达出来。亨伯特在夏洛特死后没有欣喜，也没有欢呼，尽管他的哭是虚情假意的，但是也确实可以看出，亨伯特是一个善于回避的人。这个时候的他又提出了许多关于命运的想法，他认为像夏洛特的死这样的重大事件只能是命运安排的，而不是完全归咎于他。然而，亨伯特以前也承认生活中的意外存在随机性，如他母亲的畸形死亡。让夏洛特的死变成命中注定的，不仅仅是他所概述的一系列必要的先决条件，而且有狗在事故中的作用。车差点撞了狗这件事情在小说里发生了不是一次，而是两次——当亨伯特第一次到夏洛特家的时候，就差点撞到狗身上。作为作者，纳博科夫喜欢玩文字游戏，这使得他选择命中注定的动物是狗而不是猫的想法变得合理，因为“狗”（dog）这个单词的字母顺序倒过来就是“上帝”（god）。

亨伯特离开家去接洛丽塔时，担心洛丽塔已被告知她母亲的死讯，并意识到他还没有成为她的法定监护人。他计划去接她，告诉她夏洛特病倒在医院里，让她无须担心，然后借此机会带着她在外旅行兜风一段时间，直到他实在无法瞒住洛丽塔她母亲的情况，再向洛丽塔坦白夏洛特已经去世的事实。因为他实在不清楚洛丽塔会回馈给他怎样激烈的情绪，他害怕失去洛丽塔，所以只能撒谎。他给夏令营打电话，得知洛丽塔还有两天才会从远足中回来。他为洛丽塔买了大量的衣服；想起夏洛特提到的魔法猎人酒店，他又赶紧为第二天晚上订了一间双人房。正如亨伯特所说，他之前说洛丽塔去露营其实是为了摆脱法洛家的怀疑，而他现在得知她真的去露营了，他的谎言又一次变成了现实。亨伯特认为，有些事情就是有办法在他的世界中按照他的愿望如约出现，就像是在回应他渴望的情绪一样。

之后亨伯特很快就见到了洛丽塔。当他们开车离开时，他依照之前计划好的告诉洛丽塔，夏洛特在另一个城镇的医院里，他们明天会赶到那里。亨伯特向洛丽塔撒谎的时候很心虚，生怕突然有人来揭穿他的谎言，以至于他看见警察的时候都只想绕着警察走，但是警察只是询问他们有没有看到一辆蓝色汽车之后就走了。和亨伯特预想的不同，随他一起出来旅行的洛丽塔的情绪在调情和嘲讽之间交替出现，她一会儿对亨伯特很亲热，一会儿又嘲笑他的小心和谨慎的样子，变化之极端让亨伯特措手不及。

在晚餐时，洛丽塔指出，那里的一个食客与香烟广告中的剧作家克莱尔·奎尔第长得一模一样，但是亨伯特不以为然，他的注意力都在洛丽塔身上。克莱尔·奎尔第确实在现场，他在跟踪他们，奎尔第开的是红色敞篷车——红色代表着张扬的情绪，他的专车颜色从头至尾就没有变过，代表着他对于洛丽塔势在必得。但是亨伯特从来没有注意到过，他的注意力完全被警察吸引走了。自从上次被警察盘问过之后，他就一直觉得警察在暗示什么，他觉得警察在追捕“我们的影子”。之前也提到过“亨伯特”与拉丁语中的“阴影”的字形相近，而阴影往往代表双重身份，奎尔第和亨伯特其实就是双重身份的代表。一开始，奎尔第对亨伯特或洛丽塔的兴趣还不明显，但他是一位儿童剧作家，利用这个特殊的身份可以靠近洛丽塔，这让亨伯特不得不防着他。进入酒店的房间之后，纳博科夫对于房间进行了非常详细的描述，他们有一张双人床，房间里到处是镜子，东西不多，但是却使亨伯特对房间进行了两次描述。镜子这个意象也可以被看作双重身份的代表，亨伯特本身是带有一点独善其身的意味的，他喜欢独处，所以亨伯特试图通过他对洛丽塔表达执着的爱的情绪来逃避这种孤独，他认为自我是唯一存在的东西，所以在他后来被关押到监狱里写回忆录时，他被单独监禁了。在他们入住的酒店，亨伯特代表着已经被建立起来的条件性情绪，而没有完全出场的奎尔第代表着被建立的条件性情绪的另一面；而洛丽塔因为还没有接收到母亲去世的消息，所以她的条件性情绪还没有完全建立起来，看上去无忧无虑。知道全部真相的亨伯特告诉陪审团，他对自己的行为感到后悔，他应该知道洛丽塔与他的初恋安娜贝尔不同，所以接下来的回忆就只有痛苦。第二天，心虚的亨伯特在外面的门廊上鼓起勇气到前台询问他的妻子是否有打电话来，还有一个醉醺醺的老头问了亨伯特一些问题，这些问题充满了对一个单身男人带着一个小女孩的怀疑，他邀请亨伯特和洛丽塔明天与他共进午餐，但亨伯特说他们那时候可能已经走了。这个时候奎尔第一直在暗中观察，此时他关注洛丽塔已经不仅仅是出于好奇心了。

亨伯特已经证明自己有时是一个不可靠的叙述者。他承认自己并不总能完美地记住他和洛丽塔旅行时的一些细节，有时还会在事后对其进行补充。此外，他可能会改变一些细节，比如一些计划。那么他说的故事的真假就让人难以辨别，尤其是和洛丽塔一起度过的第一晚，按照他的意思是洛丽塔主动引诱了他，但是他又认为他的记忆可能并不是很准确，纠结很久之后决定还是认为这些都是洛丽塔的错。亨伯特花了大量的时间向陪审团表达他的歉意，从这里可以看出这种说法可能是在进一步为自己开脱。

当时在酒店的洛丽塔的行为确实符合她粗俗、滥情的本性。在小说中，纳博科夫避免了对性行为的描述，正如亨伯特所说，他根本不关心所谓的性，纳博科夫也赞同这一观点。毕竟，性只是欲望的释放，而与之恰恰相反的是，纳博科夫关注的是亨伯特在性行为之前的巨大的负面情绪的积累，欲望更容易让人去探索被疯狂扭曲的情感。亨伯特还特意提醒陪审团，他不是洛丽塔的第一个情人。洛丽塔曾经告诉亨伯特，她在前一年的夏令营第一次经历了性爱，与野蛮的查理发生了关系，这让亨伯特难以忍受。晚上，亨伯特告诉洛丽塔他会在大厅和她一起，并告诫她不要和陌生人说话。在大厅里，亨伯特看到一个和他年龄相仿的男人盯着在红色扶手椅上看电影杂志的洛丽塔。亨伯特立刻退了酒店的房，改变旅行目标，开车去莱平镇。此时的洛丽塔对亨伯特表现得很冷淡，她尚小的年纪无法承受变动的生活，所以她的情绪波动很大。很快她就决定找机会打电话给警察，告诉他们亨伯特强奸了她。亨伯特感到有点内疚，直到他们在一个加油站停下，他才告诉洛丽塔她的母亲夏洛特已经死了。为了讨好洛丽塔，亨伯特给她买了所有她想要的东西，并且为了弥补内心的愧疚，他们还分了房间睡觉；但是到了晚上，洛丽塔还是来到了亨伯特的房间，按照亨伯特的意愿他们温柔地和好了。

他们来到的莱平镇这个地方的地名与鳞翅目（lepidoptera）这个名词的前三个字母一致，考虑到纳博科夫是一位著名的鳞翅目学者，这里肯定埋伏着一个关于蝴蝶的谜题。洛丽塔在许多方面对亨伯特来说就像是一只蝴蝶，是一种美丽、脆弱和难以捉摸的生物。但是洛丽塔常常出乎亨伯特意料的粗俗，有时更像变成蝴蝶之前的幼虫。前面提到过，亨伯特一开始也知道，她在私人生活上也不是清白的，但是他愿意相信自己是在目睹她蜕变前的样子，他希望少女永远不要长大，而洛丽塔已经以亨伯特所不愿看到的方式进行了蜕变。亨伯特只把洛丽塔看作一只高高在上的蝴蝶，而不是一只粗俗无趣的幼虫。亨伯特在描述他与洛丽塔的重逢时，也首次揭示了他其实完全不受任何内心的愧疚的影响：“你们知道，她实在没有别的地方可去。”[①] 他已经成为一个真正的捕食者，这只蝴蝶迷住了他，为了获得她，亨伯特已经变得无所畏惧，即使洛丽塔屡次暗示她可能会给警察打电话揭发他，也不会让他感到害怕。

亨伯特和洛丽塔开始了他们在美国的旅行，住在汽车酒店和石头小屋。洛丽塔的顽皮、粗俗、大手大脚的消费让亨伯特头疼。洛丽塔虽然来到了不同的环境，但是依然无法改变她特有的情绪——她总是因为一些鸡毛蒜皮的事情发脾气。为了让她听话，亨伯特威胁说要她补习法语和拉丁语好几年。他还使用法律论据，为自己的行为辩护，并警告她，如果他进了监狱，她就会成为孤儿，这让洛丽塔变得恐惧。纳博科夫在这个地方又增加了一个转折点，以补充亨伯特所谓的“爱情故事”细节。亨伯特为了能够展现自己对于洛丽塔的爱意，将自己的身份放得很低，在洛丽塔激烈的情绪面前，他表现得像个孩子。这是爱的情绪所带来的反应，但对于洛丽塔来说这很虚伪。成年人的情绪反应是很复杂的，亨伯特的生活已经因为夏洛特的死亡而彻底改变了，所以他就更加无所畏惧了。

还有一件事让亨伯特无比烦躁，那就是无论他们走到哪里，洛丽塔都会引起男人的注意，这让亨伯特非常不满。偶尔洛丽塔想和她遇到的一些男孩一起去溜冰场，亨伯特故作大方地让她去，但是他也要了一些手段：他鼓励洛丽塔去游泳馆，这样就可以把洛丽塔和其他女人做比较；还让她去上网球课，同样也是为了让她和其他女人对比。他这么做激怒了洛丽塔，而愤怒总是能让洛丽塔再次回到他的身边来，但是很多时候还是防不胜防。有一次，亨伯特好像看到洛丽塔和一个高个子男人一起走进球场附近的灌木丛，但是等他走过去，他又发现洛丽塔其实是和她的网球搭档一起玩。

---

① ［美］弗拉基米尔·纳博科夫：《洛丽塔》，主万译，上海译文出版社 2005 年版，第 225 页。

亨伯特必须让洛丽塔远离他们在旅行中遇到的那些源源不断地想要靠近她的成年人，可能因为被奎尔第跟踪的事情影响到了，亨伯特一直认为他在网球场看到的那个高个子男人有奎尔第的影子，但是奎尔第始终没有现身，他的行为和情绪也就无从得知。纳博科夫故意描写这种模棱两可的角色是有原因的。如果将陌生男人奎尔第和亨伯特这两个角色放在一起比较就能发现，他们的出发点其实都是一样的，只不过此时奎尔第的情绪更加内敛而已，他知道这个时候不是出手的时间。最后读者如果回过头来读就会发现，纳博科夫在网球场这段剧情上的描写其实是有埋藏伏笔的。

亨伯特的热情在洛丽塔看来十分的虚伪，让她感到愤怒和恶心，但是亨伯特仍然幸福地活在对洛丽塔爱他的幻想中。他承认，正如心理学家可能预测的那样，他带洛丽塔去海滩，是要重现他小时候和安娜贝尔的恋爱，但事实证明这种体验是乏味的，洛丽塔不是安娜贝尔，也不会表现出和安娜贝尔一样的行为来。于是亨伯特更频繁地带洛丽塔去各种地方玩，但这也只是亨伯特的一厢情愿而已。洛丽塔有自己的行为方式，而且随着洛丽塔逐渐长大，她对亨伯特所谓的监护权也产生了怀疑。亨伯特承认他从未完全了解他对洛丽塔的监护权的合法性，所以他决定回到比尔兹利，考虑找一份法语工作，希望通过固定的作息时间和赚些钱来争取自己作为监护人的合法性。

自从洛丽塔知道夏洛特已经去世之后，她在夜里就会一直偷偷哭泣，这个时候洛丽塔的情绪结构已经完全被破坏了，她其实过上了自己想要的生活，但不是她想要的结果，她没有办法像以前那样发脾气去宣泄自己的情绪。亨伯特也知道她哭泣的事实，虽然他在洛丽塔面前一直表现得很内疚，但是他没有纠结于此，他立刻将注意力转移到讨好洛丽塔上，希望能够通过多赚钱，买她喜欢的东西来讨得她的欢心，但是洛丽塔和亨伯特在一起还是很不快乐，她之所以没有逃离只是因为她对孤儿院有恐惧感，亨伯特利用她的这份心理以及金钱让洛丽塔和他在一起。

虽然亨伯特让洛丽塔很讨厌，但是亨伯特带着洛丽塔去看电影，她还是很高兴的。电影对洛丽塔一直很有吸引力，音乐剧、黑帮片和西部片这些具有明显的美国特色的电影种类都是洛丽塔喜欢的。纳博科夫并不是随意设计的这些电影类型，它们与小说的很多内容都息息相关。小说中的很多描述并不明晰，但是纳博科夫经常使用一些电影元素让读者们感受到小说的情节实际上是怎么样的，比如电影里的西部打斗场景预示了小说结尾的打斗。

亨伯特和洛丽塔搬进了比尔兹利附近的一所房子，与夏洛特那个时候的住宅有些类似，这也是为了能让洛丽塔更好地适应新环境。亨伯特还让洛丽塔进入一所女子学校，其实是为了能和邻居们保持距离，因为亨伯特一直担心他们中有人会发现他和洛丽塔的事。虽然亨伯特以前的许多文字游戏都是为了自娱自乐或转移读者的注意力，但在这里，他像一个对语言有敏锐嗅觉的欧洲人那样打乱了英语特有的语序，没有按照美国人惯用的语法——他是通过方向来描述邻居的。亨伯特用这种特有的方式展现了他的自满自大，邻居对于他来说是完全不重要的，只有他自己才是“中心”，邻居们则分布在亨伯特家的“西边”或“东边”。在这其中，亨伯特特意提到了加斯顿·戈丁这个人。从亨伯特搬到新房子开始，戈丁成了亨伯特新的另一重身份。作为亨伯特的影子，戈丁有很多地方和亨伯特很相似，他的心理问题也很严重，但是他从不掩藏，读者可以以此窥见亨伯特的真实情绪。戈丁是个法国单身汉，体重超标，总是穿黑色衣服，是个平庸的教师，但是受到大家的喜爱。亨伯特并不害怕戈丁发现他与洛丽塔的关系，因为戈丁也是一个以自我为中心的人，不会起疑心。戈丁经常和亨伯特在家里下棋，亨伯特提起他只是因为他需要有一个人能掩护他，一个独来独往的老师实在是太显眼了。而戈丁对美国不屑一顾，是个差劲的老师，虽然愚弄过其他人，但仍然受到很多人的崇拜。纳博科夫有意做出这种比较是因为在小说里亨伯特才是主要的叙述者，这让他很容易以自己的角度来看待身边的人和事，会令读者忽略亨伯特本身，而有一个影子来做对比则更能让读者看清亨伯特是一个怎样的人。

而另一边，洛丽塔进一步利用了亨伯特对她的爱，他们一起在比尔兹利的日子里，洛丽塔让亨伯特把每周给她的零花钱增加了五倍，此外，她还要收到其他的礼物。亨伯特有时会在她的房间里窥探，发现洛丽塔一直在偷偷藏钱，从那时候起，亨伯特开始减少给她的钱，担心洛丽塔会攒足了钱之后离他而去。亨伯特阅读了一个关于父亲应该如何礼貌地对待女儿的男朋友的专栏，然而并没有什么用，亨伯特不知道该如何掌握洛丽塔的真实情绪，他也没有和洛丽塔做进一步的有效沟通，只能禁止她与其他男孩约会和打电话。亨伯特允许洛丽塔去参加舞会，并向她承诺可以在家里开一个派对。虽然亨伯特不可能随时随地监视洛丽塔，但他觉得洛丽塔并没有背叛他，因为从一开始洛丽塔就很讨厌高中男生，幼稚的男生总是会欺负她，让她很反感。对于洛丽塔身边的女孩，亨伯特觉得很失望，洛丽塔从来没有结交过高质量的朋友，比如经常和洛丽塔在一起的莫娜也是一个成熟的女孩，她在学校和洛丽塔一起排演戏剧，但是经常替洛丽塔撒谎。有一次，洛丽塔和莫娜一起排练，结果回家的时候过了门禁时间，亨伯特向莫娜询问洛丽塔的情况，但被莫娜糊弄过去了。亨伯特在洛丽塔面前是一个胆小鬼，他一直在悄悄打听洛丽塔的各种情况，但是却不敢直接问她，有时亨伯特在洛丽塔脚下乞求她的爱，而洛丽塔却让亨伯特不要管她。

随着洛丽塔的长大，她的独立意识开始萌芽，亨伯特妒忌的情绪也开始逐渐地袭来。面对长大的洛丽塔，亨伯特对各种约会和电话依然管得非常多，动不动就会排查洛丽塔的朋友。但是亨伯特对自己的评价非常高，认为他作为一个受人尊敬的教授和父亲，每天做的所有事情都是无可挑剔的，洛丽塔不应该拒绝他。但事实却是亨伯特对洛丽塔的控制正在迅速减弱，而洛丽塔蜕变为成年人只是时间问题。从一开始洛丽塔如同蝴蝶般难以捉摸的特性就一直吸引着亨伯特，而成长到现在的她已经和之前不可同日而语了，洛丽塔一直在提防亨伯特，如果计划可行，她就会逃离亨伯特而去。学校的女校长突然找上亨伯特，和他讨论起洛丽塔的问题。校长认为洛丽塔过于早熟的性格影响了她的成绩，她和其他老师都为洛丽塔在这个年纪却对什么东西都不感兴趣的情况表示担忧，但是洛丽塔不愿意和老师们交流，所以老师们希望亨伯特鼓励她与其他男孩交往。他们还希望亨伯特允许她参加演出，特别是因为剧作家将在春天来访，洛丽塔也期待很久了。面对校长的担忧，洛丽塔本身也因为长时间面对亨伯特的精神压迫而不堪重负地病倒了，为了舒缓洛丽塔的情绪，亨伯特只能同意洛丽塔去出演话剧。在她康复后，亨伯特为她举办了一个派对，还给她买了一辆自行车和一本关于美国绘画的历史书，希望能安抚她，但是洛丽塔已经不相信亨伯特了。不久之后，奎尔第作为亨伯特的影子再度拜访洛丽塔的学校，加上他之前对亨伯特和洛丽塔的跟踪，他的意图再明显不过。

亨伯特并没有完全看懂洛丽塔的演出，但他了解了基本情节。洛丽塔扮演一个农夫的女儿，她用催眠术使六个猎人相信他们的生活是梦，她把他们从梦中唤醒。第七个猎人是一个诗人，由莫娜扮演。这个猎人坚持认为剧中的梦幻背景和农夫的女儿都是由他的想象力创造的。亨伯特和洛丽塔都知道，这出戏的名字与他们第一次居住的酒店几乎相同。纳博科夫不仅故意设计了这部剧的名字，对于剧情的内容也做了斟酌，因为这不仅是为了提醒读者注意之前那家酒店，也是为了暗示命运再次将奎尔第和他们的生活联系在一起。因为在最开始的那家酒店里，洛丽塔的情绪结构还没有完全失衡，她很怀念那个时候的自己。所以和她现在扮演的角色一样，洛丽塔希望自己是一个催眠了猎人的魔法师，亨伯特就像是那个猎人，他以为的梦境通过洛丽塔变成真的了，而洛丽塔希望自己能够远离这样的生活。

亨伯特经常故意忽略洛丽塔其实是一个庸俗的小孩，只选择去看到她迷人的幻象，所以读者有时弄不清他所叙述的是真实的还是虚幻的，甚至亨伯特有时也怀疑自己的理智。洛丽塔每周上两次钢琴课，但有一天晚上，亨伯特在下棋时接到老师的电话，说洛丽塔错过了最后两节课。愤怒的亨伯特找到洛丽塔质问时，洛丽塔说她一直和莫娜在公园里练习戏剧，亨伯特给莫娜打电话，莫娜也证实了这件事情。但是当亨伯特再次看向洛丽塔时，他觉得她似乎变得更粗鲁、更焦虑了。亨伯特告诉她，他不相信她编造的谎言，并威胁要把她带走。他们开始大声争吵起来，直到邻居打电话抱怨太吵了才停止。洛丽塔趁着亨伯特在应付邻居的时候跑了，亨伯特步步追赶，最后在一个电话亭里找到了她。在电话亭里打电话的洛丽塔很快挂断了电话，她说她在给亨伯特打电话。这个时候的洛丽塔态度突然发生了转变，说她讨厌学校，想再次和亨伯特一起离开这里。亨伯特迫不及待地找了个借口向学校请假，和洛丽塔离开了比尔兹利。

从离开比尔兹利开始，洛丽塔的情绪结构已经发生了翻天覆地的变化。她曾经试图和亨伯特相处，但是在亨伯特欺骗她之后，她无处发泄的愤怒和哀伤让她的情绪崩溃。当他们准备在比尔兹利生活的时候，亨伯特的妒忌和强迫让她失去了生存的空间；现在他们准备离开比尔兹利，洛丽塔也做好了逃离他的准备。

亨伯特和洛丽塔驱车向西，沿途住在汽车旅馆。旅途中，他们的矛盾开始激化，无论洛丽塔去哪里都能激怒亨伯特，这让亨伯特只能不停地更换地点。虽然亨伯特在旅途中一直密切关注着洛丽塔，但亨伯特依然认为洛丽塔在用各种零碎的时间找其他的男人搭讪。比如，当他们停在一个加油站时，洛丽塔与一个他不认识的人在说话。在另一个城镇，亨伯特去理发，而洛丽塔则躺在床上等他；当亨伯特回到洛丽塔身边时，怀疑她已经出去过了，他甚至把洛丽塔的衣服脱掉，逼问洛丽塔是否已经背叛了他。亨伯特仔细观察停在旅馆附近的各种汽车和人，试图追查出洛丽塔与哪个男人暗中有过联系。亨伯特对一个陌生男人的追查证实了奎尔第的存在。这个时候的奎尔第已经不甘愿做一个影子了，所以当他们继续向西行驶时，亨伯特看到了跟踪在他们身后的红色敞篷车。不过他误解了奎尔第的身份，他以为后面这辆车的司机是个侦探，跟踪在他们身后可能就是为了查出夏洛特的死因，而且他们在一个加油站是遇见过的，那个时候车上的那个男人在与洛丽塔交谈，两个人看着很熟悉。当亨伯特追问洛丽塔时，洛丽塔说不知道他是谁。经过长途跋涉，亨伯特终于甩掉了那辆红色敞篷车。后来他们停在韦斯镇观看了作家克莱尔·奎尔第和薇薇安·达克布洛姆的一场戏剧，洛丽塔表现得无精打采，好像对戏剧并不感兴趣。鉴于洛丽塔以前很喜欢戏剧表演，亨伯特还和洛丽塔简单地讨论了关于幕后作家的一些看法。洛丽塔说薇薇安是男作家，克莱尔是女作家。从这里可以看出，洛丽塔一直在撒谎，她知道克莱尔就是奎尔第。洛丽塔之前曾经说过自己不喜欢闪电，结果他们看的戏剧的标题就叫《喜欢闪电的女人》。这个标题也让读者回想起亨伯特的母亲被闪电击毙的事情，这种对应是为了让小说中的现实与剧中的想象元素保持一致。洛丽塔对奎尔第非常了解，所以她撒谎也就更加得心应手。而另一个人薇薇安·达克布洛姆，这个名字是弗拉基米尔·纳博科夫名字的变体，这本书虽然是亨伯特的回忆录，但是这种安排就像是作者和幕后黑手联手耍了主角一样，让人啼笑皆非。故事到了这个阶段，他们的身份也发生了反转，亨伯特变成了猎物，而奎尔第是猎人，奎尔第故意在戏剧里放置这些看上去很熟悉的元素，就是为了激发亨伯特妒忌的心理。亨伯特虽然怀疑洛丽塔撒谎，但没有任何证据，有一次亨伯特没有控制住情绪还打了洛丽塔一巴掌，亨伯特对自己的行为从未后悔过，但是奎尔第知道，亨伯特这么做只会将洛丽塔以最快的速度推离他而去。

后来洛丽塔终于扛不住亨伯特的高压情绪，再加上马不停蹄的旅行让她没有办法好好休息，最终她病倒了。亨伯特焦急地带她去看医生，看着她被带去了治疗室，他没有办法在医院里陪洛丽塔，只能一个人在车里坐了一会儿，之后开车回到汽车旅馆。在亨伯特第八次去医生那里看洛丽塔时，他看到她的床边有一个皱巴巴的信封。护士说这是她男朋友寄来的，亨伯特认为这个护士和洛丽塔在一起密谋背叛他，其实洛丽塔是和另一个男人在谈恋爱。到了第二天，亨伯特也生病了，他神志不清，无法去看望洛丽塔，只能打电话去医院。结果护士说洛丽塔已经和“她的叔叔古斯塔夫先生”办理了出院手续。亨伯特急忙开车去见医生，但是为时已晚，洛丽塔已经走了，他什么也做不了。亨伯特看着洛丽塔床边的信，那封信是奎尔第寄来的，他已经把她接走了。他自称“古斯塔夫”是因为洛丽塔告诉他，亨伯特认为奎尔第像他的叔叔古斯塔夫。当亨伯特戏称他为“我的兄弟”时，他们之间的联系则变得更为紧密，他们是彼此的替身，是彼此的影子，虽然洛丽塔逃离了亨伯特，但是奎尔第替代了亨伯特，洛丽塔只是逃入了另一片泥沼之中。

亨伯特开始了他的漫长的寻找洛丽塔的过程，他一遍遍查找和洛丽塔住过的342家酒店的登记簿，才发现奎尔第曾经用各种化名在附近的酒店住过，还有一次和他们住在同一个汽车旅馆。他从未通过化名暴露自己的身份，但他确实暴露了自己复杂的文学个性。亨伯特详细解释了这些化名背后的文字游戏，尽管他并不了解奎尔第起的其中一些化名的意图究竟是什么。奎尔第的化名中隐含了各种典故，例如，“Ted Hunter, Cane, NH”，亨伯特解释这其实是“The Enchanted Hunter”（魔法猎人）的变形词，Cane这个词让人想起《圣经》中的该隐，而小说里曾两次提到奎尔第是亨伯特的“兄弟”，这让他的背叛行为变得更加合情合理。这样的谜题游戏确实是纳博科夫小说的一大特色。另外还有车牌上面的文字游戏，车牌——Q32888和CU88322——上面出现了奎尔第的绰号“Cue”。另外，车牌上这些数字加起来是52，而亨伯特和洛丽塔旅行了一年，正好是52周；小说中所有重要的死亡事件都发生在1952年；一副牌中也有52张牌，提醒读者巧合和游戏在小说中的重要性。之所以写这么多的暗示，是因为这些小游戏和小谜题是纳博科夫情绪的泛化和转移。故事发生到现在，已经不仅仅只是亨伯特和奎尔第之间的游戏了，纳博科夫也乐于参与其中。他一会儿参与到和奎尔第的联手中，一会儿又在亨伯特对陪审团的忏悔中输出自己的观点和情绪，让读者们知道洛丽塔的离去并不代表小说的结束，亨伯特还有更长的旅途要走。

失去洛丽塔的三年过去了，在这期间，洛丽塔以前妻瓦莱丽亚或夏洛特的身份进入亨伯特的梦境。有一天，亨伯特烧掉了洛丽塔收集的青少年杂志。在她15岁生日那天，他又把她所有的东西都送给了一个孤儿院。他在以前住过的一家疗养院里待了一段时间，并为洛丽塔写了一首诗。但是亨伯特依然坚信，失去洛丽塔也是命运的安排，他最后总归能找到洛丽塔。这样的安排其实也是纳博科夫小说的特色，他喜欢颠覆悬疑小说的惯例，提供非正统的语言线索，虽然有很多的暗示，但是和故事的真相是毫无关系的。一天晚上，亨伯特在酒吧搭上了一个女人丽塔。丽塔与他年龄相仿，善良、微胖，也离过婚。她很快就成了亨伯特旅途上的伙伴。他们从 1950 年到 1952 年开车四处寻找劫走洛丽塔的那个男人。在此期间，亨伯特还写了一篇论文，这篇论文帮助他在一所大学里找到了一份工作。亨伯特考虑重访之前的那些酒店，但是这等同于让他回忆一遍和洛丽塔的生活，实在太痛苦了，这让他的情绪差点再度崩溃。

之前提到过文学人物情绪的稳定性，亨伯特喜欢稳定的生活和人，所以他希望和他一起生活的人也能有一致的行为，这个愿望与他之前希望洛丽塔不要长大的愿望相一致。此外，亨伯特再次推崇他的观念，即人们不能偏离既定的命运。通常，相信命运的人是不受自由和道德的约束的：如果过分自由，那么就会偏离原来的路线，也就不能为自己的行为负责了；如果坚定地走原来的道路，那么就不会有道德家来谴责自己。亨伯特坚持认为这是命运支配的结果，不管有人死亡，或者受到伤害，都不是他的行为造成的，这使他摆脱了很多道德的谴责，他希望陪审团同情他，读者认同他。亨伯特还表示，他作为一个作者，可以追溯性地塑造事件。总之，在见到洛丽塔之前，他想尽办法为他的行为开脱，但是事态却朝着与他的期望截然相反的方向发展。

就在这个时候，亨伯特收到洛丽塔的一封信。洛丽塔嫁给了一个叫迪克的男人，并且怀孕了。此时他们夫妻两个非常缺钱，迫于无奈，洛丽塔只能向亨伯特要钱。亨伯特认为是迪克拐走了洛丽塔，他计划用枪杀了洛丽塔的丈夫迪克。他告别丽塔，开车前往洛丽塔居住的小镇，最终在这个小镇上找到了他们破旧的家。洛丽塔应声开门，她怀孕了，看起来更老了。但是现在这个时期的洛丽塔沉稳得让亨伯特惊讶，那个总是会发怒的小女孩不见了。她向亨伯特很平静地解释说她的丈夫不是当年拐走她的男人，这个男人对她很好，他只是一个天真的年轻人而已，他不知道洛丽塔之前发生了什么。亨伯特只想知道当天劫走她的那个男人的名字，当洛丽塔告诉他那个人就是奎尔第时，亨伯特突然想到了镜湖，发觉自己其实一直知道真相，奎尔第是她母亲夏洛特的一个老朋友，他们以前是见过面的。这时亨伯特见到了洛丽塔的丈夫迪克，一个友好的年轻人，这个年轻人的热情表现使亨伯特没有办法对他怀恨在心。等迪克走开后，亨伯特问了更多关于奎尔第的情况。洛丽塔表示奎尔第之所以想要带走她，其实是希望洛丽塔能参加他的庄园里拍摄的儿童色情电影，当洛丽塔拒绝这么做时，奎尔第把她赶了出去。听到这里，亨伯特表示他仍然爱着洛丽塔，并要求她和他一起离开，无论她的决定如何，他都给她 4000 美元，而洛丽塔拒绝了他的提议，他含泪开车离开。

纳博科夫拒绝符合悬疑小说类型的典型期望。小说的另一个特色是人物的情绪状态：这里本应该有一个情绪的爆发，但是纳博科夫拒绝用剖开心扉的方式来展现角色的心理，避开了直白的言语描述，通过优雅的语言、委婉的说法，甚至是外语——法语来绕开它。《洛丽塔》从来都不是一个色情故事，纳博科夫通过释放一些不一样的情绪来挑逗那些渴望看见不一样情节的读者，就像洛丽塔挑逗亨伯特一样。

最终，读者终于看到奎尔第的真面目，亨伯特隐藏在阴影里的真正替身：亨伯特是一个恋童癖者，而奎尔第是一个恋童癖者和儿童色情者，奎尔第做的事情更加令人发指。然而，正如亨伯特自己所承认的，奎尔第只是伤了洛丽塔的心，而亨伯特则毁了她的生活。亨伯特反思了他与洛丽塔的关系——他对她的想法了解得非常少，她前一刻还很迷人，后一刻就表现得很残酷。她之所以这么善变，就是因为亨伯特是个可怕的男人。亨伯特在反思中一如既往地坦白——对洛丽塔的爱恋和想法都很诚实，对承认他可怕的行为也很诚实，这样直白的情绪表现让人觉得洛丽塔成了一个扭曲的人。亨伯特之前试图用他的命运决定论来推卸责任，但是最终还是直面了自己残酷的行为，因为自身的欲望给一个年轻女孩的生活和心理带来了破坏。

亨伯特回到自己的家并准备出售房子，然后在他五年前最初住过的酒店开了一个房间。他预约了牙医艾弗·奎尔第，发现他就是克莱尔·奎尔第的亲人，并在回去的路上发现了克莱尔·奎尔第的住处。他准备好了他的枪，又找到了奎尔第的庄园。在回来的路上，他经过格林路的一个汽车电影院，看到银幕上一个演员在举枪。

之前提到过，纳博科夫喜欢童话，也喜欢在小说里穿插一些关于童话的影射，他刻意将亨伯特经过的那条路起名为格林路，对标的就是多产的童话作者格林兄弟。纳博科夫认为所有的故事都应该在某些方面与童话相似，就像童话是这些故事的母题一样。《洛丽塔》的结局正如大多数童话故事中的善与恶的高潮之战——只是亨伯特和奎尔第之间谁善谁恶还不清楚，但是亨伯特的内心斗争让这个问题在最后几章中显得很突出。

亨伯特一大早就赶到了奎尔第的家中，在确认门没有上锁，也没有人应答之后，他就打开门进去了。他检查了楼上的几个房间，并从锁上取下钥匙。这时奎尔第穿着紫色浴袍从浴室出来，从亨伯特身边走过，似乎完全没有注意到他。亨伯特准备好他的枪并与奎尔第对峙，而奎尔第完全没有意识到亨伯特的举动。亨伯特告诉奎尔第，他是多洛蕾斯·黑兹的父亲，并警告奎尔第他很快就会死。奎尔第终于从宿醉中醒来，并辩解说他没有绑架洛丽塔，而是从亨伯特那里救了她。亨伯特指责奎尔第利用了他，并偷走了洛丽塔，说奎尔第必须为此而死。奎尔第为自己辩护，并试图收买亨伯特，但是亨伯特下定决心开了枪，最终奎尔第死在了楼梯上，亨伯特离开了这栋空荡荡的庄园。

这场打斗戏非常具有戏剧性，有奎尔第一边弹钢琴一边被枪击的反常景象出现，这将双重身份的故事塑造到了极致。亨伯特在进入房子时用“童话”来描述这个场景，而童话里讲述替身的相关母题非常的多。在童话中，继母往往是恶的替身——《汉塞尔和格雷特》《灰姑娘》这样的故事里经常出现这样的继母角色。而在这里，继父面对的是另一个父亲的形象。奎尔第身穿紫色长袍，是皇室的颜色，看起来就像童话故事中亨伯特要铲除的邪恶国王。一个房间里的镜子放大了双重性，它照到了两个人的身影，再一次暗示了小说中亨伯特和奎尔第互为影子。亨伯特的情绪偏向于愤怒，而奎尔第则偏向于恐惧，从行为主义心理学来说，他们在对峙期间的情绪切换得很快，但是表达的状态都是一致的，而且他们也不像文学作品中的替身那样代表简单的善恶二元对立：两人都虐待过洛丽塔，都是恋童癖，都是文学家。亨伯特在描述他们之间的摔打时似乎也承认了这一点：

> 我们又搏斗起来。我们抱成一团，在地板上到处乱滚，好像两个无依无靠的大孩子。他浴衣里面是赤裸裸的、淫荡的肉体。在他翻到我身上的时候，我觉得要透不过气来了。我又翻到他的上面。我被压在我们下面。他被压在他们下面。我们滚来滚去。[①]

此时亨伯特的情绪和精神状态已经不正常了，他觉得既然他已经无视

① ［美］弗拉基米尔·纳博科夫：《洛丽塔》，主万译，上海译文出版社 2005 年版，第 479 页。

了人类的法律，也不妨无视交通法规。为了避开一些挡住他去路的汽车，他开出了公路，并被警察逮捕。亨伯特说，他反对死刑，但如果他是法官，他会以强奸罪判处自己 35 年，并驳回其他指控。他希望在洛丽塔死后再出版他的回忆录。他对洛丽塔留下了很多话，给了她建议，并祝愿她好。他说艺术是他们可能分享的唯一不朽的产物。亨伯特在写完回忆录后不久就死在监狱里，死于冠状动脉血栓；洛丽塔在圣诞节期间难产而死。

具有讽刺意味的是，亨伯特最初被逮捕的原因是不良驾驶，而不是谋杀；亨伯特认为他唯一的罪行是强奸了洛丽塔。亨伯特通过文艺作品的不朽，复活他想象中的少女。他将她置于永恒的青春之中，创造了他所渴望的少女的静止状态。

（5）情绪对于刺激的反馈

除了亨伯特不正常的情绪之外，洛丽塔的情绪反馈也激烈得惊人。在整部作品不断推进的时间线上，洛丽塔的情绪和对特定的刺激的反应一直是不断加强的。从一开始无可奈何的妥协、麻木，到越发的轻率、焦躁，大吵大闹离家出走，直至她再也无法忍受和亨伯特的这种畸形而又无趣的关系，投向了奎尔第的怀抱，然后又因为拒绝向奎尔第变态的趣味妥协被赶了出去，最终为了生存而随便嫁给了一个男人，17 岁就怀了孕。最后一次见到亨伯特的时候，她已经是一个能够极易控制住自己情绪的姑娘，不焦虑，不冲动，但依旧喜欢比比画画，带着些幼年时期的惯性动作，尚且还留有点儿曾经调皮的影子。在洛丽塔短暂的一生当中，她不断地遭受着来自家庭、学校和社会的伤害，她一次次渴望着正常的人生，但是又一次次被现实推回谷底。除了亨伯特，洛丽塔的母亲夏洛特对洛丽塔的非习得情绪的干扰，以及对个性论当中后天行为的影响也不小。她早期的不谙世事和精力旺盛，让她的生理结构产生了变化。由于洛丽塔的情绪释放并没有得到长辈的正确引导，所以她在童年时期就走了歪路。

“行为主义对于情绪的定义是情绪不外乎是身体对特定刺激发出的反应而已。刺激可以引起身体的内部变化和外显反应。每一种情绪都涉及内脏和腺体发生的变化。情绪是内隐行为的一种形式，其中潜伏的内脏反应是很明显的，例如出现脉搏、呼吸、脸色的变化等。”① 一开始亨伯特把洛丽塔从营地里接出来的时候，洛丽塔的情绪是愉悦的，她精力充沛，整个身体都在为一场盛大的旅行做着准备，她对亨伯特的吻不过是对于过于旺盛的精力的消耗，她大胆地称亨伯特和她之间的关系为“情人”，直截了当地点明他们住在一个房间里的行为是“乱伦”，相较于亨伯特过于内敛的情感触及洛丽塔的时候，她所表达的情感更为放浪狂野。“但当周围的情境开始慢慢剥夺洛丽塔这种激烈的情绪的时候——行为主义将它们称之为趋异的规律，而趋异的表现形式为缓慢的反应、麻木、为社会所拒斥的反应等等。”② 也就是亨伯特对于洛丽塔的管束开始越来越多，对于以往种种她和男性接触过的巨细靡遗的询问，洛丽塔开始感受到了无聊，并对于这段感情开始重新思考。

她在得知母亲死去之后才发现自己变相被绑架在亨伯特身边，亨伯特则异常得意地炫耀着“你们知道，她实在没有别的地方可去”③。而正是这样的强行绑定，让洛丽塔对于外界的情绪反应开始逐渐扭曲，当她稍加反抗，亨伯特就直接带着她把车往回开“径直把她送到那个黑暗、凄凉的住处”④，这时候洛丽塔则会疯狂地尖叫并且揪住亨伯特开车的手；而且在他们关系

---

① ［美］华生：《行为主义》，李维译，北京大学出版社 2012 年版，第 58 页。

② ［美］华生：《行为主义》，李维译，北京大学出版社 2012 年版，第 297 页。

③ ［美］弗拉基米尔 · 纳博科夫：《洛丽塔》，主万译，上海译文出版社 2005 年版，第 225 页。

④ ［美］弗拉基米尔 · 纳博科夫：《洛丽塔》，主万译，上海译文出版社 2005 年版，第 235 页。

较为稳定的时候，亨伯特最先想到的竟然只是让洛丽塔学会将他们之间的关系保密。为了让洛丽塔听话，他甚至反复向她灌输负面消息，圈住她的生活空间范围。而这样刻意的操纵，让一个年龄不满15岁的小女孩的世界彻底崩塌了。表面上看来，洛丽塔生活光鲜，无忧无虑，事实上，不熟悉的情境让她觉得害怕，她没有更多的朋友和亲密的人可以抒发这个不能说的秘密，以至于在狭小的牢笼里生活的时间只要一长，她就要和亨伯特大吵大闹一次，亨伯特忽略了她的短暂喷薄出来的激昂的情绪，当洛丽塔乖巧起来的时候他就忘记了这次争吵，答应了本应该细细考虑再做回答的14岁小女孩的各种请求。

而当她准备要离开亨伯特的时候，已经不再回应亨伯特的动作，她对亨伯特的抚摸、摇晃、拍打无动于衷。亨伯特也发现她生理和外表上的种种改变——脸颊发着红润的光、梳得光灿灿的头发、刚刚涂过口红的嘴唇“洋溢着一种跟我没有丝毫关系的非常恼人的红光”[①]。他们亲密相处的最后一晚，洛丽塔发着高烧，脊椎骨僵硬而又疼痛，亨伯特为她的冷漠而焦渴、为她的身体的高温而忧虑的时候，洛丽塔只是异常阴郁地啜泣起来。从华生的行为主义角度看来，“悲伤的固有症状是对冷敏感，难以保持温暖”[②]，处于悲伤之中的洛丽塔已经不想再维系和亨伯特之间的表面关系了，她对于亨伯特的亲吻表示厌恶，她的舌头发烫、发苦，对于亨伯特的安慰和示好毫无兴致。和之前恰恰相反，她在这一系列禁锢她的动作的刺激之下表现得像个婴儿，没有了抗拒的动作和挖苦的语气。甚至在入院之后亨伯特频繁的八次探望中，她开始了不加掩饰的厌恶和指责，多数集中在一些鸡

① ［美］弗拉基米尔 · 纳博科夫:《洛丽塔》，主万译，上海译文出版社2005年版，第382页。
② ［美］华生:《行为主义》，李维译，北京大学出版社2012年版，第289页。

毛蒜皮的小事上。亨伯特本人表示，在八次的探望中，他只对那最后一次刻骨铭心，从中我们可以窥探出洛丽塔的情绪起伏。洛丽塔对这样一个新环境感觉了无生趣，也没有表达出任何新的渴望。在亨伯特问起她时，她只是说："待在随便什么地方都毫无意义。"[①] 除了亨伯特的控制欲、占有欲以及畸形的性关系毁掉了洛丽塔的童年以外，亨伯特自私、自满、自大的举动已经深深刺激了洛丽塔，她已经无法控制地想要逃离他，甚至不惜去勾引尾随而来的奎尔第——即使那又将会掉进另一个泥淖之中。

在约翰·华生看来，"由于不同的生活环境、不同的训练在不同的人身上发展出不同的情绪系统，在一个人身上某些习惯系统占优势，另一些占劣势，组成所谓的复杂的情绪，但是成年人的复杂情绪是经过年龄的积累的，并且不同的人差异很大，很难进行系统的研究，但是幼儿、童年时期的孩子是很单纯的，他们也更容易研究，也更容易学习到不同的情绪"[②]。环境是改变他们日常习惯的主要因素，但很不幸的是，洛丽塔和她的母亲一起度过了她的童年期——一个正处于13岁的转折期。而到了这个时期，一些习惯就已经基本养成了，如果没有额外的刺激，洛丽塔的个性也基本不会有什么变化了。但是这个时候的洛丽塔遭遇了搬家、换新学校，并且认识了毁了她一生的亨伯特。

3. 小说中的习惯性行为研究

从亨伯特填写的背景资料里可以看到，他于1910年出生于巴黎，小说花了一些笔墨描述了他的背景和童年记忆。亨伯特只是半个欧洲人，且他的家庭教育并不完善，因为他的母亲在他很小的时候就去世了。在不完善

---

① ［美］弗拉基米尔·纳博科夫：《洛丽塔》，主万译，上海译文出版社2005年版，第387页。

② 荆其诚：《沃森的行为主义》，《心理学报》1965年第4期。

的家庭环境下成长的亨伯特疯狂地爱着他的初恋安娜贝尔，一直到他成年都难以忘怀。即便亨伯特后来来到了美国，他的背景也一直影响他直至他死亡。除了安娜贝尔，亨伯特的母亲的经历也影响了他的一生。亨伯特的母亲是遭遇雷电致死的，因为发生得太突然了，实在让人难以相信这就是个巧合。在行为主义视域下，童年时期的一些行为的影响所养成的一些习惯性的动作会让人在成年之后颇具一些不一样的特质。

纳博科夫除了在整部小说中探讨巧合、命运这些主题，以及角色之间的相互关联之外，还让故事剧情看起来是相辅相成的，而且这些事故发生前，他还让某些角色做了预言，例如预言亨伯特的母亲将在亨伯特16岁生日后不久死去，这样的安排让读者感受到人生和命运是一体的。亨伯特不止一次描述了他对安娜贝尔的童年记忆。安娜贝尔是他姨妈的一个朋友的女儿，她比他小几个月。他们在一个夏天的假期里相爱，承诺会在一起一辈子，但是四个月后，安娜贝尔就病死了。安娜贝尔的全名是安娜贝尔·李，这个名字与爱伦·坡的诗《安娜贝尔·李》是有联系的。纳博科夫也很喜欢爱伦·坡。有的人认为这首诗是对已经去世的情人的颂歌，不过多数人认为这首诗就是写给爱伦·坡的年轻妻子——弗吉尼亚·克莱姆的。亨伯特经常引用这首诗，并将几句著名的诗句改来改去。

亨伯特特意提到他的初恋安娜贝尔是因为，如果没有她，亨伯特可能不会爱上洛丽塔。他称自己是个杀人犯，并要求陪审团的女士们和先生们看看他的案子。这个回忆是在暗示亨伯特对洛丽塔的爱来源于童年时的某些习惯性行为，纳博科夫经常将这类行为方面的细节安插在小说的故事情节中。洛丽塔有许多昵称——多洛蕾斯、洛、多莉等，不同关系的人在喊洛丽塔的时候会用不同的昵称；洛丽塔也是一个完美的演员，她能在不同的情况下扮演不同的人。但小说视角是亨伯特，所以读者们看到比较多的其实是亨伯特的“洛丽塔”。造成这种情况的部分原因是亨伯特，与其说是他在受法庭的审判，不如说是他让读者们通过他高度主观的眼睛看世界。因此，他把他的读者称为“陪审团”，承认是读者们正在对他进行道德审判。但是从一开始亨伯特被监禁的罪行是无视交通法规，尽管读者可能从前言中断定其罪行是猥亵未成年少女和谋杀了一个剧作家。

亨伯特后来又讲述了在监狱图书馆1946年出版的《风云人物》中发现的一个惊人的巧合。他在无聊的时候抄录过一本戏剧作品的汇编本，这本戏剧作品中一个女演员的名字叫多洛蕾斯·奎因（Dolores Quine），亨伯特感叹即便是现在看到洛丽塔的大名仍然令他感动。该书中收录了奎尔第的作品，虽然小说的情节还没有进行到结局，但是亨伯特在这里暗示其实他杀害的人就是克莱尔·奎尔第。而奎尔第的出现也其实是在暗示这两个人之间的联系，奎尔第与薇薇安·达克布洛姆，也就是作者纳博科夫的同分异构体，一起合作撰写了名为《小仙女》和《父爱》的剧本。此外，亨伯特开玩笑说洛丽塔出现在《被谋杀的剧作家》一剧中是因为奎尔第想把她写进话剧里。在话剧里，洛丽塔扮演过很多消失和死亡的角色，角色的处境一而再地变化，导致这些变化的源头则是他们当初的行为，而这些行为的产生则是受到他们童年的影响。虽然最后亨伯特进了监狱，但是他依然有操控语言的能力。亨伯特让小约翰·雷博士按照他的意愿来写这部回忆录，并承认他把语言当作玩具，就像他操纵人一样。然而，他在这里暴露了自己的弱点，在监狱里，亨伯特除了语言之外没有其他可以利用的东西。

亨伯特对记忆的描述非常的复杂，比如他会用语言再现一个他回忆里的图像，然后把这些语言记在脑海里，之后再回忆起这些图像的时候，就只回忆一些残存下来的文字，而不是图像，这是他看到洛丽塔的方式，他希望读者也能以这种方式看到洛丽塔。这种复杂的行为是亨伯特一直以来的习惯，他靠着这种方式保存了他对曾经的恋人安娜贝尔的记忆。到了亨伯特这个年龄，他对于图像的记忆不再清晰，作为作家的他只有语言可以使用。亨伯特用语言来让读者进入他的眼睛，通过他来观察安娜贝尔。

亨伯特内心的一些病症在心理学范畴上是有迹可循的，如果他正常去看心理医生，没准这种心理病症就会被治愈，但是他不愿意承认他有心理问题，因为承认会抹杀他的欲望深度，承认会让他想起他曾经给洛丽塔造成了怎样的创伤，还会想起他曾经给他的几位前妻以及前妻身边的所有人所造成的创伤。虽然他似乎真的相信安娜贝尔是他爱上洛丽塔的原因，也有读者相信这是真的，但纳博科夫在小说的结局中嘲笑了拥有这种同理心的读者。

亨伯特认定是安娜贝尔让他病入膏肓，这是他病情的早期证据。安娜贝尔的死让他对于爱人和被爱的渴望停滞了很久。24 年后，他通过将安娜贝尔化身为另一个人，也就是洛丽塔，才得以从爱恋安娜贝尔的魔咒中解脱出来。亨伯特相信命运以某种方式将安娜贝尔和洛丽塔联系在一起，认为安娜贝尔和洛丽塔之间有很多相似性。这也同样是因为亨伯特童年时期的一些习惯性动作造成的，洛丽塔并不了解亨伯特这个人的身份和背景，他们的年龄相差太多，而亨伯特可以轻易地控制一个 14 岁小女孩的行为。例如，当亨伯特第一次见到洛丽塔时，亨伯特和安娜贝尔在海滩上约会时戴的太阳镜再次出现了；亨伯特在花园和安娜贝尔约会时，安娜贝尔的母亲突然出现了，亨伯特与洛丽塔独处的时候，夏洛特也总是插入他们之间；亨伯特以前为安娜贝尔写下的句子里“薄雾”这个词也暗示了与洛丽塔有某种联系，因为洛丽塔的姓“Haze”（黑兹）有“雾”的意思。亨伯特在描述安娜贝尔对他的影响以及用洛丽塔取代她时，都使用了“咒语”和“化身”这些词，这些词其实都是纳博科夫设下的一种暗示。纳博科夫认为，所有的故事在某种程度上都应该是童话故事，他在整部小说中使用了这种构建，将《洛丽塔》变成了一个黑暗的童话故事。像童话故事的讲述者一样，亨伯特更容易用他的习惯来操纵迷茫的读者，让读者相信这些情节都是水到渠成的，这样就可以掩盖他恶魔的本质。另外，亨伯特相信，他和洛丽塔冥冥之中是有一种联系的，这种联系让他们相遇。为了让读者相信这种联系，亨伯特特意提及了"324"这个数字，342是洛丽塔家的门牌号，而之后这个数字也在他们的长途旅行中反复出现。另外，亨伯特在第一次来到洛丽塔家的时候，他的车差点撞到一只狗，而狗在后来的事故中也扮演了重要角色。亨伯特认为这一切都是命运的安排，也相信安娜贝尔和洛丽塔是被命运联系在一起的。

"nymphet"（仙女）这个词是纳博科夫创造的，现在已经成为英语的一个专有名词，它带有一种童话的色彩，它是从"nymph"这个词改编而来。古典神话中的神灵通常在自然环境中展现为少女的姿态，这种姿态的展现在古典油画或者小说中都曾有提及。因此，亨伯特会习惯性地将一些关于仙女的描述放在花园这个背景里，他觉得这种环境下的相遇才是最理想的。他还特意提到了"蛹"这个昆虫术语，蛹指的是未完成蜕变的昆虫的幼虫，幼虫的联系也很重要，因为纳博科夫是一位著名的鳞翅目动物学家，他喜欢把关于蝴蝶的内容放进小说里。亨伯特这个角色让我们近距离地看到了他坚持不懈的欲望的展露，《洛丽塔》小说中关注的是痴迷的、无法抑制的欲望，而亨伯特华丽的语言将欲望带到了新的地方。亨伯特曾经讲述了他与一个名叫莫妮克的法国妓女的性爱经历，他本来很喜欢莫妮克，然而，她很快就失去了仙女的特质，亨伯特也不再与她交往。莫妮克从一个女孩迅速转变为一个女人。亨伯特试图阻止这些女孩们蜕变，他曾恳求洛丽塔，希望她永远不要长大，但是成长是亨伯特无法控制的，这也许是他最无力去改变的一件事。另外，亨伯特其实对于未成年少女的心理和想法完全不了解，他只是善于得到他想要的东西，以及摒弃他不需要的东西，比如他抛弃了莫妮克。但是莫妮克的粗俗实际上就预示着洛丽塔的粗俗，尽管亨伯特在莫妮克身上看到了这种粗俗，但他无法看透洛丽塔。

在与另一个妓女相遇后不久，亨伯特就结婚了，希望这能治愈他童年时期就未曾消解的欲望。小额的遗产和出众的容貌使亨伯特非常容易就获得了波兰医生的女儿的信任。然而，亨伯特却认为他的选择是灾难性的，婚姻并不能拯救他病态的想法，只能让他在之后的生活里意识到他之前的决定有多么愚蠢。亨伯特的长相和谈吐让他无论是结婚也好，找工作也罢，都变得非常轻松，其对年轻女孩的吸引确实是因为他优秀的外表和出身。亨伯特本来能很好地融入社会，但是他拒绝这么做。不仅如此，他还做出了伤害他的前妻和洛丽塔的行为，但是这种行为不是他所能控制的。行为主义认为，很多来自不同地方的有力刺激都会让人类机体产生一些行为，行为是因为刺激而产生的，而人类机体会不受控制地产生反应，时间长了就形成了习惯性行为。比如说亨伯特的前妻瓦莱丽亚最初让他想起了一个小女孩，他就不受控制地与她结婚了。但是他们的新婚之夜后，这种和仙女有关的光泽很快就消失了，她变成了一个“无脑”的女人。1939 年，他们结婚四年后，瓦莱丽亚告诉亨伯特她在和另一个男人约会，一个俄罗斯出租车司机，她还把亨伯特介绍给她的这个出轨对象。亨伯特深受伤害，甚至还想象如果瓦莱丽亚和那个男人住在一起，他就找寻机会杀害瓦莱丽亚。但是亨伯特的胆量一向很小，他只敢想想，而且和瓦莱丽亚同居的那个俄罗斯人一直在她身边，他没有机会伤害她。后来亨伯特得知瓦莱丽亚在 1945 年死于难产。

亨伯特与瓦莱丽亚离婚后移民到了纽约，在那里他找了一份策划香水广告词的工作。在此期间，他编写了一部法国文学比较史。亨伯特在前期的经历比较复杂，他有过两次神经衰弱，在疗养院疗养过。他在加拿大的一个北极探险队找到了一份工作，记录他自己和团队对环境的“心理反应”，但是他觉得这份工作没什么意思，而且还递交了一份假的报告给科学家。回归到社会后，亨伯特的情绪终于又一次崩溃了，他没有见到熟悉的环境，也没有办法依靠自己的能力来找一个适合自己的工作。一般来说正常人会调整自己的习惯来适应社会，但是亨伯特并没有改变自己，他延续了之前恶劣的行径，而且发现了捉弄心理医生的乐趣。这是纳博科夫的恶趣味，他又借角色来嘲弄社会对心理学的崇敬。亨伯特为心理医生提供了虚假的情况，编造了很多的故事，最后心理学家没有真正地治疗好亨伯特。纳博科夫希望以此来证明心理医生其实对真正的心理学了解甚少，因为亨伯特找过的心理医生并没有发现他真正的心理问题。亨伯特最大的心理问题就是他从来都控制不住自己疯狂的情绪。当他的前妻瓦莱丽亚出轨时，他几乎因愤怒而发疯，并且还想要杀死自己的妻子；他其实并不爱他的妻子，只是有一种强烈的占有欲望，从这一点就可以推断出后来亨伯特对洛丽塔的疯狂达到了何种程度，纳博科夫在小说里展示了欲望和疯狂往往是相辅相成的。

离开精神病院后，亨伯特在新英格兰的乡下寻找一个可以进行学术研究的地方。他得到的消息是拉姆斯代尔镇有个房子可以租给他，他就在这里遇见了夏洛特。夏洛特是一位年轻的寡妇，面对这位优雅的房客，她开始了无休止的纠缠。夏洛特黏腻的行为让亨伯特感到厌恶，夏洛特强行带领他四处参观她的小别墅，直到她把他领到花园里，他看到了洛丽塔。洛丽塔的样子让他想起了安娜贝尔，于是亨伯特决定在这里住下来。尽管纳博科夫否认《洛丽塔》有关老旧的欧洲文化与年轻的美国文化之间的冲突——特别是亨伯特和洛丽塔之间难以调和的冲突，但不可否认的是，夏洛特是地道的美国中产阶级的典范，她努力追求精致的欧洲感性，只是没有成功而已。夏洛特的普通的艺术品位、花哨的衣服和糟糕的法语让她的资产阶级地位的形象固化，而亨伯特也完美地预测到了她会爱上他——不仅因为他的外表，还有他的欧洲式的优雅和阶级观念。夏洛特作为一个成年人，她的习惯性行为也不是能够轻易可以改变的。

亨伯特把夏洛特和洛丽塔做了一个对比，他认为在夏洛特的习惯下教育出来的洛丽塔是纯洁的，他始终是这么相信的，这是他极大的失误之一。洛丽塔的形象是通过滤镜传递给亨伯特的，亨伯特觉得在花园的相遇是他们浪漫的开始。但是洛丽塔并不是这样的，洛丽塔和夏洛特很像，母女两个都有许多粗俗行为，而且洛丽塔和学校里的很多男孩子都有关系。亨伯特计划离开这个小镇，然后等洛丽塔从夏令营回家之后再回来和洛丽塔相见。但是洛丽塔和亨伯特的想法不同，她和夏洛特的想法就更不一样了。夏洛特作为洛丽塔的母亲一直在否定自己的孩子，而洛丽塔为了逃避自己的母亲，会和母亲做完全相反的举动。洛丽塔对待亨伯特是很情绪化的，情绪不佳的时候就对亨伯特很冷淡，情绪好的时候就对亨伯特很热情，而此时亨伯特则昏头昏脑地以为这个青春期的女孩子很思念他。例如，到了快去夏令营的最后一天，洛丽塔在走之前来到亨伯特的房间吻了他。洛丽塔一直是一个很早熟的女孩，她对于成年人的态度一直很敏感。很明显，亨伯特喜欢她超过夏洛特，而且洛丽塔此刻还回应了一部分亨伯特的感情，这就更让他难以自拔。纳博科夫之所以写了这么一段剧情是因为他不希望读者把两个人的具体关系搞混，亨伯特就是一个猥亵未成年的恋童癖，而洛丽塔作为一个早熟的少女需要宣泄自己过剩的精力，虽然后面亨伯特和夏洛特结婚成了洛丽塔的继父，但是不代表他们就是父女关系，亨伯特不是洛丽塔的父亲。亨伯特一厢情愿地认为他们是由命运联系起来的，洛丽塔对于他来说是永恒的、不变的。

夏洛特带着洛丽塔离开后不久，女仆露易丝交给亨伯特一封夏洛特的信。在信中，夏洛特向亨伯特表明了她的爱意，但是同时警告亨伯特，如果在她回来之前留下来就要娶她，否则尽快离开这里，不要再见到她。亨伯特虽然思想斗争激烈，但是在洛丽塔的房间他一边读着这封信，一边看着她墙上的杂志广告，上面有一个与他相似的男人，还有洛丽塔写的"H.H."——亨伯特名字的缩写。在这则广告下，还有另一则广告，广告上一个很像亨伯特的剧作家在上面抽烟。这里第二个广告中的剧作家就是克莱尔・奎尔第，他作为最终的幕后黑手其实在小说前面出现了很多次，纳博科夫刻意埋下这样的伏笔就是为了展示两个人之间的相似性，也为了暗示他们之间是互相作为替身的。这也就是为什么洛丽塔这么轻易就离开了亨伯特而跟着奎尔第，因为从某些习惯上而言，他们是非常相似的。洛丽塔其实并不在乎和谁在一起，她只是希望能够换一个新环境。

换一个新环境对一个适应力极强的 13 岁孩子来说不是什么难事，但是洛丽塔的境遇有所不同，她的母亲不爱她，学校里的男生骚扰她，她们家里新来的房客对她别有企图，这让一个原本个性发展就有些扭曲的少女在面对陌生的环境时更加惶惶然，之后房客的入住让她更加难以生存——适应新环境没多久的她被母亲迫不及待地赶到营地去住，就因为她打扰了母亲和亨伯特的独处空间。至此，洛丽塔的生活被掀了个底朝天，她被一起生活了 13 年的母亲抛弃到了更远的地方。没在营地待多久，她又被亨伯特接走，紧接着又听到了母亲亡故的消息，然后身无分文的她被迫和亨伯特开始了一段长途旅行。她在习惯和适应之前一直在被迫转换环境，前期是因为生活所迫，但是后面就是亨伯特故意为之——亨伯特不希望洛丽塔习惯某些环境或者人，只希望洛丽塔习惯他自己。

这时候的洛丽塔彻底砸碎了还残留在她身上的那一点过去的影子。她如同没有了管束一般开始胡搅蛮缠，把和查理还有亨伯特交欢当作好玩的事情。她毫不在意地告诉亨伯特，她要告诉警察亨伯特强奸了她，她开始肆意地挥霍，索求各种好玩的东西。而亨伯特觉得只要洛丽塔听话并且和他在一起，没有什么是不可以牺牲的，他放任洛丽塔这么做。而这样毫无规律的生活环境让一个原本还怀着纯真和好奇的少女开始逐渐变得难以捉摸，变得轻率、焦躁，三天两头生闷气。首先，依照洛丽塔母亲的话来说，洛丽塔的学习成绩本来就很差，在没有接受完整的教育的情况下就改变她原本的生活环境会使她的个性被改变。其次，整个旅途之所以结束正是因为洛丽塔不稳定的情绪，她每晚都在亨伯特睡着之后偷偷啜泣，这让亨伯特不得不考虑应该让洛丽塔回到学校的环境去。虽然洛丽塔返回了学校，亨伯特也试图纠正洛丽塔走歪的路线，但很不幸的是，学校还是发现了洛丽塔的很多心理问题，过早到来的性成熟让洛丽塔非常痛苦，并且她还要依照亨伯特的吩咐在老师面前撒谎，隐瞒她身上发生的一切。她喜欢戏剧，但是随之而来的亨伯特的怀疑让洛丽塔迫不得已放弃了她的爱好。洛丽塔因为这些问题经常和亨伯特大吵大闹，离家出走，但她不敢在外人面前和亨伯特直接撕破脸皮。她异常平静地承受了亨伯特的怒火，装作乖巧的样子，想让亨伯特不再那么愤怒，即便亨伯特的动作伤到了她。最终，她从那个还带着稚气、易躁易怒、什么都不懂的小姑娘，变成了一个沉静、优柔、坚定的人妇，甚至因为早些年她母亲的影响，她还带着点她母亲的习惯性动作。但是无论怎样，最终怀着孩子的洛丽塔已经被这些年来的外在环境和生活条件彻底改变了，她现在只是一个待产的母亲。即便如此，亨伯特在回顾自己与洛丽塔的关系时，仍然一直声称他对洛丽塔的爱是真实和永恒的。在洛丽塔母亲去世后的两年间，他们住在一起，虽然在此后的三年洛丽塔跑了，但是来看望她的亨伯特表示可以原谅她。亨伯特对于少女的生理欲望因为他年幼时期的一些遭遇而停留在他的身体里，在这本作品的前半部分，亨伯特对成年女性只有蔑视和厌恶。到了作品的后半段，亨伯特则说：

> 我看着她，看着她，就像我明白地知道我要死了那样，知道我爱她，胜过这世上我见过或想象得到的一切，胜过任何其他世上我所能希冀的一切。她不过是一阵紫罗兰柔软的清香，是性感少女的枯叶……我只要看一眼你那忧郁的面容，听一听你那年轻沙哑的声音，我仍会万般柔情翻涌，我的洛丽塔。①

虽然亨伯特对杀死奎尔第没有悔恨，但读者也没有，读者厌恶的是亨伯特的欲望作用在小小的洛丽塔身上。在故事结束时，17 岁的洛丽塔形容枯槁，幻想破灭，不得不和贫穷的迪克待在一起。面对这样的洛丽塔，亨伯特依然希望对方跟他走，但是洛丽塔却明确地拒绝了他："奎尔第伤了我的心。而你毁了我的生活。"②

约翰·华生是一个极端环境论者，他坚信，只要有一定条件的环境和机会，人都会变，包括他们的习惯、他们的情绪、他们的惯性动作。用行为主义来分析《洛丽塔》是一个新颖的角度。从这个角度来看，洛丽塔多重个性的养成确实是由于不同的环境和身边不同的人物，这些影响是长久

① ［美］弗拉基米尔·纳博科夫:《洛丽塔》，主万译，上海译文出版社 2005 年版，第 345 页。
② ［美］弗拉基米尔·纳博科夫:《洛丽塔》，主万译，上海译文出版社 2005 年版，第 446 页。

的。这种潜移默化的长期操纵和强迫毁掉了一个少女的一生，尽管她短暂的后半生一直在寻求出路、努力逃跑，但是依然在本应美好的17岁如同朽木一般彻底腐烂了。

（四）《魔法师》中的行为主义心理学研究

《魔法师》是纳博科夫于1939年在巴黎创作的中篇小说，这是他用俄语写的最后一部小说，但是纳博科夫在他的一生中从未发表过该篇文章。他去世后，他的儿子德米特里于1986年将这部中篇小说翻译成英文，并于次年出版。它的原始俄语版本于1991年出版。这部作品基本上可以算作《洛丽塔》的前身，不过和《洛丽塔》不一样的是，这部作品使用的是第三人称叙述，这让文中关于Hebephilia（对青春期儿童有持续性趣）的描写显得格外引人注目。主角是一个中年男子，他对一位青春期少女一见钟情。他痴迷地在公园等待着这个女孩，为了获得和她接触的机会，最终他娶了她的母亲。已经生病的母亲很快就去世了，他在少女的母亲死之前承诺照顾她可怜的女儿。他把女孩带走，意图将女孩困在一个无尽的旅途中，在旅行的第一个晚上沿着法国里维埃拉停留。在她睡着的时候，这个男人采取了行动，结果把女孩吓醒了。她尖叫着逃跑了，中年男人也惊恐于自己行为的暴露，在恐慌下最终倒在了飞速行驶的卡车面前。

纳博科夫本人也称这个故事为"《洛丽塔》前身"。《魔法师》与《洛丽塔》之间有非常多的共同点，这部作品和《洛丽塔》的主题及文章构架基本一致：先是"魔法师"——一个中年男人无意间接触到了一个过分早熟的女孩，之后便是这个中年男人选择与女孩的母亲结婚，最后母亲早逝，等等。然而，《洛丽塔》与《魔法师》又有着显著不同。《洛丽塔》的主要角色有着明确的名字，而《魔法师》里几乎只采用代称；比起《魔法师》里的母亲与女儿，《洛丽塔》里的夏洛特和洛丽塔母女俩有着鲜明的角色发展角度和观点，而不是在一场和恋童癖者的较量中扮演被动的角色。亨伯特最终谋杀了伤害洛丽塔的奎尔第，而《魔法师》里的主人公选择自杀身亡。

从人本身的主观感受来说，刺激会带来大量的消极反应，这其中包括愤怒、恐惧，还有无法控制的条件反射。《魔法师》这部小说的主角“魔法师”从一开始就被交代曾拥有过别人都无法体验过的痛苦，“他四十岁的时候因一次没有成功的自焚而遭受了很大的痛苦”①。这种痛苦刺激造成了“魔法师”长期的消极反应，这样的消极反应只可能出现在外在行为上，并且这种反应可以自发建立，也可以被动建立。早些年在他上专科技术学校的时候有个少女仅仅是裙子离他非常近，就让他的手不受控制。但“魔法师”的这次自焚之后转向了内在的消极反应，心理方面的问题越来越严重，可是他伪装得很好，几乎不会被发现。后来他在公园里遇见了一个穿紫色连衣裙的 12 岁女孩，他想要抓住女孩的手腕，抓住女孩裸露的胳膊，但是他还是控制住自己的身体，虽然这一切的刺激让他难以忍受。纳博科夫是一个细节天才，尤其在描述少女的时候，他的巨细靡遗的描写会让你注意到一个人全身上下所有的小细节。他经常会从少女裸露的小腿写起，还有健康的麦色皮肤、小巧的蝴蝶骨、她的裙子、她的头发和眼睛，甚至连细小的汗毛都不放过，这个优点也存在于《洛丽塔》和《看，那些小丑！》等作品里。

虽然女孩的母亲在作品中出场时间短暂，但是在作品中却起到了一个很重要的作用——她和“魔法师”的互动能够反射出“魔法师”的本性。

---

① ［美］弗拉基米尔·纳博科夫：《魔法师》，金绍禹译，上海译文出版社 2008 年版，第 7 页。

女孩的母亲对于“魔法师”的想法从头到尾都毫不知情，她在三人舞台上扮演的是一个妒忌者的角色。她常年疾病缠身，是一个寡妇，她嫉妒自己的女儿年轻貌美，同时又觉得非常愧疚，认为自己不是一个好母亲。她的态度在“魔法师”面前一直是很低微的，尤其是得知他的身份后开始对他变得亲昵起来，语气也开始卑微，为了跟上他的谈话也变得小心翼翼。“魔法师”对待这位寡妇的态度也逐渐变得不尊重起来，他的计划执行得过于顺利也让他变得大胆起来：他把女孩的母亲称作一尊大炮；才结婚就巴不得快点铲除她，而且希望女孩在以后谈论到这事儿能和他一样当作笑话哈哈大笑；他鲜少吻女孩的母亲，觉得她的额头像干酪一样冷，不愿意称呼女孩的母亲为“妻子”。虽然“魔法师”的计划在一点点进行着，可是恐惧也长期伴随着他：他担心自己的真实目的暴露出来，有的时候连和女孩讲话都讲不顺畅，和女孩相处的时候他的肢体也非常僵硬。幸运的是，他并不像亨伯特那样把什么都记在日记里，但是他内心诋毁女孩母亲的想法比亨伯特更加恶劣，像“假如她亲爱的妈咪明天死了”[①]“假如手头有某种毒药的话”[②]“已故亲人”[③]“假性怀孕，怀的是她自己的死亡”[④]等。他经常在私底下说诸如此类的话来诅咒女孩的母亲。“魔法师”在女孩的母亲死后做的第一件事情就是长期旅行，仿佛这是困住女孩的唯一途径。但是这位“魔法师”在病态地想象一系列杀人手法的时候，他的心理问题就已经病入膏肓了。他的恐惧反应和别人不同，在酒店里屡次敲错门、进错房间已经让他非常慌张，女孩不受控制地反抗和尖叫让他的自我保护机制彻底崩溃，他

① ［美］弗拉基米尔 · 纳博科夫：《魔法师》，金绍禹译，上海译文出版社 2008 年版，第 48 页。
② ［美］弗拉基米尔 · 纳博科夫：《魔法师》，金绍禹译，上海译文出版社 2008 年版，第 49 页。
③ ［美］弗拉基米尔 · 纳博科夫：《魔法师》，金绍禹译，上海译文出版社 2008 年版，第 50 页。
④ ［美］弗拉基米尔 · 纳博科夫：《魔法师》，金绍禹译，上海译文出版社 2008 年版，第 51 页。

的恐惧开始膨胀，开始觉得全世界的人都知道他猥亵了自己的继女，在机体崩溃状态下，自杀也就没什么可意外的了。

《洛丽塔》这个名字起源于英语。纳博科夫称《洛丽塔》是他对英语热爱的表现，并且文中的语言关于人物的行为、个性和情绪的描写都达到了一种更高的水平，虽然《洛丽塔》比短小精悍的《魔法师》更为人所称赞，但是作为《洛丽塔》前身的《魔法师》更值得读者去一探究竟。

（五）《黑暗中的笑声》中的行为主义心理学研究

《黑暗中的笑声》是纳博科夫于 1932 年开始创作的一部作品，男主人公欧比纳斯是一位住在柏林受人尊敬的、相当幸福的已婚艺术评论家。他在电影院遇到了美丽的引导员玛戈。他喜欢 17 岁的活泼漂亮的玛戈，并和她悄悄发展出了地下恋情。最终，他的妻子伊丽莎白因为一封信发现了他与玛戈的恋情，欧比纳斯的家庭从此分崩离析。玛戈其实并不怎么爱欧比纳斯，她接近对方只是为了利用他的关系网和金钱成为一位电影明星，拍一部电影，实现她的人生抱负。欧比纳斯将玛戈介绍给雷克斯，而这位雷克斯是玛戈的前一任情人，并且之前抛弃了她。雷克斯花言巧语骗取玛戈的信任，并开始和她策划着摆脱欧比纳斯并抢走他的钱。由此展开了一场三角恋的剧情。

纳博科夫在早期曾创作过类似体裁的作品，例如《王，后，杰克》。《王，后，杰克》对《黑暗中的笑声》这部作品的创作起着关键作用。人物沉浸在复杂的不忠的关系当中，变换着不同的身份，在文本交织中形成一个不寻常的网。这两部小说的一些内容，都体现出纳博科夫对读者的蔑视。可以说这种蔑视在他每一本书中都存在，他甚至把这一蔑视放到角色当中。对于纳博科夫而言，小说中的角色可以完美地展现出纳博科夫脑中犀利的想法，所以纳博科夫的主要工作不是作家，而是艺术评论家，或者是漫画家，总之无一不和艺术相关。他对配角的背景设计和对主角的背景设计差距很大，希望以此来创作出更加有趣的故事内容。比如说《黑暗中的笑声》里玛戈的身份就和欧比纳斯的差距很大，正是因为这样的差距，才能显露出玛戈和欧比纳斯行为习惯和情绪的差异。

玛戈和欧比纳斯显露出来的个体差异导致了玛戈难以掩饰嫉妒之心。"嫉妒是一种不健康的心理，也是一种消极的人生态度。""行为主义者认为，要想彻底解决嫉妒问题，就需要了解产生的根源，于是，行为主义者把研究回归到了幼儿时期。"[①] 玛戈成长于一个贫困的家庭，但是她的志向非常远大，这让她在两段感情之中既是加害人，也是受害者。男人的一点点夸奖就能让她变得沾沾自喜，畸形的感情之间，她是依附者，这是长年的成长环境所造成的。玛戈因为在和雷克斯关系上碰过壁，所以在和欧比纳斯的关系上就更多了些贪婪、狡猾和谎言。她在关于自己的童年生活上撒了谎，编造了美好的假象。后来她发现她的哥哥是她前进道路上的绊脚石，如果不甩掉自己的哥哥，她就没有办法和欧比纳斯真正在一起。她告诉欧比纳斯自己真正的身世是另有企图，甚至把悲惨的童年当作获取利益的筹码，她只是在利用欧比纳斯对自己的感情而已。她从小就没有在家庭当中获得过什么安全感，第一次感情经历的失败让她在第二段感情中选择转换立场，去伤害欧比纳斯，想尽办法从他身上套现自己的梦想。而欧比纳斯是一个和玛戈境遇相反的人：他喜欢艺术，但是家里都是赝品；他认为自己有个博学的头脑，但是纳博科夫却讽刺他的创作并不怎么样；他有着太多"绝妙"的主意，但是和艺术制作人细谈的时候，对方却并不怎么感兴

① ［美］华生：《行为心理学》，刘霞译，现代出版社 2016 年版，第 38 页。

趣。欧比纳斯拥有着太多的异想天开，而且他也有着足够的钱去挥霍。这让他天生就具备一种优越感，而这种优越感不会让他本人轻易屈居于他人之下——欧比纳斯认为他可以用钱解决一切问题，他可以任意挥霍一笔巨额财产来实现一个会亏本的梦想。而他的异想天开无法通过钱来解决，这样的事情是一个具有强烈控制欲和占有欲的男人所不允许发生的。所以他在梦想吃瘪之后将无处安放的妒忌情绪发泄在了家人身上。他认为他规规矩矩生活了这么久，爱自己的女儿，忠于自己的妻子，似乎偶尔出轨一下也不是什么无法原谅的事情。在这种环境的发酵下，欧比纳斯对家庭的背叛，玛戈对于爱情的不信任，甚至于到最后欧比纳斯无缘得见女儿最后一面，玛戈为了金钱选择去杀人，都是人物在强烈的刺激之下、在极端环境当中所做出的反应。

欧比纳斯作为一个独立富有的德国艺术收藏家和艺术评论家，长期生活在一个经济条件中上层阶级的家庭环境中，一直渴望一段充满激情的爱情。他愚蠢地爱上了只有他年龄的一半的年轻姑娘，他的背叛导致他失去了他的妻子、女儿，之后是他的视力、金钱，最后是他的生命。他的本性其实并不残忍，只是长期被压抑的性欲所产生的扭曲的善意让他变成了一个看似善良的受害者。大多数故事都是通过他的观点来讲述的。玛戈在艰难的环境中长大，并拥有相当的世俗经验。她很漂亮，充满了性感，这就是她吸引欧比纳斯的原因。玛戈对他没有感情，但试图让欧比纳斯与妻子离婚并娶她。她一直在回避着自己肮脏的身世背景，企图过上奢侈生活，为了这个目的，她不惜撒了一个巨大的谎言。玛戈比较直接，她做了多方的挑拨，像小孩子一样故意乱发脾气，只不过是想达到自己的目的。她有意往欧比纳斯家里寄信，让他的妻子发现他们的关系，也是计划之一。她的妒忌是源于阶级的，而不是感情。伊丽莎白几乎是没有妒忌这个感情的，她的生活一直非常优越，她也曾暗恋过一些上了年纪的男人，但是在婚后她一直是忠于欧比纳斯的，她坚信他们的婚姻是不会破裂的，这种单纯一直延续到欧比纳斯出轨之后，她甚至都没敢在玛戈面前露面，反之一直以一种恍惚的状态生存着。伊丽莎白和玛戈的人物形象几乎是两个极端，而雷克斯和欧比纳斯在小说中则互为镜像并互相拥有对方的身份。欧比纳斯是一位富有的艺术评论家，而雷克斯是一位漫画家。他们的交往源于一场失败的生意，这让一路顺风的欧比纳斯第一次尝到了挫败的滋味。比起合作者的身份，情敌和对手才是最适合他们的。虽然雷克斯和欧比纳斯都深陷于和玛戈的感情纠葛当中，但是雷克斯在一开始的时候并没有认真地与玛戈交往，他纯粹拿玛戈当作一个有趣的小玩物。这让玛戈变成了一个被情人宠坏了的，虽然获得了想要的一切却又相当残忍的蛇蝎美人。

比起玛戈，欧比纳斯的妻子伊丽莎白可能有点沉闷，或者用欧比纳斯的话来说，伊丽莎白没有满足他真正情感上的需求，他因为渴望而变得疲惫。欧比纳斯承认他娶了温顺的伊丽莎白是为了方便，这样的妻子对自己的丈夫更加顺从，甚至面对丈夫的突然暴怒，也几乎是没有什么反应的，欧比纳斯也无须担心她和其他男人有所接触。关于忌妒，行为主义心理学认为，只有感情中已然产生爱的前提下，才会产生忌妒的情绪。而伊丽莎白对于丈夫的情绪是毫无回应的，不管是欧比纳斯情绪失控或者是表现怪异，她都可以熟视无睹。但是为了防止自己在这个家庭里失去必然的关注度，她经常习惯性地重复丈夫的话来赢得他的注意。这一举动固然引起了男人的关注，但是时间长了之后，只会重复他人对话的伊丽莎白就变得如同玩偶一般了。直到伊丽莎白接收到玛戈故意寄来的情书并且在她弟弟的安排下离开她丈夫的家，她的情绪是一直处于迷茫状态的，她受到的教育让她没有办法做出像玛戈那样赤裸裸的忌妒的姿态。伊丽莎白的情绪如此的迷茫还有另外一个原因，那就是过快的情感隔离，没有能够使伊丽莎白和欧比纳斯进行一次比较直面的沟通——伊丽莎白那方基本上是由弟弟保罗出面沟通的，而保罗感受不到玛戈的忌妒和挑衅，也没有办法帮助姐姐伊丽莎白调整她的情绪，宣泄她的忌妒。最后伊丽莎白只能单方面地宣泄感情。欧比纳斯的出轨，伊丽莎白的恍惚，让他们两个人忽视了对女儿伊尔玛的照顾，最终导致了伊尔玛的死亡。

之前提到过，玛戈的忌妒源自阶级的差距，除去年龄，玛戈没有任何办法去和其他更优秀的女性抗衡。再次接触雷克斯之后，她对欧比纳斯的态度和看法有了转变——她意识到欧比纳斯作为戏剧评论家的财富和地位可以保证她的影视演出得以顺利进行，而不是和他结为真的夫妻。而玛戈真正出现在银幕上之后，又开始嫌弃自己的表演太笨拙和僵硬，与和她坐在一起的高贵女演员卡列尼娜相比，她非常自惭形秽，畏缩到无法抬起头来。这种差距不是后天可以弥补得了的，这也就是为什么在欧比纳斯离开自己的妻子之后，玛戈依然对于公开他俩的身份耿耿于怀，还不允许欧比纳斯去探望伊丽莎白。为了让玛戈放弃她不成功的首演，欧比纳斯将玛戈带走并延长假期，致使玛戈因阶级差距依然恨着欧比纳斯。她和雷克斯设计在一次车祸中让欧比纳斯失明。在生理和心理上受到双重折磨的欧比纳斯，被雷克斯嘲讽为一个感情上单纯可怜的笨蛋。无论是在工作上，还是在感情上，欧比纳斯都是一个彻底的失败者，他为了赢得玛戈的感情，愿意忍受玛戈的殴打。面对这种情况下的欧比纳斯，玛戈终于找到了一个属于她的立场来俯瞰欧比纳斯和他的财产。相比玛戈的刻薄，伊丽莎白依然能对欧比纳斯表示爱意和同情，面对丈夫的出轨，她仅仅是发出了几声可怜的惨叫而已。她宁可相信自己的丈夫已经死了，大家在拿出轨这种谎话安慰她，也不愿意相信欧比纳斯抛下自己和其他女人跑了，所以她很能够理解跌入谷底的欧比纳斯的心情。纳博科夫很善于去描写原本很闪亮的人物最后被所有人唾弃的状态，欧比纳斯和之后的《洛丽塔》里的亨伯特一样，从光鲜亮丽的状态逐渐堕落到了不堪的地步，这个是忌妒情绪的积发所导致的。

华生关于育儿的基本观点与后来的行为分析家观点一致。他们都认为，父母、教师和其他人必须积极行动，而不是等待，尤其是在克服忌妒情绪方面。如果父母对待孩子热情洋溢，过分亲热，孩子们的情绪就会“变质”。当孩子们进来吃早餐时，他们的父母可以与他们握手，但不要亲吻或拥抱他们。此外，父母不应该让孩子学会使用哭泣作为控制机制。他们不应该对即使是年幼婴儿的深夜哭闹做出反应，因为回应只会导致婴儿期待深夜喂养。忌妒的情绪是可以通过过分溺爱的环境培养出来的，但是同样也是可以疏导出去的，但是欧比纳斯的妻子伊丽莎白在得知自己的丈夫出轨之后，丝毫没有考虑到女儿伊尔玛的情绪。欧比纳斯家的生活环境非常的优越，但是对于孩子疏于心理教育。按照老规矩，伊尔玛每天必须要给父母问候早安，但是母亲表现得非常敷衍，父亲则过分溺爱，他们甚至放任伊尔玛吃掉一整盘奶油巧克力。所以在父亲出轨之后，她马上被切断了外界信息，并被转移了环境，她见不到一直非常疼爱自己的父亲，所以也变得焦虑起来。而对于欧比纳斯来说，对于玛戈的爱恋直接替代了他对于伊丽莎白和伊尔玛两个人的感情。

家庭富足的欧比纳斯和本就是富家小姐的伊丽莎白所组成的家庭让从小吃喝不愁的伊尔玛有别于年纪轻轻却要打工赚钱养活自己的玛戈。玛戈家里还有一个混蛋哥哥，时常为了钱来骚扰她，这让玛戈成为一名电影明星的梦想难以实现。玛戈为了吸引他人的注意力甚至做出了很多出格的事情——嘴唇和睫毛上涂上厚厚的化妆品，对每一个能看得上眼的男人抛送秋波。在多次情感遭遇失败后，玛戈的情绪开始泛化并且迁移，所以她和欧比纳斯的感情更多是建立在金钱上的，欧比纳斯把玛戈当作艺术家，投资给她拍电影，给她讲他对绘画的爱好，但是玛戈却只想着他们家里的一幅油画可以卖多少钱。如果说玛戈忌妒欧比纳斯的富足，那么伊丽莎白的弟弟保罗就是在忌妒姐姐和姐夫的婚姻，保罗把他们的婚姻看作神圣的事情，也是保罗最先发现欧比纳斯出轨的事。在姐姐最六神无主的时候，是他先去和玛戈正面交锋，而伊丽莎白却拿一个比她女儿大不了几岁的女孩无可奈何。伊丽莎白的情绪问题和其他人比起来要严重得多。忌妒这一条件性情绪在孩子和妇女——尤其是妇女间泛化严重：

> 我们可以在情绪领域建立起一种如同在任何其他领域一样的鲜明的分化反应……大多数人在婴儿期和幼儿期处在未分化的情绪状态之中。许多成人，特别是妇女，仍旧停留在那种状态。所有未受过教育的人都停留在那种状态。但是受过教育的成人在操纵物体、接触动物、使用电器等等方面受到了长期的训练，从而到达了次级的或者分化的条件性情绪反应的阶段。[①]

伊丽莎白作为一个富家小姐，几乎没有太过复杂的条件性情绪反应，因为她的生活过得太顺心，她只操心自己和女儿的生活，对家里发生的所有事情和欧比纳斯的所有决定都不过问。伊丽莎白几乎不和欧比纳斯讨论艺术，她只会附和欧比纳斯说的每一句话，这让对方觉得她就像是一个精致的木偶。玛戈虽然同样也没有受过什么教育，但是她胜在年轻和成熟，

① ［美］华生：《行为主义》，李维译，北京大学出版社 2012 年版，第 269 页。

其精神层面的富足让欧比纳斯轻易地抛弃了他的妻女。玛戈没有真的爱上欧比纳斯，更多的是调情和折磨他，甚至挑衅地以女主人的姿态访问他的房子，检查他是否真的富有。伊丽莎白在看到玛戈寄给欧比纳斯的情书后，带着女儿离开了家。玛戈住进来后立刻先把伊尔玛的卧室改成了其他房间。虽然玛戈和伊尔玛并未正面交锋，但是玛戈打从认识欧比纳斯起就非常忌妒伊尔玛，而不是伊丽莎白。

伊尔玛的生活几乎是和她的母亲伊丽莎白粘连在一起的，无论伊丽莎白是去茶会，还是去公园，都会带着伊尔玛。所以在伊丽莎白看来，欧比纳斯抛弃伊尔玛比遗弃自己更为残忍。夫妻二人把伊尔玛看得无比珍贵，玛戈的忌妒不是空穴来风，虽然伊尔玛离开了她常住的家，但是这个家里处处都有她的影子。欧比纳斯虽然和伊丽莎白的关系破裂了，但是他还是会很照顾伊尔玛的心情，他几次回去都是为了看伊尔玛。为了不让伊尔玛和玛戈两者之间有任何的为难，欧比纳斯带着玛戈去亚得里亚海度假，但当他们回到柏林时，玛戈隐藏在公众之后，他们搬进他的旧公寓，试图掩盖他们住在一起的事实。为了减少玛戈的无聊，他们举办了派对——其中一位嘉宾是雷克斯，玛戈曾经的真爱。当雷克斯知道玛戈要求欧比纳斯和伊丽莎白离婚并要和欧比纳斯结婚的时候，残酷而愤世嫉俗的雷克斯很失望。他与欧比纳斯交朋友是想要重获玛戈，玛戈最初拒绝了雷克斯更进一步的追求是因为他没有钱。欧比纳斯的女儿感染了肺炎，她临死时，玛戈甚至阻止欧比纳斯去看她。这使得欧比纳斯丧失了最后看女儿一眼的机会。

《黑暗中的笑声》里有相当一部分人物同艺术有着密切的关联，这也就意味着他们的生活圈子是一致的：欧比纳斯的妻子是剧院经理的女儿，欧比纳斯宴请的座上客有作家鲍姆、歌唱家奥莉加·瓦德海姆、演员多丽安娜·卡列尼娜、立体派艺术家索尼娅·赫希等人。行为主义强调人是习惯的派生物，习惯的养成决定了一个人的人格。纳博科夫笔下的这些人物在艺术的氛围中生活和成长，也因为对待艺术的态度而暴露出自身的习惯性弱点乃至人格的缺陷。首当其冲的当数小说主人公欧比纳斯，他虽是个有名望的艺术评论家和绘画鉴赏家，但与其职业身份和社会地位形成鲜明对比的是他内心的浅薄、品位的庸俗以及道德上的堕落。他缺乏职业修养和道德，竟用漂亮的赝品来装点自家的门面。他作为鉴赏家的专业水准也令人怀疑：雷克斯发现欧比纳斯家洛托的画可能不是原作，博然的画甚至是雷克斯八年前亲手画的赝品。但欧比纳斯对此全然不知，还在兴高采烈地向雷克斯介绍博然的画就是超现实主义画派的画，这无疑是对他鉴赏家身份的一个巨大的讽刺。欧比纳斯不仅欠缺鉴赏艺术品的慧眼，在“鉴赏”人性方面，他也连连失败。他抛弃了善良的妻子，疏远了正直的妻弟，反而将“发现了美丽的玛戈”当作“他一生中最大的成就”。可见，欧比纳斯虽然生活在艺术品和艺术家的包围当中，但他其实并未深刻地理解艺术，更没有深刻地思考过生活，他根本不具备辨别真与伪、好与坏的能力，这直接导致了他的人生悲剧。

从表面上来看，欧比纳斯与美丽的伊丽莎白结婚是为了生活得更加安稳，但实际上，从他之前的风险投资来看，欧比纳斯从来都不是一个只甘心于在温室里活着的人，在遇见更年轻的女孩之后，他甘愿为了玛戈这样一个小人物抛弃自己的妻子来寻找刺激。欧比纳斯的生活环境发生了变化，所以也就刺激他的习惯发生了变化。欧比纳斯爱玛戈，甘愿为了玛戈的梦想付出一切，但是玛戈没有和欧比纳斯一起坠入爱河。玛戈知道自己的生存环境很恶劣，她的哥哥可能随时因为心情不好殴打她，她对所有人都有一种排斥的情绪，很难从一开始就爱上什么人。她对于所有人都有一种不信任感，所以即便欧比纳斯的女儿伊尔玛临死时，玛戈都不让欧比纳斯去看望伊尔玛。后来，欧比纳斯向玛戈交付了自己的真心，他为了达成玛戈的心愿做了很多事，还带着她去法国南部度假，而玛戈却继续和雷克斯一起欺骗欧比纳斯的感情。欧比纳斯发现后用枪威胁玛戈，问她是不是有这种情况，但玛戈否认她和雷克斯之间有不当行为。欧比纳斯带着玛戈立即离开，留下了雷克斯。但是欧比纳斯在山路上出了车祸，等他在医院恢复神智，发现自己已经失明了。雷克斯和玛戈在欧比纳斯面前互相调情，折磨着盲人欧比纳斯。失明的欧比纳斯对于玛戈其实是有疑虑的，但是玛戈擅长应对这样的欧比纳斯，因为她以前也是疑心非常重的人。玛戈和雷克斯非常迅速地计划接管欧比纳斯的财产和房子，然后准备离开他。伊丽莎白的兄弟保罗怀疑欧比纳斯被人骗了，因为不断有人从他的银行账户取出大笔现金。保罗去了瑞士，找到了关着欧比纳斯的小屋，并抓住了雷克斯，揭露了这种欺骗行为。保罗本想带走欧比纳斯，但是欧比纳斯想要留下并杀死玛戈。不过最终的结局并未如他所愿，玛戈在和他的打斗之中夺走了他的枪，杀死了他。

三、纳博科夫自传及访谈录所折射出的行为主义

《说吧，记忆》这本书涵盖了纳博科夫从 1903 年至 1940 年的生活。前十二章描述了纳博科夫生活在革命前圣彼得堡及其乡村庄园的贵族家庭中年少时的记忆。后面三章回顾了他在剑桥的经历，以及德国柏林、法国巴黎、俄罗斯的生活。

他在一个色彩缤纷的贵族家庭中过着田园诗般的生活。1917 年的布尔什维克革命让纳博科夫流亡到了美国。在美国，纳博科夫想要写出属于自己的自传，但是这不仅需要文学天赋——当然这也可以通过后天努力获得，

更多的是需要有一个有趣的灵魂和一段段有趣的生活。在行为主义中，年轻时期养成的工作习惯和技能虽然作用不大，但是对客体本身依然受益，养成的习惯越好，对于自身来说也就越重要。虽然纳博科夫是一个天才，但是他也是一个努力的人。他接下来所做的一切，对于他的写作都是非常有益的。

纳博科夫拥有常人难以企及的优势，虽然这样的优势可能会让他失去另一个优势。比如通常来说，某一个领域的天才可能甚至无法处理自己的日常生活；只有幸运的少数人能够以自己所需要的方式重新构建他们的生活，纳博科夫就是其中之一。他写出了成功的自传。通过记忆，纳博科夫能够拥有过去，可以窥见童年，可以回想当下。他在自传中数次提到蝴蝶，从此可以看出他经常将虚构与现实糅合在一起。自传回顾了他的第一只蝴蝶是如何从他手里逃脱，他又是如何在40年后的一次蝴蝶狩猎中重新捕获到一只一模一样的蝴蝶。他在家庭教师的影响下对颜色非常敏感，这直接导致了他喜欢在作品当中描写关于颜色的细节，而且这种描写是详细到不会让读者忽略的那种，他甚至给每一个字母都赋予了不同的颜色。“有钢铁般的x、雷雨云z和蓝莓k。既然在声音和形状之间存在着微妙的相互作用，我看到的q比k的棕色更深，而s不是c那样的浅蓝，而是天蓝色和珍珠色的奇特混合。”[①] 纳博科夫受颜色的影响非常大，除了视觉和文字之外，他还将声音和颜色联系在一起，颜色可以帮助他来了解音乐，而离开了颜色，音乐于他而言不过是噪声罢了。纳博科夫用颜色点缀了他的作品，即便他没有写过《玛丽》《普宁》《塞巴斯蒂安·奈特的真实生活》《微暗的

---

① ［美］弗拉基米尔·纳博科夫:《说吧，记忆》，王家湘译，上海译文出版社2009年版，第2页。

火》，以及任何使他赢得国际赞扬或批评的作品，但是他写出了《说吧，记忆》，他对自己记忆本身细致的描写就该被人铭记。

《说吧，记忆》这本书没有在一个固定的年份出版，而是在 1936 年至 1951 年间以短篇小说的形式发布。这确实是一本令人惊叹的自传，其中有来自不同国家和不同地区的独特故事。纳博科夫在漂泊很久之后于 1940 年来到美国继续他的事业，这本书写的就是在这之前的故事。到 1940 年为止，他的大部分作品都被视为杰作而颇受好评，他通过自己的写作变得相当成功。纳博科夫还对动物学和昆虫产生了兴趣，这是受他小时候的几本书的启发，最后发展为自己的事业之一。纳博科夫最喜欢干的事情是待在他的居住地，坐在他家的乡村庄园里看家庭老电影，其中大部分电影是在他出生前拍摄的，这是他理解时间流逝的方式。他也开始注意到他周围的世界，并逐渐感受到他在这个世界上究竟处于一个怎样的位置——他是一个巨大车轮上的小齿轮。纳博科夫一生都没有一个固定的栖身之所，他的生活环境变化很快，但是他很习惯这种生活，这得益于他小时候获得的安全感，他的聪明的大脑为他提供了特定的刺激和反射。在行为主义者看来，从幼年时期开始，纳博科夫就已经养成一定的习惯了。纳博科夫在幼年时期就患有同感症，也就是某些字母在他的大脑中会被分配到特定的颜色，这种同感症是具有遗传性的。在自传里，他经常谈及他的母亲，他的母亲也有同感症，所以他的母亲很能理解纳博科夫的感受。纳博科夫在谈起母亲时充满了爱意。很明显，纳博科夫和他母亲两人的关系非常好，尤其是和他的兄弟姐妹和父亲相比。

纳博科夫的成长阶段是没有吃过什么苦的；相反，他过着常人难以想象的富足生活。他住在一个大庄园里，被一群女仆、家庭教师和保姆照顾，他被爱围绕着，这也促使他形成了健全的人格，能够让他花更多的时间来做自己喜欢的事情。在行为主义视域下，他之后对于周遭的感觉反馈都是基于这个时期的经历。纳博科夫是个俄罗斯人，但很容易就学会了多国语言，当他学会英语后，就开始贪婪地阅读英语书籍。后来他向一位私人教师学习法语，起初他并不喜欢这位教师，但后来他因为这位教师的某些言论和做派，又变得非常欣赏这位教师，并在他的小说中以这位教师为原型塑造了多个人物。纳博科夫在 7 岁时开始痴迷于蝴蝶，他在树林里捕捉蝴蝶，然后看着他母亲把这些蝴蝶变成标本，将它们收藏起来。之后的岁月里，他对于此项爱好变得越来越痴迷，他在户外的时候总是会拿着蝴蝶网。家庭为他营造了很好的成长环境，纳博科夫对于自己的爱好要远比一般人更加沉浸其中，因此他的感情也更加丰富。

1909 年，纳博科夫 10 岁了，他和家人一起去了比亚里茨。法国南部的比亚里茨是富裕家庭的游乐场，他在这里遇到了科莱特，并对她产生了好感。在和科莱特商量之后，他们决定为了爱情私奔。由于他们都是 10 岁的孩子，对于爱情和浪漫的想法都过于懵懂，虽然他们在看电影时大胆地牵了手，但是他们浪漫的爱情也就止步于此了。假期结束后，两人都回到了家里，再也没有见过面。然而，纳博科夫确实把假期中的一些关于情感的东西带回家了；他第一次对一个同龄的女孩产生了爱，第一次迷上了电影，第一次对放电影的投影仪感兴趣。

在纳博科夫的一生中，他痴迷于人与人之间的关系，痴迷于投影仪里一帧帧播放出来的影像，痴迷于收集蝴蝶。纳博科夫人生中非常重要的人之一是他的表哥尤里。尤里的家庭不像纳博科夫的家庭那样富裕，而且他有点粗枝大叶，但两人在少年时代一起经历过很多的冒险，比如他们经常去无人的山涧里捕捉蝴蝶，而这些冒险的灵感通常来自纳博科夫家里的藏书或者电影院的电影。

纳博科夫在15岁的时候开始培养写诗的爱好。他的第一篇作品是一首对自然的挽歌，是用俄语写出来的，不过整首诗磕磕绊绊，押韵也押得不够好。他向母亲展示了这篇作品，但是他的母亲却无心夸赞他的作品；彼时他的父亲被困在圣彼得堡，因为政治动荡，纳博科夫第一次意识到战争正在影响他的日常生活。当第一次世界大战爆发时，纳博科夫觉得和他的家庭有了距离，主要是因为他又恋爱了。这个女孩叫塔玛拉，两人一起逃学，追求他们的爱情。不过后面他们又很快分手了，因为纳博科夫写了一卷诗歌，其中充满了他们相处时的各种细节，塔玛拉很不高兴他把这些私人细节分享出去，这让她有一种被背叛了的感觉，从此他们的关系开始逐渐疏远。随着战争对俄国人的威胁越来越大，纳博科夫搬到了雅尔塔，塔玛拉的家人搬到了乌克兰。尽管他们互相写信，但当塔玛拉和她的家人被迫逃离乌克兰时，两人就不再联系了。

纳博科夫成年后离开雅尔塔前往希腊，随后又前往英国。这次搬家让他们的压力很大：英国的消费很高，而且环境极其压抑。纳博科夫和他的兄弟去了剑桥大学，但他们的父母却去了柏林。纳博科夫在这段时间过得很孤独，非常思念他的家人。他不想在大学里待着，而是躲在文学里，白天读书，晚上写作。他也没有意识到，大学是一个受保护的环境，当他是一个学生时，没有人打扰他。毕业后，他很受排挤，因为他是一个外国人，作为一个俄罗斯移民，他经常饱受各种怀疑和不信任。不久之后，纳博科夫的生活陷入了窘境，他的收入不允许他旅行，但最后他还是设法去了巴黎，后来又去了柏林。他找了一份教书的工作并继续写作，但在俄罗斯没有人能够读到他的作品，他的书被禁了。20世纪30年代末，他已经结婚，并成为一个儿子的父亲，1940年，纳博科夫带着家人去了美国。纳博科夫夫妇希望以他们自己的方式来抚养儿子。纳博科夫希望儿子有自己的兴趣和爱好，为此，他从不特意向儿子提出某个兴趣点，他希望儿子自己去发现。

再说回到《说吧，记忆》，在这部自传里，纳博科夫很爱提及他小的时候，那个时候的纳博科夫特别敏感，想象力丰富。前面说到过他在很小的时候就已经意识到自己有色彩的联觉这样一个能力，那个时期是他人格成长的关键时期。在行为主义视域下，人格的形成条件很复杂，有环境和人际关系的影响，也有习惯养成。纳博科夫虽然生活富足，但是他需要有一个精神上的支撑，而这个支撑就是纳博科夫的母亲，他的母亲充当了值得信赖的伙伴和知己的角色。作为纳博科夫的母亲和知己，她对于纳博科夫的感官保护得很好，她没有随便把自己孩子的想象和联觉当作可有可无的东西。因为纳博科夫的母亲也有这样的能力。和纳博科夫一样，他的母亲通过色彩联觉观察着这个世界，她珍视小说作品中的艺术性和敏感性。纳博科夫在自传里花了很多篇幅来说这件事情，努力向读者们传达着他对母亲的爱和崇敬。

正是因为纳博科夫从小养成的这些习惯，才展现出了他的美学天赋。他的小说《微暗的火》和《洛丽塔》无论用哪种语言来表达，都是最美的两部小说，很少有严肃的评论家持不同意见。这些作品里包含的所有元素——美、语言、生活和不同角色的精神状态是什么样的，都是由纳博科夫一字一句来向读者进行解释，有些元素会表达得有些模糊不清，但这也是纳博科夫基于对美的奇特感受而故意设计的。纳博科夫年轻时的学习和生活经历，他的感知力和天才的想象力，再加上他忧郁、放纵的个性，使他最终创作出了《洛丽塔》这样精彩的小说，这些小说内容也彰显了他的人格特点。

自传中还有些故事涉及了家人的陪伴，无论是童年的母亲也好，还是他的妻子薇拉也好，他想沉浸在女人的陪伴中。这种情结使他成为一个浪漫主义者，即使他在30岁至40岁时曾有过一段忧郁的、疏离的生活。追溯纳博科夫的人生，其实很多时候他是一个孤独而又寂寞的人，但是后来他的生活中不再只有自己，他开始关注他的妻子和儿子的生活。纳博科夫对于审美有一种独到的感悟，但他非常珍惜他儿子德米特里的想象力，并未把自己的审美和想象强加给德米特里。

纳博科夫通过《说吧，记忆》与公众分享他更私密的生活，呈现了一场可供观众窥视的“幕后”——这就像是电影的幕后花絮一样。在这本自传中，青年时期的一些记忆是纳博科夫心里最深沉的爱，如他最爱的母亲，他的第一个女朋友，他的冷漠的父亲形象，他不开心时躲起来的小小的庇护所，他将这些爱的情绪抒发在这部自传里。

还有另外一个细节是，纳博科夫作为一个作家所展现的情绪严肃性。纳博科夫的情绪是外放的，他有的时候会把创作的情绪加在角色的身上。例如，《洛丽塔》是关于欲望的掌控和一个可怕的男人对一个年轻女孩施暴的故事。在《说吧，记忆》中，纳博科夫回忆了他小时候的事情。那时候他还是一个小男孩，他第一次听说世界大战，第一次听说工业化战争的事情。他的童年是严峻和恐怖的，外在的环境给予了他恐惧的心理，尤其是当时欧洲局势相当不稳定，俄罗斯的战争持续的时间非常长，所以纳博科夫的生活也一直处于一个摇摆不定的状态。纳博科夫很少写关于他心理的状态，但是读者可以从他的行为分析出他的心理状态，他在自传里向读者细致地展现了他患有忧郁症的样子和放纵的姿态。从某种意义上说，《说吧，记忆》这部自传是对他自己的赞美和辩护，也是对他塑造出来的过于尖锐的人物性格的有意识的忏悔。

纳博科夫与其他人不同的地方在于他从很小的时候就对生活感到好奇，

他似乎有永不满足的好奇心，驱动他去挖掘自己的记忆和生活，这种好奇也促进了他的艺术能力的提升。当纳博科夫决定尽量不影响他的儿子蓬勃发展的想象力时，他已经发现了父母和孩子之间的区别，以及主观意识和客观现实之间的区别。

在纳博科夫的回忆录里，他曾提到他有众多的保姆和家庭教师，这些人之中，有一位女教师，纳博科夫讨厌她的自以为是和打着成年人的幌子对他指指点点，但是这个人说着一口流利的法语，纳博科夫对语言的热爱赢得了她的青睐。那个时候的纳博科夫就突然意识到，即使是他不喜欢的人，其实也会因为某种原因为他所喜爱。

小时候的纳博科夫过着奢华的生活，而这种奢华的生活也为他带来了很多的灵感，对他的写作起到了促进的作用。他父亲的成功事业为他带来了优越的生活，他有大量时间来学习语言和阅读书籍——这就像年轻的小鸟被锁在一个奢侈的笼子里，这样的生活造就了纳博科夫的强迫症，也影响到了纳博科夫的写作。比如，他对于美的描述以及词汇的运用要求很高，如果是他不想用的词，他就会想尽一切办法绕开它；对于故事里人物的设定和情节的发展，他都严格地按照自己的逻辑来写。读者看到他的这些小癖好也会觉得这是一个有趣的作家。但是如果这种强迫症延续到生活上来，就会让身边的人感到厌恶。

纳博科夫对枯燥乏味的生活感到厌烦，反而更喜欢记录各种动物和昆虫，包括收集蝴蝶。这种近乎狂热的迷恋让他的大脑充分运转。不过纳博科夫的生活是相对平静的，除了他的头脑，他一直被自己的天才行为困扰和迷惑。在年轻的时候，因为孤独，他变得相当沉迷于学习，并以一个近乎自毁的方式了解了美学的黑暗面：恐怖。后来这种恐怖被放大并贯穿于他创作的各种小说中，具体体现在他对女性的各种描写和场景布置的绝对掌控。除此之外，他在战争期间度过的流浪生活，以及亲人的离世，对他也造成了不小的影响，增加了他的恐惧感。比如，纳博科夫在他父亲去世后的悲痛中写了不少故事，这些故事情节也被他对祖国的思念笼罩。与纳博科夫在写长篇小说时的自由相比，短篇小说的写作让他产生了一种自我封闭的情绪。因此，文集中的大多数故事都是阴郁的，充满各种对于生活或者情感的反思，这些情绪的刺激和影响都让纳博科夫之后的作品和他本人产生了不小的变化。

行为主义理论又被称为“刺激—反应理论”，其认为，“人类的思维是与外界环境相互作用的结果，即‘刺激—反应’，刺激和反应之间的联结叫作强化，通过环境的改变和对行为的强化，任何行为都能被创造、设计、塑造和改变”[①]。在实践过程中，对实践对象理想的行为要给予表彰和鼓励，还要尽量少采取惩罚的消极反应，只有强化正确的“反应”，消退错误的“反应”，才能取得预期的效果。行为主义学习理论把“强化”看作程序教学的核心，认为只有通过强化，才能形成最佳的学习环境，才能增强实践对象的学习动力。这种反应就如同巴普洛夫效应一般，需要获得刺激才能够强化。童年时期的纳博科夫是在这种反复的刺激下强化训练的，后来他将这一系列童年的影响映射到自己的作品中去。纳博科夫童年时期经常和绘画与颜料打交道，他的出色的色彩联觉能力让他在构建小说画面的时候加入了色彩。从某种意义上，对于纳博科夫来说，色彩和画面是不可分的。从画面性这一角度来看，纳博科夫总是以画面感极强的风景或环境描写取代直接的情节叙述，用空间性的画面的展开取代时间性的情节推进。

《说吧，记忆》这本自传旨在纠正纳博科夫早期的作品细节。纳博科

---

① ［美］约翰·华生：《行为心理学 2》，刘霞译，文化发展出版社 2017 年版，第 2 页。

夫修改了许多段落，试图对原始空白点、模糊区域、阴影区域的遗漏做些弥补。前面说过，他小的时候就有难以控制的强迫症，因此他对于很多事情是非常执着的，有的时候执拗到难以想象，尤其是耗费时间在他喜欢的事情方面："我记得自己一连好几个月努力构思的一个特别的棋题。一个晚上，我终于设法表达出了那个特别的主题。它是为极端内行的解题人的享受而制作的。想法天真的人可能完全领会不到这个棋题的要点，没有经历过为老练的人准备的愉快的折磨就发现了它的相当简单的、'正题'式的答案。"① 这就是《说吧，记忆》的中心张力，它的行文是一丝不苟的。

暗示记忆是一种记录肌肉反应的练习，但它的信息指向记忆是可变的，容易随着时间的推移而进行多样的变化，它在每一个时间段都是不同的。在书的前半部分，纳博科夫创造了一幅精美的画面，描绘了他的家庭教师——从她的声音到形象的一切细节，这个是纳博科夫长期锻炼出来的习惯。这是一个看似很小的动作，但却是一个影响深刻的行为习惯。纳博科夫在书中揭示了流亡能够破坏个人身份的潜在现实——这些事情是会随着环境而变化的，就算是自己的身份也是一样的。这是纳博科夫一种老式的表达：一切事物都是明亮而美丽的，突如其来的破坏性的喧嚣打破了一切——在这种情况下，从熟悉的家庭出发，直到自己的生活环境发生转变，所有的一切从家中连根拔起，也不再有熟悉的记忆可以回味。这是一种错位表达，利用不一样的主题巧妙地撰写出《说吧，记忆》后面的经历。

在其中一部分描写童年时期家庭的段落中，纳博科夫深情地回忆起他母亲采摘蘑菇回来的情景，她是怎么做的，这段内容描写得非常细腻，一

---

① ［美］弗拉基米尔 · 纳博科夫：《说吧，记忆》，王家湘译，上海译文出版社 2009 年版，第 260 页。

如他之前的写作方式：

> 下雨天气会使这些美丽的植物在我们园林里的杉树、白桦树和山杨树下大量出现，特别是在把园林一分为二的车道东边的老园子里。那里背阴的幽深处会汇集使俄国人的鼻孔张大的牛肝菌特殊的浓烈气味——一种由潮湿的青苔、肥沃的土壤和腐烂的叶子混合在一起的令人感到满足的阴湿气味。但是你还是得在湿润的林下灌木丛中扒拉细看上好一阵子，才能找到真正好的东西，例如一丛戴着小帽子的嫩老鸦瓣，或者有大理石花纹的那种褶皱，并小心地将它们从土里弄出来。①

纳博科夫自己曾说过他天生就是一名画家，他能把记忆里的事情用文字一点点描绘出来，这是他的特色，也是跟随他一生的东西。

如果说从《说吧，记忆》里可以发掘纳博科夫的童年，那么《独抒己见》则闪耀着独属于纳博科夫的强烈的个人风格。这本集访谈和散文于一身的作品于 1973 年出版，是对 20 世纪最杰出的作家纳博科夫的一个有趣的侧写。

> 我一直都是一个卑微的演说家……我一向不善言辞。我的词汇深居我的大脑，需借助纸张挣扎而出，进入物质层面。出口成章对我来说简直是个奇迹。我发表的每一个字我都改写过——经常要写

① ［美］弗拉基米尔 · 纳博科夫：《说吧，记忆》，王家湘译，上海译文出版社 2009 年版，第 10 页。

好几遍。我的铅笔的生命力比橡皮更长久。[①]

如果他要接受采访，那么采访者必须事先提交问题，并且在采访时他会在卡片上写下他的答案，就像他编写他的小说一样。通常，他会将很多卡片上的内容删除，不让采访者发表出去，而且采访的范畴仅限于他对两种事物的热情——写作和捕捉蝴蝶。

> 说到色彩，我想我是个天生的画家——真的！——也许到十四岁，我几乎整天绘啊画的，人们觉得我迟早会成为一个画家。但我不认为自己真有这方面的天赋。但是，对色彩的感觉，对色彩的喜爱，我一生都拥有；我还具有看出字母色彩这种相当奇特的才能。这叫作“色听”(color hearing)。也许千人之中只有一人具有这种能力。但心理学家告诉我，儿童大都如此，只是后来当他们愚蠢的父母说这些都是胡扯，A不是黑色的，B不是褐色的时，他们便失去了这种能力——现在别再犯傻了。[②]

纳博科夫鄙视有些作者想要成为名人的想法，他觉得写作就是分享看法，而不是为了出名，所以纳博科夫完全理解想要了解他的作品的人，但不能理解任何想要认识他的人。他是一个过分理性的人，对喜欢和讨厌的事情爱憎分明。纳博科夫认为弗洛伊德是“维也纳人的庸医”，庞德是“二

---

① [美]弗拉基米尔·纳博科夫:《独抒己见》，唐建清译，上海译文出版社2018年版，第12页。

② [美]弗拉基米尔·纳博科夫:《独抒己见》，唐建清译，上海译文出版社2018年版，第28页。

流”，而《日瓦戈医生》则是“戏剧性和邪恶的产物”。纳博科夫承认自己小说的失败之处：缺乏自发性，除此之外还有迂腐和夸夸其谈——但是小说还是值得一读的。

纳博科夫戏称：自己思考时像一个天才，书写时像一个优秀作家，说起话来却像一个不善言辞的孩子。纳博科夫在美国的学院生涯中，从一个不起眼的讲师晋升为正教授，但公开演讲时仍然要事先准备好讲稿，在灯光明亮的讲台上眼睛也从不离开讲稿。他接听电话时的语无伦次会让对方从流利的英语改用成结结巴巴的法语。在聚会时，要是他想讲个有趣的故事来让朋友开心，那必定也是讲得结结巴巴、语无伦次。就连在早餐桌上对他妻子薇拉描述自己昨晚梦到的一些事情也需要提前在心里打一份底稿。纳博科夫对于自己落在稿纸上的每一字每一句都异常固执：

> 所谓“编辑”，我想你是指校对者。他们中间，我认识几个得体、温和的聪明人，会和我讨论分号的用法，仿佛这是体面攸关的事——确实也常是艺术攸关的事。但我也会遇到一些浮夸的、自以为是的家伙，他们试图“提建议”，而我则大吼一声：“不删！”[①]

《独抒已见》中提到，很多采访纳博科夫的编辑都是独立的，他们有自己的安排，采访内容也很自由。他们不像商界认知那样带有偏见，也没有受到亿万富翁的控制，没有受到政治家或股东的影响，诚实的报道是第一位的。《独抒已见》有的时候反映的是一种开放、有趣的思想，这种思想能

① ［美］弗拉基米尔 · 纳博科夫:《独抒己见》，唐建清译，上海译文出版社 2018 年版，第 108 页。

够适应变化，还能够进行短暂传播；有的时候它又反映了一种故步自封的思想，例如它相信如果一旦获得地位，那么地位就会永久存在。

在行为主义视域下，“从生理结构的角度来说，神经联结在人出生时已经形成，所以婴儿期之后，不会再有新的通路在脑中生成，这些非习得反应对我们所讨论的在生活中对成人的影响也是可以被忽略的。但是这些简单的、无条件的反应却能够在适当的刺激下整合起来，形成复杂精密的条件反应”[①]。毫无疑问，在习惯的养成中存在着很多人都没有意识到的条件反射，这个刺激的过程是具有恒定性的。也正是因为这些固有的刺激，才进而会在生活和工作当中完成一系列的习惯性动作。普通人在私人生活中都会与他人交流，相互交换意见，这能帮助人们更好地理解世界，并拥有安全感和确定性。但是纳博科夫将私人生活与艺术创作完全区分开。在艺术领域，纳博科夫是完美的独裁者，他希望自己的思想和创作得到充分的自由：

> 我都欣然表明，对红派来说是坏事，对我来说则是好事。我不想细说，只想补充说明，我并没有鲜明的政治观点，或者说，我所持的观点可以粗略地归入一种老派自由主义。更确切地说——或更坚定，甚至更坚硬地说——我意识到我身上的一种精神内核，它闪耀并嘲笑极权国家及其附庸的残酷的闹剧。我内心清楚地意识到有一道深渊般的大裂口，一边是警察国家的一道道铁丝网，另一边则

---

① ［美］华生:《行为心理学》，刘霞译，现代出版社 2016 年版，第 203 页。

是我们在欧美享受到的充分的思想自由。[①]

纳博科夫对于写作一直呈现一种消极的态度，在谈论《洛丽塔》时，他提到他的妻子薇拉：

> 她是我的顾问和法官，20 年代初期就过问我的第一部小说的写作。我的所有短篇和长篇小说，我都至少对她读两遍。她打字的时候要重读这些作品，清样出来后要进行校对，还检查好几种语言的译文。1950 年的一天，在纽约的伊萨卡，我因技术上的困难和疑虑而苦恼，正要把《洛丽塔》的头几章投入花园里的垃圾焚化炉，她及时阻止我，劝我别放弃，要我再想想。[②]

由于作者的主观性，文章里必定会存在明显的偏见。还没有创作《洛丽塔》的时候，纳博科夫也是一个有争议的人。很多人都知道《洛丽塔》曾经引发过文学界和业界的强烈的抵制声，但很少有人会意识到他对文学、作家、著名书籍和文学评论家的顽固的态度。纳博科夫引起的一些具有争议的观点在他的一生中引发了各种声音，这些声音直到他去世后还存在着。许多作家对于灵感追求让纳博科夫不屑一顾。纳博科夫认为，一个等待理想工作条件的作家会死，即便这个作家死了，他也不会在纸上写下一个字。这种偏激的思想激起了很多人的愤慨，但纳博科夫坚信这个理念，并在之

---

① ［美］弗拉基米尔 · 纳博科夫：《独抒己见》，唐建清译，上海译文出版社 2018 年版，第 126 页。

② ［美］弗拉基米尔 · 纳博科夫：《独抒己见》，唐建清译，上海译文出版社 2018 年版，第 117 页。

后的作家生涯中挑战了这一假设，他称之为一项特别的研究。灵感是无味的和老式的，就像是一座象牙塔，总是待在象牙塔里是创作不出来什么东西的。在《独抒己见》中，纳博科夫鲜少地描述了《洛丽塔》的诞生：

> 她很久以前就诞生了，那是在1939年的巴黎。1939年，或1940年初，我感受到《洛丽塔》的第一次小小的悸动，那时，我正病倒在床，肋骨神经一阵剧烈的疼痛——犹如传说中亚当肋骨的突然剧痛。我能回想起的是，最初的灵感来自一个多少有些神秘的报章故事，我想这是在《巴黎晚报》上读到的。巴黎动物园的一只大猩猩，经过科学家数月的训练，最终用炭笔画出了动物的第一张图画，这张素描印在了报纸上，画的是这个可怜生物所居住的笼子的栅栏。①

这其实是纳博科夫长年累月积累下来的习惯，从《玛丽》到《黑暗中的笑声》，再到《魔法师》，最后是《洛丽塔》，它们不管风格还是内容，几乎都是一脉相承的，可能部分会随着作家的年龄增长而有所变化，但是内核是不变的。这种就像是祖祖辈辈流淌在身体里的血液，这是他小时候就接受过的东西，到了一定年龄自然而然就流淌出来了。

《独抒己见》是一个了解纳博科夫创作的宝库，它准确地传达了纳博科夫对生活、文学、文化、创造力以及其他方面的想法和态度，其中还可以分析出什么样的读者可以配得上纳博科夫的作品。

---

① ［美］弗拉基米尔·纳博科夫：《独抒己见》，唐建清译，上海译文出版社2018年版，第23页。

《洛丽塔》的出版不仅最终使纳博科夫世界闻名，而且为他提供了足够的经济条件，让他放弃在康奈尔大学的教学岗位而全身心投入写作。之前很少有美国人读过纳博科夫的俄文书籍，因此对其作品的评价必然会有所偏差。《洛丽塔》的出版改变了这种状况。在这之后，纳博科夫能够将他的俄文作品系统地翻译成英文，消除了翻译作品中语言和文化的差异。

第三章　根据纳博科夫作品改编的电影研究

一、电影《洛丽塔》中行为主义心理学研究

（一）库布里克的《洛丽塔》中行为主义心理学研究

《洛丽塔》这本书的第一次改编，剧本是纳博科夫本人写的。1959 年，斯坦利·库布里克（Stanley Kubrick）找到纳博科夫，希望将他的名作《洛丽塔》拍成电影。纳博科夫起初拒绝了写剧本的诱惑，他当时并不想将这部作品以另一个形式再创作一遍。但后来，能够亲自参与电影拍摄实在让他无法拒绝，尤其导演还是大名鼎鼎的库布里克。接到这份工作后，纳博科夫异常兴奋。为了能够更好地创作这部剧本，他甚至搬到了好莱坞居住。剧本的第一稿非常长，超过 400 页——这差不多是一本小说的长度了。制片人詹姆斯·哈里斯（James Harris）嘲笑这部剧本，觉得它太厚重了，沉重到没有办法举起它。哈里斯告诉纳博科夫，如果真的按照这个剧本来拍摄，那么电影的时长大约是 7 个小时。哈里斯示意纳博科夫尽量对剧本做一些精简。纳博科夫对剧本尽快做了精简，并再次将它交给库布里克。然而库布里克与哈里斯没有尊重纳博科夫的意见，而是完全重写了剧本。他

们修改了一遍又一遍以满足审查的要求，这样的修改也导致了电影的内容变得和小说大不一样，洛丽塔的行为、亨伯特的情绪以及奎尔第的人格在文本的表现上多多少少都有一些偏差，最终剧本呈现出来的电影也和纳博科夫预想的完全不一样。

虽然小说转换成剧本磕磕绊绊的过程使得导演和作家本人都很不高兴，但是到目前为止，库布里克导演的《洛丽塔》依然是公认的最经典的版本。在 1974 年出版的修订版《洛丽塔：电影剧本》中有很多创意和构思让纳博科夫无法接受，他觉得很失望。纳博科夫嘲讽库布里克，认为他经过几个月拍摄的电影真的很差。不过德米特里在后来的采访中透露，他的父亲其实并不认为这是一部糟糕的电影。纳博科夫曾说，当《洛丽塔》在电影院上映之后，他以另一种方式看到了自己的小说，看到了另一种可能性。在这种可能性里，洛丽塔的情绪被弱化了，奎尔第的人格被放大了。下面将从行为主义心理学的情绪和人格两方面来论述电影里不同角色的行为表现究竟是怎样的。

1. 电影中不同角色在刺激下的情绪表现

行为心理学中趋异行为的表现形式多为各种附加着刺激的反应，这些被统称为“情绪”，很多情绪在不同环境刺激下会改变。20 世纪 60 年代，美国有着严格的影视审查制度，书中大部分描写暴露的内容都从电影中删除了；洛丽塔和亨伯特之间的关系也都是暗示的，从未在屏幕上直白地拍摄出来，也就模糊了关于角色情绪的一些表达。此外，电影中的一些故事情节与小说也不同，洛丽塔的角色性格也有变化。电影中洛丽塔的年龄从 12 岁提升到十几岁，以达到美国电影协会（MPAA）标准；洛丽塔的情绪没有小说里那么的歇斯底里；亨伯特在和夏洛特结婚之前至少约会过，不像小说里亨伯特表现的那样对夏洛特非常不耐烦。库布里克曾被审查员警告要求使用身体更为强壮结实的女演员，而且女演员的年龄至少 14 岁。因此，在层层选拔下苏·里昂（Sue Lyon）被选为主角，也有一部分原因在于她看起来较为成熟的外表。在 1972 年的新闻采访中，库布里克说如果事先意识到审查会有多严格，可能不会制作这部电影。这部电影虽然调整了故事的时代背景，但是在场景布置上故意模仿了小说《洛丽塔》的时代。另外，库布里克在采访时还强调了一下年龄的问题，洛丽塔在书中实际上是 12 岁，而演员苏·里昂在拍摄开始的时候是 14 岁，电影完全完成时是 15 岁。但《洛丽塔》在 1962 年发行时被英国电影检查委员会评为 X 级，这意味着 16 岁以下的人不被允许观看这部电影。

因为片中有大量不健康的情绪和暴力情节的展现，所以对该电影的年龄分级非常的严格，尤其影片一开始亨伯特就和奎尔第发生了激烈的冲突。巨大的庄园奢华且糜烂，庄园的主人奎尔第喝了酒，醉醺醺的，语无伦次，还胡乱地演奏肖邦的《波兰舞曲》，奎尔第对周边的环境怎样并不在意。这个时候镜头后移，从一名年轻女子的肖像画后面拍摄。拍摄的视角是亨伯特，一位 40 多岁的法国文学教授，他紧握手枪神情激动。然后这部电影的叙事时间开始闪回到四年前的故事当中，亨伯特来到新罕布什尔州的拉姆斯代尔，打算在他的教授生涯开始之前在小镇租赁一个房间度过这个夏天。在这部作品中，夏洛特被塑造成为一个看上去油嘴滑舌而又毫不掩饰贪婪眼神的寡妇，她极力邀请亨伯特留在她的家里。而这个时候的亨伯特只是为了寻找一个住处，他的确没有什么攻击情绪，整个人神情显得很拘束，他应付不来夏洛特这样的女人，所以一直在找机会拒绝她，直到看到她的女儿洛丽塔—— 一个穿着比基尼、戴着太阳镜的少女，才决定留在这个家里。洛丽塔和她母亲一样狡猾且善于应对人心，她知道自己对亨伯特的吸引力非常大。而为了接近洛丽塔，亨伯特也接受了夏洛特的提议，成了这个家庭的住客。库布里克对于亨伯特刚来这个家的过渡处理得非常巧妙，亨伯特从一个异乡客变成了这个小镇的一分子，他来这个小镇是寻求安稳的环境的，但是夏洛特母女两个人却并不那么的安分。电影里有一幕是他们三个人在看一部恐怖电影，电影里的怪物吓得洛丽塔和夏洛特一起抓住了亨伯特的手，但是亨伯特的偏心让他把手从夏洛特那边抽出来放到了洛丽塔那里，这让夏洛特很愤怒，并且在后面还将怒气发泄到洛丽塔的身上。虽然这里没有表现出洛丽塔和亨伯特的情绪，但是库布里克在这里安插一个恐怖电影是有意义的，这部电影里的怪物其实预示的就是亨伯特本人，他后面对待洛丽塔的粗暴举动让他和这部电影里的怪物没有什么区别，而且夏洛特他们在后面还经常提及这部电影，这其实是在用反复的刺激让人回忆起当时恐惧的状态，库布里克利用这种反复让观众回想起这一段重要的剧情，也让观众知道之后洛丽塔新的恐惧情绪究竟从何而来。

另外，在电影里，奎尔第是一个显性角色，不像小说里那样最后才揭示这个一开始就被杀死的男人究竟是谁。在洛丽塔学校里的舞会上，奎尔第大摇大摆地出来了，还和夏洛特闲聊了几句，他看得出拘束的亨伯特不喜欢舞会的氛围，也看得出亨伯特喜欢洛丽塔，所以奎尔第有意无意地刺激夏洛特去追亨伯特。舞会结束之后，夏洛特和亨伯特才相互展现出了喜爱的情绪以及厌恶的情绪。夏洛特希望亨伯特所有的时间都留给自己，并向亨伯特倒了一大堆苦水。夏洛特本想和亨伯特一起度过一个美好的晚上，结果碰到了提前回家的洛丽塔。夏洛特对这个总是讽刺她、毁掉她美好时光的女儿感到讨厌，这样的讨厌最终导致她要把洛丽塔送到夏令营里。在她们离开家之后，亨伯特收到一封来自夏洛特的信，信中的夏洛特已经变得不择手段，她对亨伯特说如果她们回来后亨伯特还在她们的家里，那么亨伯特就是爱她的，亨伯特必须娶她为妻。这封信让人读起来很无聊，语法也是错误百出，但是亨伯特却大笑起来，决定与夏洛特结婚。在没有洛丽塔干涉其中的情况下，这对新婚夫妇的相处模式变得越来越糟：本就闷闷不乐的亨伯特开始回避自己的新婚妻子，这也是厌恶情绪的一种表现，他天天把自己锁在书房里工作；夏洛特像是捏住了亨伯特的七寸——她的示弱、她的威胁、她的掌控都让亨伯特非常抓狂。最后，就如小说里写的那样，夏洛特发现了亨伯特的日记，里面详细描述了他对洛丽塔的爱，并将夏洛特写得不堪入目。她歇斯底里地和亨伯特吵了起来，跑到外面，不幸被一辆汽车撞死了。

夏洛特的死在电影和小说中都有埋下相应的伏笔。在小说里，亨伯特和夏洛特去湖中游泳，夏洛特在那里告诉亨伯特，她将把洛丽塔送到一所好的寄宿学校，这让亨伯特对夏洛特产生了杀死她的冲动；但是到了电影里，这段剧情发生在床上。另外，小说中，亨伯特想要杀死夏洛特的方法是将她淹死在湖中；而在影片中，他想要用家里的一把手枪杀了她。但是无论是小说还是电影，亨伯特都得出了相同的结论：尽管他讨厌夏洛特，但是他也不可能真的去杀死她，相较于隐晦的情绪，亨伯特的肢体先一步推开了夏洛特，电影中，夏洛特被车撞死后，两名邻居看到了亨伯特的枪，但是他们以为亨伯特想要自杀，而实际上他一直在想用它杀死夏洛特，他无意间展现出来的肢体语言暴露了自己的情绪。

亨伯特逃离了夏洛特死亡的地方，开车到夏令营去接洛丽塔，洛丽塔此时还不知道她的母亲已经死了。他们准备在一家酒店过夜，转换了环境的亨伯特本应该好好享受和洛丽塔相处的时光，但是他的反应和预想的大不一样。在行为主义理论中，情绪的反应多样且复杂，有时候表现在面部表情上，有时候表现在肢体上。亨伯特对这家酒店的第一反应是情绪紧张，因为酒店正在举办州警大会，里面有很多警察在徘徊，这样出其不意的安排让亨伯特不知所措。尤其里面有一位客人，在亨伯特喝酒的时候一直将谈话转向他在楼上睡着的“漂亮的小女儿”。这个人暗示自己也是一名警察，实际上他就是舞会上的奎尔第。库布里克在这里耍了个摄影的小花招：观众都知道这个人是谁，但是视角转向亨伯特的时候，这个“陌生人”摘掉了眼镜，背对着他，亨伯特始终不知道这个男人究竟是谁。再加上他的多方打探，亨伯特有点害怕，所以想摆脱这个陌生人的跟踪。

第二天早上，亨伯特和洛丽塔两个人开始在美国各地旅行，从酒店到汽车旅馆。在公共场合，他们扮演父亲和女儿的角色，洛丽塔毫无顾忌的挥霍让亨伯特招架不住。最后亨伯特告诉洛丽塔，她的母亲没有生病，而是已经死了。洛丽塔这个时候还不会掩盖自己的情绪，她悲痛欲绝地哭了一整晚。这里就是纳博科夫对于电影处理不满意处之一：库布里克对于洛丽塔的行为转换几乎没有任何镜头，在他的镜头下只看到烦躁的亨伯特一遍遍地说“洛丽塔，请你不要再哭了”。洛丽塔表示，如果要去孤儿院，她宁愿和亨伯特待在一起。而在小说里，纳博科夫把一些剧情做了修改，以便于读者们理解洛丽塔其实不是自愿和亨伯特在一起的。

时间又到了秋天，亨伯特正式开始了他的工作。他让洛丽塔就读于本地的高中，并想尽一切办法控制她。洛丽塔想要演戏剧，但是亨伯特不允许，他认为洛丽塔只是想要和其他的男同学约会，这让洛丽塔开始生出了极端厌恶的情绪，她开始想办法求助于奎尔第。一天晚上，亨伯特回到家中，遇到了一个自称是辛夫博士的人，他是一个咄咄逼人的陌生人，但实际上这个自称是“心理医生”的辛夫博士就是奎尔第，他独自一人坐在黑洞洞的客厅里等着亨伯特的到来。奎尔第用浓重的德国口音掩盖了自己的真实身份，他表示他来自洛丽塔的学校，想要说服亨伯特允许洛丽塔参加学校的戏剧表演，因为她被选中担任剧中的主角。这里的拍摄手法和之前在酒店里遇见奎尔第时是一样的，从亨伯特的角度去拍摄他所看到的东西：在亨伯特看来，洛丽塔只是因为小情绪发作在撒谎，亨伯特一直在质问她为什么撒谎。洛丽塔的抵抗越是激烈，亨伯特越是要控制她，他决定带她离开学校，再次和她一起踏上长途跋涉的旅行。洛丽塔起初用激烈的行为来对抗亨伯特，但当她在公共电话亭打了个电话后就一反之前的态度，变得对亨伯特非常热情。在路上，亨伯特很快就发现他们后面跟着一辆甩不掉的车，他当即怀疑那可能是一辆警察的车。面对亨伯特毫无风度的大喊大叫，洛丽塔感到非常难受，说自己可能得了流感，亨伯特立刻开车带她去了医院。然而在几天之后，另一个自称是她叔叔的男人带着洛丽塔悄无声息地离开了医院。亨伯特对这个不知名的男人产生了嫉妒的情绪，他这才意识到洛丽塔愿意跟着那个自称是她叔叔的男人去不同的环境居住其实就是为了能够逃离他。库布里克镜头下的洛丽塔虽然还是未成年人，但是她的反应的复杂程度已经和成年人差不多了，她为了达到目的，能够迅速转变自己的情绪和反应，即便她很讨厌亨伯特，但是也能抑制住肢体的厌恶来接纳他。

几年后，亨伯特收到了洛丽塔的来信，她在信上说她嫁给了一个名叫迪克的男人并且怀孕了，还迫切地需要钱。亨伯特前往他们的家中，发现她现在是一个待产的女人，戴着眼镜，生活愉快，并且很爱自己的丈夫。在经历了无数波折之后的洛丽塔虽然住在一个破旧的小屋里，但是她很心满意足，或者说这是洛丽塔已经趋向于麻木的反应。她已经不想再奔波于各个酒店，也不想再被控制，年仅十几岁的她已经失去了对生活的兴趣。所以当亨伯特想要知道是谁带走了她时，她毫不在乎地告诉了亨伯特这个人是奎尔第。比起洛丽塔平静的情绪，本来面如死灰的亨伯特仿佛找到了生活的希望，亨伯特根据洛丽塔的信息去了奎尔第的家，最后一幕的镜头接上了电影的开头，亨伯特闯入奎尔第的庄园并杀死了奎尔第。

在库布里克的电影《洛丽塔》中，可以看到纳博科夫所写的冗长的剧本的痕迹，怪异且过时。电影拍摄不是纳博科夫擅长的，不过即便如此，他作为构思这部电影剧本的编剧，还是设想了一个由小约翰·雷医生主持的镜头的序幕。这个小约翰·雷医生是一个自称写过亨伯特回忆录的精神病医生，他很直接地承认了亨伯特的可怕，并解释说他不会在回忆录里美化亨伯特所做的一切。这种直白的反馈更像是动物心理学，在行为主义理论里，动物对于刺激的反馈是直白的，因为动物无法内省，所以更容易在某些特定的情境下展露出自己的情绪。银幕上的小约翰·雷介绍亨伯特的演说看似笨拙，也很刻意，但还是认认真真地将亨伯特真实的情况展现出来，也正是因为小约翰·雷的独白很有说服力，所以观众对电影版《洛丽塔》持信服的态度，他们知道电影对亨伯特的行为是持批评态度的。而纳博科夫在剧本中也证明了，无论是作家还是导演，都对亨伯特持批判的态度。“《洛丽塔》应该使我们大家——父母、社会服务人员、教育工作者有更大的警觉和远见，为在一个更为安全的世界上培养出更为优秀的一代人而做出努力。”[①]这句话表达了《洛丽塔》的灵魂，无论是小说的阐述，还是电影中人物关系的纠葛和令人心碎的美感，库布里克都让演员把他们的情绪完完整整地表现出来了。

相较于阿德里安·莱恩（Adrian Lyne）在1997年拍摄的电影版本，库布里克对于电影中的一些忧虑情绪的表达也很直白。在征得纳博科夫的同意后，库布里克将小说的结尾移动到电影的开头，改变了事件展开的顺序。库布里克的决定在现在看来是极为正确的，因为结局中亨伯特对于洛丽塔

① ［美］弗拉基米尔·纳博科夫:《洛丽塔》，主万译，上海译文出版社2005年版，第4—5页。

的忧虑以及奎尔第对于亨伯特忧虑的不屑一顾让观众对整场电影的兴趣保持了下去，毕竟这部电影时长有两个半小时。因为整部电影的三分之二的内容都在叙述亨伯特是如何遇见洛丽塔，并让她背井离乡与他共同旅行的，这样的发展会让观众对后面剧情如何发展的兴趣减少。下半场包含了整个美国的长途旅行，几乎是大半个公路片了，所以优先展现不一样的情绪状态让整部电影的走向变得更加有趣。

纳博科夫的小说是依赖于戏剧性的叙事的，人物的反应和情绪会直白地展现在作品中，所以他的小说也经常受到各类影视制作人的喜爱。虽然经常有人说伟大的小说改编出来的总是烂电影，但是这个说法并不完全适用于纳博科夫，看似被改编得蹩脚的故事情节并不太适合搬上银幕，但是最终的成果总是出人意料。在库布里克的《洛丽塔》中，电影以亨伯特的视角讲述了亨伯特自己的故事，他把整部电影当作自己的日记，疯狂地发泄着自己的情绪，面对看不惯的人和事，还极尽嘲讽。对于亨伯特的形象，库布里克抓得很传神，当然，这也离不开演员的演绎。库布里克捕捉到了小说特有的讽刺性语气，并拍摄了出来。除此之外，库布里克还想要表达出来的是一种阴郁而又绵长的氛围，以衬托出洛丽塔对亨伯特愈加厌恶的态度。其实纳博科夫作为编剧和库布里克一起拍摄《洛丽塔》的时候，并不是很介意电影改动他的原作。他认为电影有电影的优势，不同的分镜之间可以更好地展现悬念以及角色的情绪状态，让观众跟着镜头去跑。他非常喜欢电影的表现手法，其书中也经常充斥着各种关于电影的内容。

前面说到过，纳博科夫的小说依赖于情节上的叙事，所以他对高规格画面其实并没有什么要求。但是鉴于他的叙事手法非常的独特，有时候编剧在改编的过程中经常会遇见各种困难，但是借着银幕优势，诸如镜头表现和演员的演出，还是能让观众们很好地欣赏下去。电影《洛丽塔》的故事情节简单却有趣：故事中的亨伯特因觊觎一个 12 岁女孩而娶了她的母亲，并策划了一场对新婚妻子的谋杀，最后亨伯特得到了这个女孩，并在少女不知情的情况下带着她外出旅行。因为电影是以亨伯特的视角拍摄的，所以从观众的视角来看，这就像是一场逃亡。库布里克表示在他拍摄这部电影的时候，饰演亨伯特这个角色的詹姆斯·梅森（James Mason）将情绪的兴奋点处理得恰到好处，而且正是因为可以不用多余的戏份去塑造男主角的形象，所以电影才能被压缩在两个半小时内，同时捕捉到小说的讽刺基调——这使得《洛丽塔》既是对 20 世纪中期美国风俗的讽刺控诉，也是对角色变态心理的夸张展示。

电影之于文本还有一个优势，那就是电影可以向观众更直接地呈现情绪和场景。众所周知，纳博科夫对于小说的一些角色的描写很抽象，甚至一些编辑和译者都拿他无可奈何。虽然改编是一个很困难的事情，但是电影确实能够让观众看到比小说更多的细节。比如在电影的一个场景中，亨伯特与洛丽塔的母亲夏洛特在下棋，洛丽塔突然跑来向亨伯特和母亲夏洛特道晚安。夏洛特在这里拿着王后的棋子举棋不定，并且一直在问亨伯特“你会吃掉我的王后吗”。洛丽塔吻完亨伯特走后，亨伯特立刻吃掉了那枚棋子，亨伯特在棋盘上的这个举动其实暗示着亨伯特对洛丽塔的喜爱情绪：洛丽塔越是亲近亨伯特，亨伯特就越是厌恶夏洛特，所以亨伯特立刻吃掉了王后这枚棋子。——国际象棋是纳博科夫小说中反复出现的主题，也是库布里克最喜欢的内容。另外，库布里克还回避了戏剧化亨伯特与洛丽塔之间的一些关系，只是间接暗示了他们关系的本质，通过双关语和视觉线索引入，比如用亨伯特给洛丽塔涂脚指甲油来传递亨伯特对洛丽塔爱的情绪。亨伯特还用“仙女”这个词来形容洛丽塔，以表达对洛丽塔的爱。“仙女”这个词在电影中出现了两次。在高中那场舞会后的早晨，亨伯特在他的日记中透露了他的一些小心思："是什么驱使我为这个'仙女'的双重性格而疯狂？我的洛丽塔有着温柔的、梦幻般的孩子气，还有着古怪的脾气，或许每个怀春'仙女'都是如此。我知道我在日记里这么写很疯狂，但这么做让我有一股莫名的兴奋感，只有一位慈爱的妻子才能破译我的小心思。"这段心理动态在小说里是没有的，剧本的改编归功于纳博科夫，类似的内容后来出现在了《洛丽塔：电影剧本》中。

行为主义发现人的本能总伴随着一种原始的情绪，而《洛丽塔》这部电影中，亨伯特从一开始所带给洛丽塔的就是喜爱的情绪，而洛丽塔自始至终的情绪都只有痛苦。洛丽塔这个名字在小说里只是被亨伯特用作对女孩的私人昵称，而在电影中，却有多个人物用这个名字来称呼她。在书中，她被其他角色简称为"洛""洛拉"或"多莉"，但是电影里除了一开始被夏洛特解释为"洛丽塔"是"多洛蕾斯"的昵称外，其他时候大家就只用"洛"这个简称或者全名"多洛蕾斯"来称呼她。不过在整部电影中，苏·里昂扮演的这位少女从不称自己为"洛丽塔"，她讨厌这个昵称，并且在整部电影中都在回避"洛丽塔"这个名字，因为亨伯特对她的特有昵称否定了她这个人本身——亨伯特想要改变和控制她，这让她很痛苦。小说很少提供有关洛丽塔自己的感受的信息——毕竟是亨伯特在主导整部小说的故事内容；为了能够让观众直面洛丽塔的痛苦，库布里克决定不拍摄太多小说里暗示洛丽塔痛苦的细节，而是直接拍摄出洛丽塔痛苦的情节，以此来显示出亨伯特的唯我主义有多么令人讨厌。库布里克之所以不拍摄小说中的一些小插曲，是因为觉得这些小插曲太浪费时间了，他需要尽快将洛丽塔的痛苦带到观众的面前来，将亨伯特对洛丽塔的痴迷后置，让观众更加直观地去面对洛丽塔自己真实的感情。纳博科夫的妻子薇拉认为，库布里克的电影中直白地表现洛丽塔的悲惨寂寞的人生是正确的做法，否则，一个为死去的妈妈哭泣的女孩的内心想法在影片的后半段就会被人遗忘，因为观众都想看更有趣的内容，库布里克的做法让洛丽塔走到了台前。库布里克刻意让亨伯特做一些让观众愤怒的举动，就是为了提醒观众，失去母亲的洛丽塔有多么悲惨：亨伯特一整天都试图用各种礼物给洛丽塔带来欢乐，洛丽塔哭泣的情节被电影里下一个欢乐的镜头强行打断了，但是却造成了更好的效果——观众对洛丽塔担忧的情绪被提了起来，开始关注洛丽塔后面更加悲惨的遭遇。

2. 电影角色病态人格的表现

行为主义理论强调人是人格习惯的派生物，人的本性难以改变，就像亨伯特在电影里的做派始终让人感到厌恶。但库布里克在电影里也设置了一些能够让观众喜欢亨伯特的细节。亨伯特在电影中一开始是一个温文尔雅的教授，但是他对于洛丽塔的所作所为是一个实打实的流氓，亨伯特前后做派的矛盾让他的人格显得非常病态且难以被自我掌控。电影中完全省略了亨伯特精神崩溃的故事情节，以及他早期和自己年龄相仿的女性交往的那些尴尬故事，一开始，亨伯特看起来比其他人特别是洛丽塔的咄咄逼人的母亲更加优雅和克制；而小说中，亨伯特因为年幼时和女孩谈恋爱无疾而终导致了一生的心理创伤，读者因此很明显能看出亨伯特在精神上不健全。电影中，文雅而精致的亨伯特被困在一个破落的小镇上，这个小镇上有讲着蹩脚法语的女人和操着浓重德国口音的男人；亨伯特想找一个小地方落脚，结果还被女房东有意无意地骚扰；洛丽塔钢琴课的老师面对亨伯特显得非常咄咄逼人，相比之下，亨伯特则因为他良好的教养而相当克制；在学校舞会上，大家交换舞伴时都在排斥亨伯特，他们没有办法适应一个生活得优雅而精致的教授挤进他们的小镇生活中。这部电影完全删掉了亨伯特私生活的细节：14 岁时，亨伯特对安娜贝尔的爱情因安娜贝尔感染伤寒去世而断送了，因此他初见洛丽塔时有一种特有的专注；亨伯特与安娜贝尔的恋爱失败是因为受到大人们的干预和死亡的阻碍，这导致他后来对仙女分外痴迷，他声称洛丽塔始于安娜贝尔，并且因为洛丽塔的出现导致安娜贝尔对他的诅咒被打破了。亨伯特认为他是因为痴迷洛丽塔而来到这个小镇，所以接受了法国文学教授的工作。

电影里的另一条暗线掌控者是奎尔第，他相当于是电影中的另一个主角。奎尔第作为一个邪恶的化身，他的人格比亨伯特还要扭曲和病态。奎尔第在小说里的剧情本没有那么多，但是库布里克把他的影子在电影里安排得到处都是，用他扭曲的人格来折磨亨伯特，使得电影后期的亨伯特因为被奎尔第的扭曲折磨而抓狂，为了发泄他又选择去折磨洛丽塔，导致洛丽塔的境遇越来越糟糕。库布里克利用这种一环套一环的结构展现洛丽塔过于悲惨的经历，从而让观众更加讨厌亨伯特。

从亨伯特的叙述可以看出，他在整个故事的后半部分由于焦虑而导致的精神状态恶化也让他的人格变得更加病态，他的叙述越来越绝望。虽然这部电影一开始展示的是亨伯特对洛丽塔具有强烈的掌控欲望，但是最终电影展示的是亨伯特失去了自我控制。另外还有一些亨伯特更残酷的行为没有在电影里表现出来。例如，在小说中，亨伯特威胁洛丽塔要把她送到孤儿院，而且不顾洛丽塔的尖叫就把车往道路的深处开；而在电影中，他承诺永远不会把她送到那里。小说中，亨伯特之所以可以获得洛丽塔的青睐是因为亨伯特像她喜欢的名人。电影中，两人关系的转折点则被设计在一场恐怖电影中：当怪物移除他的面具时，洛丽塔吓得不由自主地抓住亨伯特的手。库布里克设计这样一个场景是暗喻亨伯特就是一个隐藏在面具后的怪物，用怪物来隐喻亨伯特扭曲的人格。小说中的亨伯特会给读者一个与女性相处“经验丰富”的印象，这是典型的库布里克抨击的权威人物的倾向性表现。亨伯特是这个电影中占据优势和先机的角色，库布里克给他加上这样一个标记，就是在告诉观众，这个人也不是完美的，虽然是主角，但是大可以讨厌他。为了展示亨伯特个性中冷酷无情的人格的一面，纳博科夫和库布里克特意展示了他对待夏洛特的态度：亨伯特嘲笑夏洛特对他的爱情宣言，并在她意外死亡后还舒舒服服地洗了个澡。虽然电影里很多细节处理得不算完美，但是亨伯特对夏洛特的态度比小说中要好得多。电影里没有描绘亨伯特童年时期的家庭环境，所以对他人格的展现就体现在他的教养上，电影里的亨伯特会更加清高一些，不至于和夏洛特发生撕破脸的情节。

故事情节演绎到这个时候，奎尔第这个角色在电影中也开始一再被放大，并被带入电影叙事的之中。在小说中，奎尔第是几乎不出现的，主要叙述者是亨伯特，最后，读者在叙述中与亨伯特一起发现了奎尔第是一个怎样的人。在电影里，一开始观众就知道了奎尔第究竟是谁。库布里克之所以增加奎尔第的戏份是因为他要在主线故事的表面下再安插一条暗线。在亨伯特带着洛丽塔进入汽车旅馆之后，洛丽塔知道了亨伯特带她来的目的，也知道了奎尔第跟踪他们的原因，所以她和奎尔第一起联合起来对付亨伯特。奎尔第就是亨伯特人格的阴暗面，他反映了亨伯特最糟糕的品质。奎尔第有意无意煽动亨伯特的心，让亨伯特走向无可挽回的偏执。电影里亨伯特将奎尔第描述为他的“影子”不是没有道理的，小说的第一个也是最后一个词都是“洛丽塔”，而电影剧本的第一个词和最后一个词都是“奎尔第”。

奎尔第是亨伯特无法回避的一个宿敌，一个尾随他到死的影子，最后亨伯特为了摆脱这个影子而谋杀了他。为了能够让观众了解前前后后这一系列的状况，库布里克从电影的一开始就安排了亨伯特谋杀奎尔第的情节。

在电影里，奎尔第抹去了优雅从容的剧作家的形象，开始癫狂起来，这与一开始设定的奎尔第的人格并不相符，但这也正是亨伯特的一个侧面人格的展现。亨伯特虽然乍看上去生活得很精致，但是从骨子里来说他没有办法抑制住他的控制欲，他一直在想方设法来限制洛丽塔的行为。这种病态人格应该是小时候就养成的，可能是因为幼年重大事故造成的打击，也可能是父母对于孩子的控制造成的压迫，但是电影里没有具体地将细节展开来讲，观众只能够从小说的细节联系电影来进行猜测。这对于已经阅读过原著的观众来说也会是一种新的体验，对他们来说电影的很多剧情就是纳博科夫的第二次创作，观众会对电影的改编更加有兴趣。

电影中，奎尔第在人格上的扭曲比小说更甚，他不仅仅想掌控洛丽塔，还想要掌控亨伯特。小说中，洛丽塔学校的校长普拉特小姐与亨伯特就洛丽塔的事情进行了讨论，其中包括说服亨伯特允许她参加戏剧小组，特别是即将到来的戏剧表演，因为洛丽塔是主角，他们想让洛丽塔参演奎尔第的戏剧。奎尔第的名字在这里只出现了一次，和亨伯特的交涉是由女校长来完成的。而在影片中，这个角色被奎尔第取代，他伪装成学校的一名心理医生，诱导亨伯特来回答他的问题，并且利用亨伯特来达到他获得洛丽塔的目的。电影这里的设计非常巧妙，除了展现出奎尔第和亨伯特人格的侧面，也展现出了洛丽塔的性格特点：洛丽塔作为一个青少年，却并没有同龄女孩的活泼，她对男孩子也没有兴趣。这个时期距离洛丽塔知道她母亲去世，并且和亨伯特结束旅行已经过去了非常长的一段时间，但是她的情绪依然笼罩在阴霾之中，她没有朋友可以去倾诉。

其实小说中洛丽塔有一个叫莫娜的朋友，她在小说中的出场率非常高，她帮助洛丽塔渡过了很多难关。正是因为莫娜活跃于学校的戏剧社，所以洛丽塔也参与了进去；亨伯特发现洛丽塔逃了钢琴课的时候，莫娜还帮助洛丽塔一起欺骗了亨伯特；洛丽塔告诉亨伯特莫娜的生活和爱情有多么丰富多彩，亨伯特这才注意到莫娜是一个成熟的“仙女”。而在电影中莫娜只是一个派对的主人，并且很早就没有再出场了。在影片下半场，莫娜被一个叫米歇尔的人取代，后者也在电影中与一名海军陆战队员有染。亨伯特曾两次怀疑洛丽塔和她的朋友米歇尔约着不同的男孩一起出去玩，不过电影里并没有展开来叙述。正是因为洛丽塔没有朋友可以发泄情绪，导致她的负面情绪逐渐积累，形成了不健康的人格。

其实不健康的人格一般与遭遇重大的事故有关，缺少同龄朋友只是造成不健康人格的一个小小的原因。另外，人格的养成还和婴幼儿时期的成长环境有关。电影里还原了小说中夏洛特抱怨洛丽塔婴儿时期的一些小细节，在婴儿时期洛丽塔并没有得到母亲很好的照料，在青少年时期，她的人格又被病态的亨伯特影响，所以她的生活即便安稳下来了，但是她的行为和心理也算不上很健康。这种不健康的状态始终缠绕着洛丽塔，直到她和奎尔第私奔，直到她遇见迪克并且怀孕，她都在这种不健康的状态下成长着。

如果说洛丽塔的不健康的状态是亨伯特导致的，那么亨伯特不健康的状态则是奎尔第导致的，虽然奎尔第也曾迫害过洛丽塔，但是他对亨伯特产生的负面影响更大。在影片的前半部分，奎尔第以真实的身份出现——一个自负、前卫的剧作家，他自幼成长起来的优越环境赋予他高人一等的人格表现。奎尔第的言行举止无不透露出上等人的优越感，这让他开始去操纵一些人的生活，尤其是他觉得有趣的人。亨伯特在这个小镇上的格格不入一开始就吸引了奎尔第的注意，之后奎尔第很快就发现亨伯特深深地爱着洛丽塔。后来他出现在亨伯特和洛丽塔下榻的酒店门廊，扮演一个对这对父女好奇的警察；接下来，他侵入亨伯特家，坐在他家前厅里假装是洛丽塔学校的心理医生辛夫博士，劝说亨伯特给洛丽塔更多的课余活动自由；然后，他又作为摄影师出现在洛丽塔参演的戏剧的后台；在影片的后期，他是一个匿名电话的拨打者，打完就挂，让亨伯特不知所措。前面提到过，人格是习惯的派生物，奎尔第的优越感是他长期以来的习惯所带来的产物。亨伯特虽然也是家境优越的人，但是因为心理作祟，所以从一开始面对奎尔第时就很理亏，以至于后来即便奎尔第对他施压，他也无可奈何。

电影中人物的情绪和人格的设定表达得很混乱，但还是有一股强大的力量推动着剧情在缓缓前进，而这种力量的走向却不是观众们所能够预料的。即便如此，很多观众依然认为这是一部出色的电影，电影里仇恨的感情不是很明显，表达出来更多的则是一些讽刺的情绪，而且剧情里没有出现大家喜欢看的大团圆结局，在内容主题上也达到了一定高度——电影拍出了两个无法正常沟通和交流的人之间所产生的悲剧。

库布里克总是很自信，他的电影能够在前五分钟内就向观众传达很多的信息与内容，虽然有的场景让观众难以理解，但是他依然贡献出了让人非常舒适的视听享受。

库布里克的《洛丽塔》是以他的方式成就的一部好电影。虽然纳博科夫的剧本并没有被完全采纳，但是这仍然是改编剧本的典范。演员们精湛的表演也近乎完美地传达出了角色的情绪，将这部颇具争议的小说转化为令人耳目一新的艺术作品，同时也尊重了原著。

（二）阿德里安的《洛丽塔》中行为主义心理学研究

1997 年上映的《洛丽塔》由阿德里安·莱恩（Adrian Lyne）执导并由斯蒂芬·希夫撰写剧本，是一部美法合拍的艺术类电影。这是《洛丽塔》第二次被改编成电影。这部电影讲述的故事情节和小说的故事情节大同小异，但是细节的处理和小说内容有所差别。与库布里克 1962 年的版本相比，阿德里安的电影将小说中的各种恐怖和阴暗的元素基本上都拍出来了，对于小说剧情的展现可谓极尽忠诚。小说中人物的情绪和行为被电影以夸张的形式放大给观众们看。下文将从情绪和人格两个方面来对该电影进行分析。

1. 电影中不同角色在刺激下的情绪表现

库布里克的《洛丽塔》拥有纳博科夫亲自创作的剧本，阿德里安为了他将要拍摄的《洛丽塔》电影不逊于库布里克的版本，特地邀请了斯蒂芬·希夫（Stephen Schiff）担任编剧和副导演。希夫非常喜欢纳博科夫，从一开始他就给自己定下了严格目标——这部电影不是库布里克版本的“翻拍”，他只是想要对一部非常伟大的小说进行新的改编而已。希夫摒弃了库布里克式的风格，去重读了纳博科夫的原作，这也就是为什么这部电影会更像小说一些。很多影评家也认为库布里克的电影与其叫《洛丽塔》，不如叫《奎尔第》，因为导演允许奎尔第的角色“接管电影”，导致整部电影的暗线安排都是奎尔第的身影。这样的评价坚定了希夫和阿德里安完全还原原著小说细节的决心。希夫笔下的洛丽塔和亨伯特的情绪释放得更加直白，洛丽塔和亨伯特情绪崩溃得更频繁，观众们可以很清楚地看出他们的情绪是如何走向绝望、他们的关系是如何走向尽头的。在电影里，亨伯特的独白横贯了整部电影，没有洛丽塔的视角，从这一点来看，它完全遵照了小说的初衷。在电影的开头和结尾，亨伯特都是一个情绪格外稳定的人，他避世、消极且对很多人都抱有厌恶感，在遇见洛丽塔之前并不愿意和他人有过多的交流；在遇见洛丽塔之后，他才感受到了喜爱的情绪，才开始期待每天的生活，乐于应付洛丽塔的母亲夏洛特，等等。虽然因为故事主题的原因，电影遭到了多方的抵制，但是电影在角色方面的塑造是非常成功的。

这部电影一开始由于销售渠道的问题，票房收入分外低迷，但是很多影评人还是称赞了这部电影。实际上，这部电影关于角色、人际关系以及被强制放大的欲望所带来的后果的展现都非常出色，亨伯特和洛丽塔这两人的人生其实最终都被他们的不健康情绪毁掉了。关于奎尔第，他在电影中对两位主角的影响很小，电影里对他的描述并不多，他更多的是作为一个意象和一个指代，来引导电影的主线前进。很多观众在观看阿德里安的《洛丽塔》后认为阿德里安的团队真的是非常喜欢纳博科夫，他们完美地再现了原著的残酷和美丽；不过也有人觉得导演根本没有了解这部小说的重心在哪里，因为电影并未表现出纳博科夫的内核和灵魂。

即便这部电影的评价多种多样，但是有一点要肯定的是，阿德里安始终尊重纳博科夫对心理学的见解，并将这些内容完整地还原到了屏幕上。阿德里安和希夫始终清楚，主角亨伯特虽然从表面上来看是一个优雅而又学识广博的人，但内在终究是一个令人畏惧的角色，他爱上了一个“性感少女”，并想尽办法引诱这个少女甩掉她的母亲，离开这个无聊的家。和库布里克试图将亨伯特设定为一个让观众同情的角色不同，阿德里安从一开始对亨伯特的塑造就没有想将他打造成一个好人，而是直接告诉观众们亨伯特是一个不可靠的叙述者，这也就让观众始终带着情绪来观看电影。

在行为主义理论中，恨的情绪比较复杂，实际上这些恨的情绪里又包含着一些独立的情绪。例如，亨伯特把一个正常的女孩洛丽塔变成了一个无法无天的小恶魔，洛丽塔非常痛恨亨伯特，但是亨伯特经常理直气壮地当着洛丽塔的面表示这一切并不是他的错，这让洛丽塔又无奈地回归到了一个冷静、理性的情绪状态。虽然改编自同一部小说，但是阿德里安对于电影的调度掌控和库布里克完全不一样，阿德里安版的《洛丽塔》电影里对于角色情绪的表达更加夸张和复杂。

两个版本的《洛丽塔》电影中，洛丽塔怀孕的时都已经成年了，但是对此时洛丽塔状态的描述，两个电影有明显的不同：库布里克的版本里，洛丽塔表现如初，似乎艰苦的生活从来没有消耗过她的任何精力和情绪，亨伯特花时间找到她的时候，洛丽塔依然轻松而又天真，仿佛回到了少女时期的黑兹家；而阿德里安的版本里，洛丽塔显得疲惫又无奈，她讨厌亨伯特，但是又不得不和他打交道，这里对于洛丽塔背负着沉重的担子的形象塑造得非常好，其设定更加合理。

无论从视觉上还是情感上，阿德里安的《洛丽塔》在银幕中都表现出来了它的力量，这种力量正是悲伤情绪力量的释放。电影一开始是亨伯特的独白，以他自己的角度来讲述了一个充满激情、悲伤并且折磨人的故事。对于充满悲伤情绪的人来说，他是掩盖不住自己的行为特征的，饰演亨伯特的艾恩斯在电影的最后贡献了一出伟大的银幕表演：他行动迟缓、步履蹒跚，甚至将车开出了行车道，也不顾呼啸而来的警车，他双眼迷茫，但是却没有落泪，可是观众们却能够看得出他已经悲伤到了极点。演员用自己精妙的演技再现了小说中亨伯特内心活动的复杂性：他斤斤计较、浪漫，最终被自己的爱情折磨直到死去。他的旁白取材于小说，搭配上演员艾恩斯娓娓道来的声音，与纳博科夫的文字产生共鸣，也与亨伯特后知后觉的心绪产生共鸣。最重要的是，艾恩斯从不向观众刻意表露出演员本身的理解，以暗示自己比角色亨伯特更懂得到底发生了什么。作为演员，他熟读剧本，所以他完全了解亨伯特的一切，包括亨伯特所做的一些令人发指的事，但是艾恩斯的表演是将自己的理解深埋在剧情之中的，从而留出更多的空白让观众自己去理解其中隐含的真实情绪。这是艾恩斯表演的独到和精妙之处。

演员的精妙演出离不开导演阿德里安的指导。阿德里安在拍《洛丽塔》时正处于其导演生涯的巅峰状态，而他的副导演及编剧希夫又对原著小说非常熟悉，所以他们对纳博科夫的小说里角色的情绪反应很敏锐，他们希望这部电影能够还原纳博科夫原作的精髓。小说《洛丽塔》的所有内容都是亨伯特回忆的，他也揭示了他对青春期女孩痴迷的原因；电影对此也还原了小说的描写，在一个布置非常华丽的场景中，亨伯特回忆起了自己的童年。在这部电影里，洛丽塔已经接近成年，但外表看着绝对还是个女学生。她扎着小辫子，穿着马鞍靴，行为娇气，语气狡黠，总是嚼着口香糖。她经常用一些年轻人的口头禅来取笑亨伯特，而这些动作实则是为了吸引亨伯特的注意力。阿德里安的洛丽塔身上有让人难以忽视的诱惑力，虽然看上去要比库布里克的洛丽塔成熟，但是这个阶段的少女与成年人之间的界线本来就很模糊。洛丽塔在象牙塔和成人的世界之间走来走去，就像是走独木桥，但是在桥的两头却没有人来认可她，洛丽塔只能沉溺在自己的世界里。比起外出游玩，她更喜欢待在房间里，她在房间里贴满了明星的照片，爱看花里胡哨的杂志。洛丽塔和亨伯特还经常闹出一些笑话来规避一些看上去过于悲伤的情节。比如，亨伯特在第一次看到在草坪上晒太阳的洛丽塔时，她的裙子被洒水机的水浸透了，但是依然在心无旁骛地翻看一本杂志，这样的场景当即就击中了亨伯特的心。有一天，洛丽塔徘徊在他的书房里，坐在他的腿上。她看着他的眼睛，不安地停顿了一下后，问："我是不是长痘了？"这样让人哭笑不得的走向打断了亨伯特的浪漫情绪。虽然电影剧情里充斥着喜剧的内容，但是不难看出电影的基调依然浮现出淡淡的哀伤的情绪，这两个人的需求注定不会被满足，他们的不健康情绪也会推动他们走向悲剧。

2. 电影中不同角色的不同人格表现

在行为主义视域下，妨碍一个人人格的健康成长最大的障碍就是对某一些人、事，或者地点、物体和位置太过于依恋和痴迷。有依恋和痴迷对于个人来说只是生活当中的一种习惯，但是过于依恋和痴迷对于人格的成长是有害的。《洛丽塔》这部电影表达最多的情感就是痴迷：夏洛特对于亨伯特的痴迷、亨伯特和奎尔第对洛丽塔的痴迷，等等。《洛丽塔》这部电影清晰地表明这种不分青红皂白的痴迷是不会有好结果的，所以这是一部深层次意义上的道德电影，它表达的是迷恋和爱情之间的鲜明对比，它不像其他许多电影那样把两者混为一谈。《洛丽塔》的两位主要演员——艾恩斯和斯文以不同的演出方式恰到好处地表达出电影中的角色在不同情境下的感情，过于干涉角色或者置身事外都只能让观众出戏。艾恩斯饰演的亨伯特是个卑劣的人，但是情感上，他展现出了人的脆弱以及知道自己无法善终的悲凉——亨伯特知道过于依恋洛丽塔的他是不会有什么好下场的；斯文饰演的洛丽塔是一个不知道自己有多大诱惑力的“仙女”，平时的她只是一个会担心脸上长青春痘的普通女孩，她一开始对于很多事物并不是很依恋，直到自己的母亲去世，她开始通过疯狂购物来弥补自己失去的感情。

其实对于一个正在成长的青少年来说，正常的语言表述能够促进人格的成长和情绪的释放，这些都是一个正常人所必须具备的能力，而洛丽塔却没有办法顺利地进行语言的表述。电影里洛丽塔开口说的第一句话是在重复她母亲说的话，而且她也知道这样学舌会让她的母亲暴怒，但是她就是喜欢这么做；洛丽塔更多的是用肢体来表达自己的态度，这是和她母亲交流后获得的经验。这种奇怪的语言表述来自母亲夏洛特的过分打压，洛丽塔在电影的前 20 分钟几乎没有对自我的表述，总是在学夏洛特说话。夏洛特告诉洛丽塔“整理你的床铺”，洛丽塔就重复“整理我的床铺”；夏洛特告诉洛丽塔他们不能去野餐了，洛丽塔就只发出了一声气音；夏洛特喊洛丽塔去教堂，洛丽塔就重复“教堂，恶心的教堂”。直到亨伯特和她们母女俩坐在一起，洛丽塔才壮着胆子对两个大人说她应该能当一个舞蹈家，因为她有与生俱来的优雅，拥有感伤的气质；夏洛特翻了一个白眼讽刺洛丽塔，说她要是真的去当舞蹈家是挺感伤的，洛丽塔瞬间就变得无话可说了。洛丽塔本想通过一场对话引导出来一些话题，让母亲带她一起出去玩，现在她只能趁着夏洛特去倒酒的时机央求亨伯特，让亨伯特在夏洛特面前说一些好话，好让他们一起去野餐，洛丽塔知道夏洛特喜欢亨伯特，也知道夏洛特会接受亨伯特的意见。洛丽塔从一开始见到亨伯特的时候会羞涩地微笑，露出自己的牙套；利用收衣服的机会蹭过亨伯特的裤脚来向他示好；洛丽塔第一次主动和亨伯特交流的时候，先做了一个奇怪的弯腰按压椅子的动作才开始说话，仿佛不知道应该如何开始和别人正常交流。一个母亲和她的孩子无法正常进行沟通是一个孩子在成长期的悲哀，她的习惯的养成来自她的母亲，但是她的母亲回避了她的诉求，洛丽塔的人格在这个时期本还能够被矫正，但是夏洛特毁了这一切。

这部电影确实如阿德里安和希夫所说，他们想尽办法将小说里的一些细节融入各个场景里，让夏洛特的人格设定也逐渐清晰明了起来。小说里夏洛特曾经向亨伯特抱怨洛丽塔在婴儿时期就喜欢乱丢她的娃娃，电影里洛丽塔就拿着一个娃娃不停地捶打亨伯特，最后这个娃娃被夏洛特不耐烦地丢了出去；小说里夏洛特恨洛丽塔打扰了她和亨伯特的独处时光，在电影里他们去镜湖旅行的时候，夏洛特突然就告诉亨伯特她要送洛丽塔去寄宿学校。小说里夏洛特粗俗的尖叫声和亨伯特对洛丽塔的留恋在电影里是集中爆发出来的，情节的爆发点设定在了夏洛特准备送洛丽塔去寄宿学校的期间。这个时候的夏洛特完全不是她口中那个喜欢说着柔软腔调的法语、过着欧洲贵妇生活的女人，她一直在重复向洛丽塔下着命令。洛丽塔如果不听夏洛特的，夏洛特就开始嘶吼起来。虽然亨伯特在旁白里一直说洛丽塔和夏洛特不一样，但是从洛丽塔离家前飞奔向亨伯特房间的这段剧情来看，洛丽塔完全不像一个可爱的少女，而像一只灵巧的猴子，她的母亲挥着语言的皮鞭训斥她，而她也逐渐变得野蛮起来，母女俩从本质上来说是完全一致的。

在行为主义视域下，形成人格的习惯系统不止一套，这些系统会根据情境来支配人的行为。当一个强大的习惯系统被建立起来之后，就会不可避免地与个体的其他习惯发生冲突。虽然洛丽塔从某些方面来说和夏洛特很像，但是从某些程度上来说却又不一样。洛丽塔是一个青少年，在她人生的前 14 年，她缩在象牙塔里被母亲责骂，但这只是洛丽塔强大习惯系统形成的原因之一，另一个原因其实来自亨伯特。在电影的一开始，夏洛特一直以为亨伯特不愿意租住她的房子的原因是房间太乱，她从亨伯特住进房子的那一天开始就一直在强迫洛丽塔做各种事情，就是为了迎合亨伯特的习惯。洛丽塔其实一直在服从母亲的命令，要求她晾晒收取衣服的工作，她也做得很好。但是当夏洛特恶意命令洛丽塔的次数越来越多之后，洛丽塔选择超出常理地反叛：先是大声放音乐跳舞，之后又偷吃房客的早餐，最后为了抵抗夏洛特把她送去寄宿学校，洛丽塔选择随便和寄宿学校的一个男生发生了肉体关系。她期望自己的母亲看到自己出格的举动，也期望自己的母亲有一些不同凡响的举动，但很可惜的是，这个时候的夏洛特已经被车撞死了，看不到她的出格举动。洛丽塔因为母亲的突然离世大声哭泣的这一举动也很不同寻常：她先是用卫生纸将自己的卷发做好了之后才趴在床上大声哭泣，甚至哭到一半的时候又回到了亨伯特的床上选择和他睡在一起。虽然这个时候的洛丽塔的情绪很崩溃，但是她也知道亨伯特是她唯一的依靠了。在这个时候，她的理性的习惯系统依然驱使着她去做要做完的事情。她的习惯系统和夏洛特完全不一样，夏洛特在看到亨伯特的日记，知道对方背叛她的时候，她精神太过恍惚，直接冲向了一辆汽车。夏洛特作为一个习惯系统几乎固定的成年人，她的生活是几乎没有任何拘束的，她下面还管教着一个小女孩，太过于安逸的生活让她内在的习惯系统几乎不会发生什么冲突。但是洛丽塔不一样，她虽然和自己的母亲生活在一起，但是自从亨伯特来了之后，母亲的爱和关注被一个陌生的房客分走了，她生活的空间也在逐渐缩小，再加上母亲越发刻薄的行为，她在自己家里生活得举步维艰。洛丽塔的习惯系统是被夏洛特和亨伯特训练出来的，所以她即便突然面临自己人生中的第一个悲惨情境，也没有彻底失去自己的理智，在哭泣的时候，她还在构想着自己之后的人生要怎么办。

比起给了大量镜头的夏洛特和洛丽塔，亨伯特作为电影里的旁白角色，在电影的前半部分并没有太多的镜头。亨伯特的习惯系统的冲突来自夏洛特的死和不受控制的洛丽塔。比起库布里克的版本和小说原作情节，阿德里安的电影里亨伯特的前期被塑造得略有不同。他虽然还像小说里一样会给婚后的夏洛特下药，但是还会在有些时候给夏洛特一个吻。在夏洛特死后，他也没有表现出过分的兴奋和得意。面对被锁在酒店客房里的洛丽塔，他的行为也算比较克制，但是当他公开夏洛特的死之后，他的行为明显发生了不一样的变化：亨伯特开始在旁白里向观众宣称洛丽塔“没有别的地方可去”。他在之前还很关注洛丽塔的状态，但是面对迅速走出了母亲去世阴影的洛丽塔，亨伯特居然没有看出洛丽塔不正常的状态，而且还带着洛丽塔四处旅行。其实，亨伯特并不是一个适合旅行的人，比起现在的生活，他更喜欢穿着睡衣一整天躲在家里看书和写作，但是他为洛丽塔打破了自己的习惯系统。他和洛丽塔长时间挤在一个狭小的车里旅行，忍受一个还在青春期的小女孩发出各种不重样的噪声；实在忍无可忍的时候，他就行使成年人的强权——强制洛丽塔保持安静，洛丽塔不服气的时候就戴上墨镜表示抗议；洛丽塔宁愿用猴子一样的肢体语言来表达她的不满，也不愿意和亨伯特用语言进行交谈，而亨伯特却认为活泼的少女这么做是向他表达爱意，就任由洛丽塔随意发展。

电影《洛丽塔》将少女的痛苦直接展现在观众眼前。痛苦的情绪伴随着洛丽塔成长，并将永远成为她人格的一部分。这部电影不是为了表达爱情，而是呈现因为迷恋而导致的悲剧。观众在观看《洛丽塔》的时候会深刻地意识到，这部电影里叙述的每一段感情都是对这段感情里的男男女女的折磨，他们在相互猜忌、相互试探。亨伯特第一次失控是在他认为洛丽塔欺骗他去排练戏剧的时候，他第一次打了洛丽塔。在阿德里安的版本里，亨伯特和洛丽塔最终分道扬镳的真正原因从来不是什么奎尔第，而是暴力和时间，他们两个注定要走向不同的道路。电影直到最后才揭示亨伯特其实没有真正爱过任何活着的人，他杀了奎尔第之后的剧情和电影最开始的一段内容有衔接：在亨伯特杀人后，他随意驱车在路上乱开，并回忆起他在 14 岁那年遇见的初恋安娜贝尔，这个女孩后来得病去世了。从头至尾，亨伯特迷恋的都是一个死去已久的女孩，他为了得到这个死去的女孩，就将这个女孩的一切强加到洛丽塔身上，导致洛丽塔痛苦万分。而洛丽塔是从一个不知道外界有什么危险、在玻璃房子里成长出来的娇花，她在玻璃房子里遭受了痛苦，就会不顾房子外面的致命暴雨逃出去。

除了痛苦，愤怒也是行为主义视域下复杂习惯系统中的一个部分，它也构成了人格发展的一部分。亨伯特本来是一个性情沉稳的人，但是电影后半部分里，他一直处于愤怒的状态，因为洛丽塔，也因为奎尔第。洛丽塔和亨伯特之间处在一个长期较劲的过程中，观众最终被两个人命中注定的结局和死亡的方式震撼。奎尔第从一开始隐藏了自己的身份，所以亨伯特之前一直以为奎尔第是一名侦探或者是一名警察，追寻洛丽塔而来，调查他们之间的关系。每次亨伯特想要靠近奎尔第，对方就逃之夭夭。亨伯特只能将愤怒发泄在洛丽塔的身上。他警告过洛丽塔，不要随便和陌生男人说话，洛丽塔故意与他对着干，这让他第二次殴打了洛丽塔。洛丽塔和奎尔第合谋，趁着亨伯特不在的时候，奎尔第接走了在医院住院的洛丽塔，亨伯特愤怒地将医院的医生按在地上暴打。这种愤怒甚至持续到了三年后，洛丽塔的离开彻底改变了亨伯特的习惯系统。这部电影的基调是由亨伯特来掌控的，在电影的大部分时间里亨伯特的声音都很沉稳，但是亨伯特最终在庄园里见到了奎尔第的时候，他的愤怒彻底爆发了，吓得奎尔第几乎无法招架。最后，亨伯特开始不受控制地对着奎尔第随意开枪，即便对方开始疯狂地逃窜，亨伯特也没有放过对方。亨伯特始终认为自己是受害者，奎尔第拐骗了自己的女儿，阿德里安将这一想法呈现在了这部电影的结局中。作为一个在感情方面有独到看法的导演，阿德里安拍过很多类似的情感片，因而在这方面有所倾向，电影里有些地方可能存在特意的刻画。电影中亨伯特明明是施暴者，但是他的自述将自己变成了受害者，并认为自己发泄愤怒也是理所应当的。

在行为主义心理学中判断一个人的人格的时候，标准是很复杂的，需要关注个体特殊而又复杂的情绪，并通过考察个体近期来的生活经历，最后再下结论。小说《洛丽塔》中的角色复杂而又深沉，所以才会吸引众多有才华的导演和编剧一遍遍地拍摄它。它所讲述的母题，不管是在 20 世纪 50 年代，还是现如今，都是一个不被认同的主题。《洛丽塔》是情感类电影，但它是有深度的，不是专门用来消遣的普通的烂俗爱情电影。故事里角色的生活细节的堆砌造就了他们不同的人格，不同的导演和编剧对于这些角色拥有不同的理解，但是他们的核心都是不变的，那就是呈现一个被执念逼疯的男人的故事，以及一个没有母亲的小女孩的故事。洛丽塔在努力成长，但是成长的道路被她的继父给毁掉了。电影和小说一样，亨伯特引出了洛丽塔作为人类最低级的本能，这种本能是基于生存的，洛丽塔为了钱能够不择手段。有时候回过头来想想，洛丽塔所做的一切不应该是一个 14 岁的小女孩能做出来的事情，越来越绝望的亨伯特最终不得不通过贿赂来使洛丽塔与他发生关系。这部电影想要表达的内容其实还有很多，比如未成年少女们在遭遇这样的事情时，情绪的反馈是什么样的；在面对社会上的诱惑的时候，她们又将怎样生活下去；从音乐录像带、CD 到化妆杂志，少女们不断地受到商业剥削，其方式远比洛丽塔所遇到的任何威胁都要糟糕，这些形式的剥削没有引起人们的注意，但是电影都拍摄出来了——洛丽塔花了大量的钱去购买各种花里胡哨的杂志和奇奇怪怪的玩具，她沉溺在这些东西里不可自拔，对上学毫无兴趣。阿德里安其实想要表达的远不止这些，但是那些随意抵制阿德里安电影的人和制度让阿德里安感到害怕，他没有办法躲开这些问题，因为他们有自己的一套合理的说辞，可以继续抵制着阿德里安的电影。弗朗索瓦·特吕弗（Francois Truffaut）多年前就说过，美国导演喜欢拍关于超级英雄的电影，而欧洲导演喜欢拍关于脆弱的人性或者人性的弱点这样的电影，不同的区域有着自己独特的风格，阿德里安能够拍摄出《洛丽塔》这样的电影，确实是为电影市场增添了新的风采。

二、电影《黑暗中的笑声》角色的情绪表现

《黑暗中的笑声》是纳博科夫于 1932 年创作的一部小说，首次英文翻

译由威妮弗莱德·罗伊完成的，纳博科夫当时对翻译的质量非常不满，于是他自己又重新翻译了一遍，并于1938年以现在的名字——《黑暗中的笑声》出版。有时读者可能会因为他的个人评价而错误地认定这本小说并不受纳博科夫喜爱，但实际上，这本书的创作是纳博科夫对于角色塑造的一大突破，尤其是角色的"怒"和"爱"的情绪延续，这类情绪其实是因为某些事物而引发的，同时这些情绪的发展也增加了角色生活的丰富性及危险性。

当时的纳博科夫很希望这部作品尽快登上大银幕，但是那时候的他还没有什么名气，他不得不等待数十年，直到后期《洛丽塔》成功，这部小说才被改编成一部电影。当时很多编剧和导演都期望能够改编和重构纳博科夫的作品，他们甚至认为自己是绝对有能力驾驭纳博科夫的作品的。但是这些人都没有意识到的是，纳博科夫跟好莱坞的一些专业编剧相比，他的剧本创作水平远在他们之上。

纳博科夫最早是用俄语创作《黑暗中的笑声》的，一开始这部作品的名字叫作《暗箱》(*Kamera Obskura*)，之后才被翻译成英文。它讲述了一个事业有成的男人欧比纳斯非常喜欢电影，也喜欢做相关的投资。但他在电影院遇见并爱上了一个电影院引导员，最后他的人生以悲剧收场的故事。从这个故事中足以窥见纳博科夫的天赋，他通过几幕剧情，就将几个主要角色的情绪问题展现了出来，通过文字就能给予读者以视听的享受。主角欧比纳斯想要报复伤害他的情人，此刻的欧比纳斯情绪崩溃到了一定的程度，他只想杀死对方，最后一场无声戏是用舞台剧的方式来展示的：

> 房门——敞开着。桌子——从门旁挪开了。地毯——在靠桌腿的地方挤得凸了起来，像静止的波浪。椅子——倒在一个男子的

尸体附近，那男子身穿酱紫色衣服，脚下一双软拖鞋。看不见手枪——压在他身下了。藏有小型画的橱柜——空了。另一张小桌子上，很久前曾摆过一尊陶瓷芭蕾舞演员雕像（后来挪到了别的房间），现在放着一只女人手套，面子黑，里子白。带条纹的沙发旁立着一只小巧的提箱，上面依然拴着一个彩色行李标签，上边写着："鲁吉那，不列颠旅店。"①

这是小说中对场景描写最详细之处，仿佛呈现给读者一个用摄像机拍摄的画面，其呈现的其实就是某人被谋杀，凶手逃离后一片狼藉的房间，但是纳博科夫希望通过平铺直叙房间的布置来展示欧比纳斯激动的情绪。

纳博科夫之所以对剧本的写作方式掌控得十分精妙是因为他的童年所带来的影响。在回忆录《说吧，记忆》的开头，纳博科夫提到了一段发生在童年时期的不安经历，他看到了在他出生前几周拍摄的家庭录像，在那里，他的母亲一直在冲他挥手，而他觉得母亲从楼上的窗口挥手的这个镜头是某种神秘的告别，他对这个镜头一直有恐惧的情绪，而这种恐惧直到后来他长大成人都挥之不去。纳博科夫对电影的感受很矛盾，他对于艺术的表现是很敏感的，也有预见性，所以电影对他来说其实是极具影响力的，以至于占据了他心中最主要的位置。

在行为主义视域下，成人的情绪非常复杂是有原因的，他们可能会因为各种情境而引发一些复杂的情绪。"怒"和"爱"这两种情绪是基本的情绪，但是这两种情绪在不同情境下、在不同人身上的表现是不同的。《黑暗

① ［美］弗拉基米尔·纳博科夫:《黑暗中的笑声》，龚文庠译，上海译文出版社 2006 年版，第198—199 页。

中的笑声》这部小说讲述了一个业余电影制片人身上发生的耸人听闻的三角恋，当中还牵涉着一个尚未成年但是对自己的未来抱有梦想的女演员。这部小说集齐了那个年代观众爱看的内容：谎言、欺骗、谋杀和出轨。这本书就是为电影而创作的。纳博科夫写这本小说的时候人在柏林，是一个身无分文的流亡者，他后来承认他写这本书时便已着眼于电影的销售，如果有人买这个剧本的话，其收入比单独发行小说更加可观。但是当时的纳博科夫没有如愿以偿，直到 1969 年，也就是小说发行 30 年后才被拍成电影。

纳博科夫的儿子德米特里也曾经评价过这部自己父亲的作品，认为小说的描写非常直观，非常具象化，角色的情绪爆发经常恰到好处，而且人与人之间的关系的处理和场景的描述都非常具有电影画面感。

1969 年，这部小说最终由法英合拍成电影。电影由托尼 · 理查森（Tony Richardson）执导并改编，由尼科尔 · 威廉姆森（Nicol Williamson）和安娜 · 卡琳娜（Anna Karina）主演。这部电影没有完全遵照纳博科夫的原作，故事的背景从 1930 年的柏林改为 1960 年局势摇摆不定的伦敦，所有的角色都操着一口浓浓的英式口音，很多角色的情节和名字都有变动。这本书的内容讲述了一个中年男子对一个年轻女子的感情，最终导致了一种相互寄生、相互依附的情感关系。在电影中，主角爱德华 · 莫尔爵士是伦敦一位受人尊敬的、相当幸福的经销商，他有一个优雅的妻子和可爱的小女儿，小女儿由 8 岁的凯特饰演。这个有一定戏份的小姑娘是第一次拍电影，但是却很有镜头感，和其他演员的情绪互动也很自然。爱德华在日常的某一天厌倦了鸡尾酒会和艺术品拍卖会，想要去外面透透气。他最近压力很大，因为他和他的妻子伊丽莎白一直是分床睡，这让他失去了夫妻间的情感依附；伊丽莎白虽然爱他，但是情感上却很冷淡。在这对夫妻的相处过程中，爱德华是最先情绪失控的那个，他出身优渥，所以势必希望有更多的人可以依附着他，但是伊丽莎白是一个生活富足、不需要更多依靠的女人，反倒给爱德华带来了心理压力。爱德华为了释放压力，经常会偷偷跑到电影院。在那里，他邂逅了漂亮的剧院招待员玛戈。因为爱德华失去了伊丽莎白对他的关注，所以他面对年龄尚小且更容易被掌控的玛戈产生了不一样的感情。虽然玛戈一开始不愿意接近这个奇怪的陌生人，但在看了爱德华的豪华轿车后，玛戈的态度发生了变化。玛戈出生在一个贫寒的家庭中，钱对于她来说很重要，虽然爱德华的年龄稍微大了一些，但是她也因为钱的关系对爱德华产生了一些感情。到这里为止，三者之间的依附关系通过生活足够的幸福、无法得到更多的关注以及金钱这些内容联系到了一起，他们三者之间关于爱和恨的情绪纠葛也来源于这些情感或者物质方面的需求。

导演托尼·理查森一直给电影配着嘈杂的教堂钢琴声，虽然让观众听着很烦躁，但是从某个侧面也可以反衬出主角爱德华的心神不宁和玛戈内心不断拨动的小算盘。尽管对玛戈一无所知，但爱德华相信自己已经疯狂地爱上了她。在社会上摸爬滚打过的玛戈也知道这个男人究竟需要的是什么，知道爱德华离不开她，所以才敢放肆地做出一些令观众惊诧的举动，比如：玛戈闯入了爱德华的工作场所和家里，骗他给自己买房子；还“不小心”给他家发了一封措辞亲密的电报。爱德华没有办法，只能向妻子伊丽莎白坦白了他与玛戈的恋情。伊丽莎白在她的兄弟保罗的帮助下带着他们的女儿艾米莉亚气愤地离开了，此时的伊丽莎白甚至不会向爱德华表达愤怒，代替她表达愤怒的是她的兄弟保罗。在爱德华的家人离开他之后，玛戈很快重新装饰了爱德华的庄园并举办了一场时髦的聚会。任性的玛戈还故意让爱德华雇用玛戈之前的情人赫尔弗作为他的助手。她在和爱德华索要钱和权力的时候情绪显得很亢奋，很不合时宜，因为爱德华的钱对玛戈的吸引力太大了。爱德华虽然知道两人的身份并不相配，但是爱德华依然允许玛戈紧紧黏在他身边，玛戈还想办法迫使爱德华同意她搬进他与妻子之前住的那间公寓，然后她又想办法让爱德华离婚，以便自己可以嫁给爱德华并获得他的大量财富。玛戈之所以这么急功近利，是因为她的情绪已经被原生家庭破坏了。在玛戈的家庭中，她的哥哥一直在打压她，这让她迫不及待地想要离开自己的原生家庭。她遇见了她的第一任情人——赫尔弗，但是赫尔弗是一个浪荡子，并不是很在乎玛戈，只是想和她玩玩。在赫尔弗与玛戈分手之后，玛戈再度跌落回那个如同泥淖一般的原生家庭，遭受她哥哥的嘲讽，仿佛一辈子都没有出头之日了。但是这时候的玛戈遇见了爱德华，她利用爱德华来实现她的人生抱负——成为一名电影明星。从爱德华的角度来看，他其实是真的爱着玛戈的，即使在爱德华的女儿艾米莉亚生病并最终患上肺炎时，爱德华依然选择和玛戈在一起，没有去见女儿一面。玛戈像是看不到他的焦虑一般故意在他的旧生活和新生活之间徘徊，以便能够将爱德华握在她的手心里。之前爱德华觉得自己缺少被爱和被关注，而玛戈过分的关注和介入则彻底将爱德华的情绪搅得一团糟。爱德华因为对玛戈迷茫的爱而不分对错，在电影前半段犯了对伊丽莎白不忠的错误，还有对女儿的爱的缺失的错误，到了电影的后半段，爱德华的报应终于来了。自从玛戈和赫尔弗恢复了他们以前的关系后，就开始策划怎么让爱德华消失，并抢走他的钱。对于赫尔弗来说，他所依附的东西也是金钱，他之所以选择继续爱玛戈，是因为玛戈能够帮助他获得爱德华的钱。爱德华让玛戈成为女演员并让她获得了她的第一个角色。爱德华想办法讨玛戈的欢心。他通过慷慨解囊来弥补她才能的不足之处，这让玛戈的情绪终于稳定了一些，不再去针对伊丽莎白及伊丽莎白和爱德华的女儿。但是在电影的首映式上，玛戈才意识到她的演技是多么的拙劣，她觉得她的平庸是现场所有人的笑柄，这让她原本稳定的情绪又再度崩溃起来。为了安抚受伤的玛戈，爱德华说服她开着她的新车一起去南方度假。赫尔弗也说服了爱德华一同前往，为了消除爱德华对自己的怀疑，他暗示爱德华自己其实是一个同性恋，不可能对玛戈产生任何兴趣。

至此，电影的后半段开启了一个没有回头路的旅程，玛戈、赫尔弗和爱德华三个人在同一个旅程中各怀着不同的心事。玛戈和赫尔弗计划了一场犯罪活动，他们准备在不引起怀疑的情况下获取爱德华的财产，这让他们从普通人的身份转变成了罪犯。对于罪犯和心理变态者，行为主义心理学家认为，他们如果不能尽快恢复健康情绪，将会建立犯罪动机，并形成消极反应。赫尔弗和玛戈在电影里和小说里完全不一样。小说里的赫尔弗是一个彻头彻尾的德国人，纳博科夫为了这个角色设计了很多德国人特有的小细节。为了不让德国人的性格放在英国人身上让电影观众看着别扭，导演设计了几个赫尔弗和玛戈约会的情节，展现英国人的一些固有的小习惯，两人几乎就在爱德华的眼皮子底下约会和搞一些一戳即破的小心思，让爱德华意识到玛戈和赫尔弗全部都在背叛他，这些剧情的设计推进了爱德华的情绪反应。爱德华回到酒店并愤怒威胁玛戈他要收走投资在玛戈身上的所有财产，玛戈却反驳爱德华说她与赫尔弗之间没有任何关系。如果说之前玛戈扰乱爱德华的生活只是为了好玩，现在她为了实施犯罪已经变得不择手段了。为了能够让自己安心，爱德华要求玛戈立刻离开赫尔弗。在他们离开小镇的旅途中，爱德华为了躲避骑自行车的人撞毁了汽车并且失明了。赫尔弗和玛戈租了一间小屋并把爱德华接过去静养，利用爱德华失明的缺陷，赫尔弗也偷偷住了进去，并在爱德华的恢复期间变着花样折磨他：他就坐在失明的爱德华面前让他签支票；故意在爱德华身后摔倒椅子，让爱德华逐渐疑神疑鬼。爱德华在玛戈的看护下变得越发的刻薄，由于失明的时间越来越长，爱德华的听力变得越来越好，他感觉家里还有另一个人的存在，玛戈一边否认他的担忧，一边又和赫尔弗以捉弄爱德华为乐。爱德华在电影的开始背叛了他的妻子，现在他又遭受了玛戈的背叛，之前他撞毁汽车的行为其实就是面对消极情境下机体的情绪崩溃状态，也是另一种形式的自杀。最终爱德华的前妻的弟弟保罗查到爱德华的账户上经常有大笔的钱被划出去，签名也写得非常潦草，并且不同的金额笔迹也不尽相同。爱德华的前妻伊丽莎白要求她的弟弟保罗开车去爱德华的住所看看他是否安全。保罗到爱德华家里时才发现失明的爱德华被赫尔弗戏弄，保罗急忙赶走了赫尔弗，并给他说了伊丽莎白的意愿，希望能够护送爱德华回到伊丽莎白的家，在那里他能得到适当的照顾。但是爱德华拒绝了保罗的帮助，他要杀死背叛他的玛戈。他引诱玛戈到地下室，并准备举枪杀死她，但是爱德华毕竟是一个盲人，在举枪追捕玛戈的过程中，爱德华失足从台阶上跌落，走火的枪杀死了他自己。玛戈见爱德华倒地之后也急匆匆地从地下室里逃了出去，故事至此就结束了。在爱德华追杀玛戈的这段剧情里，爱德华不是在惩罚背叛他的情人，他是在惩罚他自己；包括前面他愤怒地带着玛戈离开赫尔弗的情节也是一样的。爱德华也变成了一个罪犯，他随意地逆向驾驶汽车，还在失明的情况下想要杀死玛戈。爱德华的消极情绪让他做出了惩罚玛戈的行为，但是最后伤害的只有他自己。

在这部电影中，导演理查森自始至终保持着一种观众不舒服的黑色基调——故事情节包含着很多搞笑的内容，但是同时这些内容又是彻头彻尾的残酷行为，导演除了想让角色自始至终保持情绪的不舒适之外，还想让观众也保持这样的不适，以便能够将观众代入电影中。与纳博科夫的原作相比，编剧编写的剧本改动了几个重要的情节设定，这也让角色情绪转变的合理性变得有些牵强。小说里描写的是一个中年男子和一个 17 岁女孩之间产生了恋爱关系，玛戈做出来的一切行为仅仅是因为玛戈的原生家庭对她而言实在难以生存下去，这是一个未成年的小姑娘不成熟的心思和行为；在电影中，他们之间只相差 4 岁，这使得玛戈的行为更像是一个第三者插入了别人的婚姻，而且无情地策划了谋杀案并窃取对方的财产。电影对主角爱德华的大肆改动让电影失去了原作的韵味。电影里这个卑躬屈膝、蒙昧无知的爱德华爵士是因为自己的愚蠢走进了玛戈和赫尔弗的陷阱里，而小说里的欧比纳斯是因为命运的安排而最终走向死亡的，这两个情节的安排完全不一样，也就让电影角色丧失了原小说中的魅力。

除了上面角色的差别，电影对小说的剧情设定也做了很多的改动。在小说里，欧比纳斯的消极反应是在最后建立起来的，他之前一直以为他自己是被爱的情绪包围着，所以也就显得这个角色更加的单纯。比如当欧比纳斯第一次遇到玛戈，就产生了不一样的情绪，欧比纳斯还特意解释，这种感觉和自己在青少年时期与一位中年女人谈恋爱的感受一样。而玛戈只是作为一个迎宾者，在电影院昏暗的角落里给前来观影的人们做着引导。那个时候播放的电影似乎已经预示了欧比纳斯最终的悲惨结局：欧比纳斯是在电影快结束的时候进去的，里面正好放着一个蒙面大汉枪杀一个姑娘的情节。但是欧比纳斯没有注意到这一情节，他对他无法理解的东西没有任何兴趣，更不知道这件事是在暗示他未来的命运。这段故事的暗示也是纳博科夫最喜欢的情节——命运的荒谬无情让读者们无法预知往后到底会发生什么，最后故事的结局总是能够让读者感到震惊。让角色从一开始的积极反应转变为消极反应，最后转变为病态的情绪，情绪让个体崩溃，最终做出了不应该做的事情，害死了自己。这种玩弄角色的命运于股掌之间的方式成了纳博科夫的标志，纳博科夫后来在《洛丽塔》和《微暗的火》

中对于这方面技术的运用可以说是更加成熟,《爱达或爱欲》作为纳博科夫晚年为数不多的作品，更是展现着纳博科夫这种独有的标志。

根据纳博科夫小说改编的电影常常和小说原著的内容大不相同，比如：电影中小说的开场被改变了；好人与坏人相遇的具体位置被改变了；电影还重新设计了欧比纳斯发现恶棍雷克斯（电影里是赫尔弗）和女主角玛戈恶意折磨他的手段，这也就导致了角色的消极反应建立的方式变得不同。纳博科夫的很多作品情节是根据他的流亡生活获取灵感的，由灵感诞生出来的完整作品在出版之后，纳博科夫对这些作品还是会经常进行“改造”和“改进”，每一次改进的细节的不同，都会导致故事的结局走向的不同。纳博科夫对故事的结构有着极强的掌控感，而《黑暗中的笑声》的修订版本揭示了他在20世纪30年代对小说形式、对人物个性的节奏掌控在不断地变强。小说的节奏越精致，越能反衬出电影中角色的情绪联系较为缓慢和松弛。电影开头呈现的是爱德华一家其乐融融，妻子伊丽莎白告诉丈夫她的弟弟保罗要来，还介绍了他的女儿艾米莉亚和舅舅保罗的关系。比起艾米莉亚无所事事的母亲和操心着自己生意的父亲，其实舅舅保罗给艾米莉亚的关爱是更多的，他更愿意陪艾米莉亚一起玩耍，正是因为有前面这一段关系的铺垫，后面艾米莉亚才更愿意随着舅舅保罗一起离开父亲的家。之后电影的镜头转场来到了电影院，爱德华对玛戈一见钟情的部分叙述得比较潦草，但是小说却完全不同：小说里，欧比纳斯最关注的是他的工作，希望有人能够资助他的艺术工作；他太忙了，完全顾不上自己的家庭，但是又希望妻子伊丽莎白继续爱他。纳博科夫将这段内容扩展为一个非常长的段落，再加上他像写电影剧本一般的创作手法，这段看上去不像是在看文字，而是在看电影。他把雷克斯引进了故事的开头，从一开始雷克斯就是怀着不良目的接近欧比纳斯的，他的消极反应一直都在，但是他非常会伪装。他作为一位著名的纽约讽刺漫画家走进欧比纳斯的朋友圈，告诉欧比纳斯他对欧比纳斯的项目很感兴趣，也能够拍摄欧比纳斯梦寐以求的动画电影。但是当主要剧情开始后，欧比纳斯再也没有提到他这个项目要怎么做了，而是开始为玛戈神魂颠倒，工作什么的完全抛到脑后。直到后来，读者才知道雷克斯和玛戈曾经有过几年的感情——这一次是欧比纳斯牵线搭桥，他们继续装作互不认识，但是实际上已经私下复合并准备骗走欧比纳斯的财产。玛戈虽然爱钱，但是她可能一开始并不想去陷害欧比纳斯，但是雷克斯的消极反应影响到了她，玛戈对于金钱确实过于渴望，以至于她选择和雷克斯同流合污。

纳博科夫曾经因为翻译的缘故重写过《黑暗中的笑声》的细节，当时纳博科夫在小说里编织了一个独特的情景，导致这部小说产生了独特而又另类的结局。之前我们提到过行为主义视域下的个体的情绪会因为某件事物而被唤起，固有的情绪会产生一定的变动，而欧比纳斯正是通过这个情景设置了解到雷克斯和玛戈对他的背叛，他的情绪也在这个时候发生了变化。在这里纳博科夫突然引入了一位作家，在小说前面从未出现的某个朋友，他向欧比纳斯读了一篇短篇小说，小说讲述一个关于牙痛的男人在他被牙痛折磨期间，无意中听到一对恋人讨论他们对一个毫无戒心的男人的背叛。通过故事中的内部线索的暗示，欧比纳斯开始逐渐意识到这个小说中的恋人正是雷克斯和玛戈，此时他的情绪也开始被雷克斯和玛戈的消极反应影响，他开始折磨玛戈，并让玛戈离开雷克斯。关于这段故事，纳博科夫居然写了长达十几页的内容。这种情节的设置会让读者感觉故事更加有趣，主角情绪的发展阶梯式地一步一步前进。为了不让庸俗的捉奸故事显得无聊，纳博科夫尝试着使用各种语言和词汇来为这段故事情节铺平道路，既让读者们觉得有趣，又让主角们的情绪发展显得合理。正是因为欧比纳斯对玛戈太过于迷恋，他前期对玛戈有多好，后面对待玛戈就有多粗暴，纳博科夫将他们的互动写得如同电影剧本一般，就是希望这部小说能够尽快搬上大银幕，他甚至在创作的过程中发现了比爱更加深层次的情绪，那就是迷恋，小说中，他对于迷恋情绪的描述更加夸张。

《黑暗中的笑声》这部小说的创作灵感是受电影的启发，而且在构思上也是和电影方面的内容有融合的，纳博科夫希望让读者“看见”在他脑海中的影像，就像是电影一样，可以让读者直观感受角色情绪展现出来的力量。纳博科夫在写小说的时候电影的场景就在他的脑子里打转，但是他写出来的很多小说内容很难在搬上大银幕之后呈现得更好。比如说，在小说里，欧比纳斯经常在电影院里面消耗时间，虽然有时候这部电影他已经看过了或者都到电影快结束的时候他才进去，但丝毫没减少他对于电影的兴趣。去电影院看电影的时候，欧比纳斯在电影院的墙上看到一张宣传海报，上面描绘了一个男人在窗前仰望，视线定格在一个穿着睡衣的孩子身上。这段描述其实就是在呈现一幅摄影作品的构图，里面包含着对孩子的双重身份的暗示，也证明了纳博科夫具有敏锐的镜头感。被定格在海报里的孩子后来又出现了，是欧比纳斯的亲生女儿在窗边探着头，女儿自从父母分开之后一直希望父亲能够回来看自己一眼，但是欧比纳斯那个时候太过于迷恋玛戈而忽略了自己的女儿，这样前后互文的手法实际上是在暗示欧比纳斯自己后来因为背叛而自讨苦吃的命运。而在电影中，这个镜头并不能很好地呈现出来，导演急需在电影院这个场景里展现爱德华对玛戈的一见钟情，就删掉了暗示女儿艾米莉亚身份的场景。导演将艾米莉亚互动的戏份分给了舅舅保罗，而不是父亲爱德华。玛戈嫉妒艾米莉亚甚至多过伊丽莎白，因为对于玛戈来说，她天生就在贫民窟里长大，而艾米莉亚却在不愁吃喝的公寓里幸福地长大。嫉妒的情绪催生了玛戈对金钱的欲望愈发膨胀，也让赫尔弗获得了掌控玛戈的机会，最终导致了所有人的悲剧。

三、电影《卢仁的防守》中天才人格、习惯和情绪的塑造

2000年由约翰·特托罗（John Turturro）主演的《卢仁的防守》是根据纳博科夫作品《防守》改编的电影。导演是马琳·戈里斯（Marleen Gorris），编剧是彼得·贝里（Peter Berry）。为了把小说中一个国际象棋天才的故事完美展现给世人，导演马琳·戈里斯做了很多令人意想不到的尝试。不过最难解决的问题还是关于人物大量的心理描写要怎么展现在电影中，以及电影如何将一个心理被层层叠叠包裹起来的人物塑造得有趣和富有同情心，让观众能够和角色共情。这就既要让这个角色在国际象棋这样一个反复无常的游戏中徘徊，又要让一个年轻女子爱上这样一个独善其身、坦率，但又看上去并不讨人喜欢的男主角，这样的情况在电影中出现并不比在书中出现更加可信，很多读者认为这种剧情不应该出现——让一个活泼的姑娘爱上一个闷不作声的男人，这种事情几乎不可能发生，但纳博科夫就是写出来了。

《防守》这部小说对于天才的描写独到且引人入胜。电影中特托罗对于天才卢仁的塑造也非常有趣。电影围绕着一位精神上受折磨的国际象棋大师卢仁和他在意大利参加世界级比赛时所遇到的年轻女子的故事而展开。故事发生在20世纪20年代初，卢仁，一个有天赋但备受精神折磨的棋手在比赛之前遇到了一个女子娜塔莉亚，他几乎立刻就爱上了她。娜塔莉亚也为卢仁的忧郁、聪慧和神秘感而倾倒。尽管娜塔莉亚的母亲不同意，他们还是开始了交往。卢仁其实很害怕娜塔莉亚的母亲，因为卢仁的原生家

庭环境很差，他养成了不好的习惯：卢仁从小遭受父母遗弃，国际象棋最终成为他心灵的避难所，他通过下棋来补足心灵上的空缺；长大后，卢仁成为一位国际象棋大师，但是他依然没有办法很好地和人沟通。卢仁的前教练瓦朗蒂诺夫原指望从卢仁身上赚钱，由于意图未实现，瓦朗蒂诺夫报复了卢仁并出卖了他：瓦朗蒂诺夫找到卢仁的对手图拉蒂并告诉他，卢仁很难承受压力，只要在棋桌上让卢仁不舒服，就有机会战胜卢仁。这个弱点是因为卢仁前期病态人格和习惯所导致的，之前提到过人格是习惯的派生产物，人到中年的卢仁在没有任何健康引导的前提下，如果遭遇到了较大的外界压力，他是没有办法摆脱的，因为这是影响了他一辈子的习惯。比赛开始阶段，卢仁非常不适应，他以前的教练和朋友都在现场观战让他感觉非常不舒服。在最初几轮比赛中，他痛苦万分，一直想办法要摆脱紧张的情绪。直到他与娜塔莉亚的关系不断取得进展，两人之间越来越亲密，他才逐渐摆脱困境，棋也下得越来越好。这时娜塔莉亚向父母宣布她要同卢仁结婚，卢仁也被娜塔莉亚的行为所打动，打进了决赛，同图拉蒂争夺冠军。在决赛中，卢仁与图拉蒂在棋盘上鏖战，被称为“卢仁的防守”的一局棋开始了。当棋局进行到关键时刻，图拉蒂走了一步看上去在局面上占有优势的棋，但事实上图拉蒂和卢仁均面临着比赛时间可能不够的局面，两人下起了快棋。在影片中，当卢仁计算时，棋盘上闪烁着各种变化，看上去他似乎在寻找一步棋，但实际上他已经超脱了棋盘，在寻找着人生的答案。所有人都认为，在这个局面中，卢仁毫无希望，必输无疑。最终，时限已到，双方封棋，两人需要择日再战。从比赛场地出来的卢仁被瓦朗蒂诺夫的同伙绑架，并且被扔到了荒郊野外。因为瓦朗蒂诺夫知道，卢仁小时候曾被父母遗弃，心理上留下了阴影，他试图以这种方式打击卢仁。卢仁孤独无援，精神彻底崩溃了。后来他被一群黑衣人发现，送到了医院。

医生告诉卢仁的女友娜塔莉亚，如果他继续下国际象棋，他将精力衰竭而死，因为象棋就是他的一切，他会为了这局棋献出人生的一切。

瓦朗蒂诺夫一计不成，又生一计，他把棋盘带到正在康复中的卢仁面前，要求他继续同图拉蒂完成这场决赛。卢仁离开医院后，同娜塔莉亚商定尽早举行婚礼。在举行婚礼的那天早上，瓦朗蒂诺夫又把卢仁带上了车，告诉他如果要结婚还要解决一件事，那就是与图拉蒂结束比赛。在恐慌中，卢仁连滚带爬地逃离了那辆车。离开车后，卢仁害怕极了，他昏昏沉沉，跌跌撞撞地回到酒店。此时的卢仁精神错乱，他仿佛回到了多年之前，试图挖出他以前埋在地里的国际象棋棋子，甚至胡言乱语地说要寻找国王的棋子，认为自己需要整个军队。但卢仁没有在酒店找到想要的棋子，所有的一切不过是他的幻想，卢仁穿着皱皱巴巴的结婚礼服，呆呆地坐在自己的屋子里，娜塔莉亚和酒店服务员则在外面想办法打开酒店的房门。就在门被打开之前，这位国际象棋大师从他卧室的窗户跳了下去，死在了大街上。此时，瓦朗蒂诺夫正好驱车赶到，见证了这一幕。

行为主义心理学家称瓦朗蒂诺夫这种人为心理学骗子，这种人自以为可以找到人格的弱点，他想要打垮卢仁，就必须要装作为卢仁好的意图，帮他把棋盘带进他的病房里，但实际上是给卢仁制造恐惧的情绪，最终导致了卢仁的自杀。很多人以为卢仁是扛不住和图拉蒂决赛的压力而选择了自杀，实际上是因为瓦朗蒂诺夫刺激了卢仁，他所做的一切导致卢仁产生了幻觉，并从酒店的窗户上跳了下去。

未婚妻娜塔莉亚在收拾卢仁遗物时发现了卢仁的笔记，上面记录了他接下来应对图拉蒂的每一步棋。娜塔莉亚随即同国际象棋组委会取得联系，要求完成已故丈夫的遗愿，以卢仁的名义与图拉蒂一起下完这一决定冠亚军归属的对局。比赛组委会和图拉蒂均同意了这一请求。娜塔莉亚虽然和卢仁相识不久，但是她要比卢仁的父母以及朋友还要了解卢仁，她知道卢仁自杀的原因，也理解未婚夫的情绪如此激动的原因，所以要帮助卢仁重获他的名誉和尊严。最终娜塔莉亚以庄重、自信的姿态走进比赛大厅，并赢得了比赛；而图拉蒂不得不承认，他走的每一步棋都在卢仁的预料之中，他输掉了比赛，卢仁确实是一位国际象棋天才，卢仁找到了自己的防守。

小说《防守》是纳博科夫根据德国国际象棋大师库尔特·冯·巴德莱本（Kurt von Bardeleben）的生平创作的。这位国际象棋大师同样在1924年从窗户跳下自杀了。不过这部电影作品《卢仁的防守》没有依照原著拍摄。《卢仁的防守》中卢仁疯了之前的剧情和小说内容是保持一致的，之后的剧情是编剧创造的，和小说没有什么关系。这部电影在科莫湖和布达佩斯拍摄，在这样的环境的衬托下，毫无疑问被拍成了一部浪漫题材的电影；而小说的故事背景位于柏林和意大利，营造的气氛更加阴暗。在小说中，卢仁是一个胖子，娜塔莉亚也不是一个为人所惊艳的女人，所有人的命运都是固定不变的，也就显得卢仁的人生更加的悲惨；而电影中饰演卢仁的演员特托罗很瘦弱，饰演娜塔莉亚的演员艾米莉·沃森则非常漂亮。此外，小说最后的结局显得非常的绝望，没有人理解卢仁的内心；而电影则给观众带来了一定的希望，更乐观些。电影之所以没办法还原小说的很多细节是因为小说里的结局更加偏向于心理描写，尤其是关于卢仁的描写，导演很难把控小说和电影之间的分寸，既要还原纳博科夫原著的内容，体现其中的精髓，还要让观众看懂导演想要表达什么。从卢仁的角度来叙述，这部作品就完全变成了一部抽象的心理类电影，因为他的精神崩溃之后，他到处都能看到国际象棋比赛中的对手，这是他的习惯系统的展现。卢仁是一个天才，电影同时要展现他的天才和人格魅力，从这方面可以看出纳博科夫的作品改编难度之大。

当电影制片人第一次接触纳博科夫的作品时，导演马琳·戈里斯和编剧彼得都表示没有读过纳博科夫的成名作《洛丽塔》。制片人之所以没有选择《洛丽塔》而是选择《防守》这部小说，是因为小说中两个主人公的情绪张力让故事富有内涵。男女主人公是来自两个不同世界的人，家庭也不一样，娜塔莉亚的情绪更加积极，卢仁的情绪更加消极，但是他们因为某些原因相爱了。制片人认为纳博科夫写了一本精彩绝伦的书，故事内容一开始可能有点儿黑色幽默，但是结局非常悲惨。虽然观众可能不喜欢这类剧情，但是值得去拍出来。在拍摄《卢仁的防守》的时候，导演马琳·戈里斯认为主角是国际象棋选手这个身份是次要的，没有必要特意展示，但是忠于小说的编剧和制片人仍然非常注重还原国际象棋场景，他们设计了一场又一场国际象棋的棋谱，让场面尽可能真实。纳博科夫是一名狂热的国际象棋选手，他喜欢象棋类的谜题，所以为了表示尊重，剧组特意邀请了英国国际象棋大师乔恩·斯佩尔曼（Jone Spelmann）帮助饰演卢仁的特托罗学会下棋，帮助他把握一个天才的人格和情绪。

特托罗曾经不止一次在采访中表示他非常喜欢《防守》这部小说，他总是在空余时间一遍一遍地去看它，然后一遍又一遍地去称赞它。为了能够演好卢仁这个角色，他开始一遍遍地模仿、揣摩这个角色的行动方式和思考方式，例如小说中描写的卢仁的恐惧和担惊受怕的心理：

> 他每天清晨和女家教一起散步——总是沿着同样的几条街，沿着涅瓦大街，然后取道河堤回家。这样的散步今后再也没有了，快乐的散步。有时候她建议先从河堤上开始，但他总是不同意——不是因为他喜欢从小习惯了的散步路线，而是因为他怕死了彼得·保罗要塞上的那尊大炮，害怕雷鸣般的打炮声。打炮时引起的巨大震

动震得家里的窗玻璃哗哗响，能震破人的耳鼓——所以他总是设法（通过觉察不到的步速调整）在中午十二点打炮时到达涅瓦大街，尽可能远离大炮。[①]

特托罗认为这样的行为细节被纳博科夫写得非常迷人。

纳博科夫很擅长写“痴迷”这样的情绪，这在他的很多作品里都有表现，但是存在的原因各不相同。对有些人来说，它可能是一种强迫症；但对天才来说，它可能是一种生存途径——只有逼疯自己才能真正成就今天的自我。很多天才孩子缺乏正常的人格和情绪的培养，有的甚至生活无法自理，不能正常地与人交流，他们只有在自己擅长和着迷的领域才会获得安全感，对于卢仁而言就是象棋。

痴迷这种情绪其实是没有好坏之分的，但是过于沉溺于某些事物会使一个人、一个天才走向另一个极端。卢仁一开始下了很大的决心来到意大利参加国际象棋的比赛，想要通过比赛来证明自己。卢仁是一个游戏大师，他的头脑很发达，但他很脆弱，因为国际象棋对他来说早已不再是一个游戏，这是他痴迷一生的爱好，他绝对不能输在自己的爱好上。卢仁是一个有着阿喀琉斯之踵的天才，这个缺陷也只有一个人知道，那就是卢仁以前的导师瓦朗蒂诺夫。瓦朗蒂诺夫意识到卢仁的这个缺陷可以在这次比赛中为自己所利用，便开始想办法扰乱卢仁的头脑。这就让卢仁不仅要在比赛中面对一个强大的对手图拉蒂，还要去对付瓦朗蒂诺夫。

为了更好地讲述卢仁的故事，马琳·戈里斯以倒叙方式来逐渐揭示卢仁的童年生活，这让观众们了解到卢仁为什么对国际象棋那么的痴迷，并

① ［美］弗拉基米尔·纳博科夫:《防守》，逢珍译，上海译文出版社 2009 年版，第 6 页。

能够更充分地了解卢仁是谁，他是如何走到人生的这一步的，以及他的人格是怎样被塑造出来的。马琳·戈里斯用适当的黑暗气氛和一种微妙的不祥之感来展现卢仁的童年场景，这也是这部电影的精妙之处——纳博科夫的小说故事里多多少少都弥漫着这样一种氛围，几乎每一个改编纳博科夫作品的导演都能够精准地捕捉到这样一种氛围，马琳·戈里斯也不例外。这种不祥之感一直延续到卢仁成年并结婚。马琳·戈里斯把过去和现在交织在一起，过渡之处处理得非常好，加上马琳·戈里斯设定的节奏，使故事变得引人入胜，但又不急于表现。她还淡化了瓦朗蒂诺夫的存在所产生的威胁，专注于戏剧性而不是悬念，这最终有助于增强影片的整体性，使卢仁的悲剧更加令人可信，也能给观众造成不安的感觉，增加观众和电影角色的共情部分。

除此以外，使这部影片如此令人难忘的另一个因素是特托罗富有影响力的表演。为了增加这部影片剧情的可信度，特托罗需要在没有实物的情况下演出一个天才的癫狂时刻。特托罗扮演的卢仁是无可挑剔的，他在情绪上的精湛表演成了这部电影的点睛之笔。他抓住了卢仁作为一个天才的特点，以及他的不足之处，并以特别有说服力和非常真实的方式展现了这个角色的特质。另外还要说的一个人是扮演娜塔莉亚的艾米莉·沃森，她的表现也很出色。她的表演相当矜持，没有抢占卢仁作为主角的镜头，但是又能够让自己的戏份被观众看见。这是一个特殊的女主角，她必须主动一些才能与卢仁确定恋爱的关系。艾米莉·沃森设法以一种内敛但是能够让内向的卢仁接受的方式来靠近他。她的表演使她与卢仁的关系能转变成未婚夫妻更加可信。卢仁的精神是不稳定的，娜塔莉亚的父母也很反对他们的交往，但是艾米莉·沃森的演出使故事变得完全合理起来。因为卢仁性格比较内向，所以娜塔莉亚用眼睛对视来进行彼此交流，从而弱化了卢仁紧张的情绪，也让卢仁病态的人格产生了好转。

另外，电影暗示了卢仁这个角色其实是具有更深层次的意义的，这种更深层次的意义来自卢仁的人格和情绪的转变——娜塔莉亚为卢仁所带来的改变。娜塔莉亚和卢仁是来自两个不同世界的人，娜塔莉亚能够看到卢仁天才的一面，天才最终在舞台上绽放，娜塔莉亚非常欣赏；卢仁则是走到了他人生的一个重要阶段，他可能即将结婚生子，他很害怕，但是他愿意冒着风险去和自己的未婚妻沟通。《卢仁的防守》最终以一种忧郁、黑暗的氛围呈现在观众面前，这其实是很冒险的做法，因为观众可能不买账。但是无论怎样，纳博科夫确实创作了一本精彩的小说，虽然整体的表达很阴郁，最终的结局可能也显得很绝望，但是这部作品塑造的人物和剧情足够优秀，优秀到导演和制作人愿意为之去冒险。

结 语

一、纳博科夫作品中关于情绪的塑造

从纳博科夫一生的创作来看,《洛丽塔》可谓是纳博科夫的巅峰之作:亨伯特的痴迷情绪、洛丽塔对爱的情绪的缺失、奎尔第的病态情绪和夏洛特的嫉妒情绪在作品中展现得淋漓尽致。从《洛丽塔》这部小说创作的时间线往前推移,纳博科夫在之前创作的所有小说都是在为《洛丽塔》作铺垫。这是一种情绪反应的递归,在一个事件发生之后会对后续的事件产生一种影响,这个所谓的"事件"正是纳博科夫在前期小说里对角色情绪的描写。比如《王,后,杰克》里弗兰兹沉溺于迷恋的情绪不可自拔,玛莎沉浸在憎恨的情绪里不可自拔;《黑暗中的笑声》里欧比纳斯对玛戈的迷恋,还有雷克斯的病态情绪对玛戈的影响;《魔法师》里"魔法师"对少女病态的迷恋;《塞巴斯蒂安·奈特的真实生活》里V对于塞巴斯蒂安生活病态的追逐以及塞巴斯蒂安的情绪问题。最终这些内容在《洛丽塔》里以一种集大成的形式呈现出来,但是它又不是纯粹的堆砌,亨伯特从童年到成年的情绪问题和对洛丽塔的迷恋情绪是分层次展现出来的,这种层次将小说中的一段段剧情串联成了一个有意义的整体，向读者们提供了一个连贯的阅读体验。

除了上述提到的情绪反应的递归，纳博科夫的作品还有一个特点，那就是对刻板情绪的习惯性模仿。这是纳博科夫的风格和构建故事结构的策略。这些风格和结构内容成了第一代研究纳博科夫的学者最关注的研究对象。纳博科夫的第一部小说《玛丽》一开始涉及的痴迷情绪不是关于爱情，而是一种思乡情绪。第二部小说《王，后，杰克》从思乡情绪转移到了非习得性情绪反应上，但是还是基础的情绪模仿。主角弗兰兹从家乡来到城市里寻找新的人生，但依然沉浸在旧情绪中。纳博科夫在小说中塑造了一种情绪氛围，在这种氛围里，他通过角色之口来嘲弄其他的角色，他将自己的情绪也带入了角色中。纳博科夫把这种刻板情绪的表达发挥到了极致的作品就是《洛丽塔》，虽然亨伯特非常讨厌夏洛特，但是亨伯特对洛丽塔的过分痴迷让他接受了夏洛特。纳博科夫在亨伯特这一个人身上，展现了痴迷情绪和厌恶情绪的矛盾交叉点：

> 我的头一个念头是厌恶和退避。我的第二个念头则像一位朋友镇定的手放到我的肩头，吩咐我不要性急。我照着做了。我从迷乱中清醒过来，发觉自己仍旧在洛的房间里。从一本华而不实的杂志上扯下的一整页广告钉在床头的墙上，正好在一个低吟歌手的嘴和一个电影女演员的眼睫毛之间……在这张图片下面，就是洛的纯洁的床，床上乱扔着一些“连环漫画”册。床架上的瓷漆已经剥落，在白架子上留下一些多少成圆形的黑色斑点。等我确信路易丝已经

走了以后，我就在洛的床上躺下，把那封信又看了一遍。[①]

这样的情绪塑造在纳博科夫的自传《说吧，记忆》里也非常频繁。这部自传作品不仅仅写了他一个人的生活，还有他的亲人和朋友，纳博科夫将对他们的感情描写得巨细靡遗。据纳博科夫自述，这样的做法是为了能够在阅读的时候再次唤起他自己的记忆，从而来展现纳博科夫自己的情绪状态。这是纳博科夫的特色，他从不平铺直叙地来写自己的自传，他通过旁人的眼光来展现自己。自传的意义本身就是书写真实的情况，纳博科夫却希望通过《说吧，记忆》书写出不同的命运，让故事的结尾带着悲剧性的不和谐，让读者感受到他严肃的情绪。在纳博科夫的回忆里，他的父亲是无法理解自己的孩童心的：他的父亲穿着端庄的燕尾服，坐在办公室里面，永远不插手养育孩子的事情，也不会照顾孩子们的情绪。纳博科夫认为他的父亲是无法理解他们这一代人的，尤其是男人养育孩子和对待孩子的态度：孩子吃多了，他们紧张；孩子不吃饭，他们也焦虑。虽然这种养育孩子的焦虑很折磨人，但是纳博科夫爱着自己的儿子，所以也就不感到痛苦了，而这是纳博科夫父亲那一辈人无法理解的做法，也无法体会他们的真实感受。纳博科夫将这种情绪的领悟带入了他的每一部小说里，力图让每一个读者都能感受到他塑造出来的情绪变化。

二、纳博科夫个人人格的塑造

纳博科夫的小说虽然记录着他自己的很多回忆，但是同时他希望能

① ［美］弗拉基米尔·纳博科夫：《洛丽塔》，主万译，上海译文出版社 2005 年版，第 107 页。

够给自己的文学创作留下更多的空间，展现一些更为独到的内容。人格和习惯的形成源自纳博科夫幼年和青年时期家庭对他的培养，其人格和习惯始终影响着他的文学创作。比如，纳博科夫在年轻的时候因为流离失所，没有办法回到他的故乡俄罗斯，他在德国和英国都没有办法融入当地的生活，因此，纳博科夫当时更倾向于边缘人物的创作；而他的《爱达或爱欲》一书证明，就算是到了晚年，纳博科夫的创作仍然是偏向于边缘人物的。因此，不管是情感也好，故事背景也罢，似乎都很难找得到和纳博科夫类似的作家，也许这就是纳博科夫在作家群体中独树一帜的原因。

纳博科夫除了在语言方面别有建树之外，还在欧美文化和昆虫学方面有独到的见解，他将自己定位为作家和科学家。上文提到过，纳博科夫在鳞翅目上面颇有研究。在 1966 年接受记者的采访时，纳博科夫甚至把在鳞翅目研究领域获得的欣喜程度排在获得文学创作灵感的欣喜程度之上。除此以外，纳博科夫还用他的小说中的人物命名了一些新的蝴蝶品种，这个命名也获得了昆虫学方面的专家的认可，纳博科夫将这种认可视为对他的褒奖。也正是因为科学对他的影响，让他显得和文学业界其他的人完全不同，科学为纳博科夫带来了更加丰富的想象力。

行为主义心理学认为，可以从一个人的人格看出其适合做什么，不适合做什么，这个理论也适用于纳博科夫的小说。纳博科夫有着自己的完整的逻辑，他喜欢将这个逻辑运用在他的文学创作之中，这让他的文字表达显得更加特立独行。虽然他的小说中的故事发展有很强的逻辑性，但是也不缺乏感性。有评论家把纳博科夫说成是“理论家”，从他的一些写作方式和方法上看，也能理解这种看法。纳博科夫创作出来的独有的表达方式，有的读者非常喜欢，而有的读者却不能接受。无论遭遇如何，纳博科夫始终都是一个我行我素的人，他只做自己想做的事情。也正是这种习惯的养成让纳博科夫的人格显得更加复杂。他的每一个兴趣爱好都是构成他人格横截面的一个部分，这些部分构成了纳博科夫的研究和创作。直到现在为止，也没有哪一个作家真正复刻了纳博科夫的风格，这也是他的作品一直风靡至今的原因。

虽然纳博科夫面对他的作品和他的兴趣爱好显得狂放而又自由，但是他本人其实是一位颇为羞涩的人。不熟悉纳博科夫的人在接触他之前无法想象他居然是一个如此内向的人。行为主义心理学擅长将人格进行还原，还原后可以从性格方面来看待个体，并能够对其人格做出判断。纳博科夫的性格内向来自他的家庭教育和他的经历，但是不代表他不能更好地表达自己。纳博科夫曾经当着很多人的面承认他自己其实是一个大胆的自我反思主义者，这种承认足以证明他也具有开放型的性格，他善于反思且乐于和人进行辩论。纳博科夫的一生都在一边和人辩论，一边找寻乐趣。他曾经滞留于多个国家，对很多国家的文化都有研究。纳博科夫小说的文化底蕴包含了19世纪的经典文化和白银时代的流行文化，他的作品中通常都具有游戏性、神秘化、典故的丰富性、戏仿、反讽等显著特征。另外，纳博科夫固执地认为自己是超现实主义继承人，尽管超现实主义的形式与俄罗斯和欧洲古典文学传统是矛盾的，但是超现实主义文学强调的“自动性书写”这一主张依然在他身上体现得淋漓尽致。这主要是因为：一方面，纳博科夫的作品中有丰富的叙事性，他脑海中源源不断的历史典故及各种棋盘谜题经常出现在小说里，让读者们可以把他的作品中的内容和文学历史典故联系在一起；另一方面，他涉及的题材和体裁非常丰富，诸如传记、历史、哲学、科学等，种类不一而足。纳博科夫认为正是因为这种不受自我控制的书写，让他创作出了这么多的作品，这些内容全部来自他个人人格的形成。纳博科夫自己也曾提到，小说作品和科学作品之间的界线并不像人们普遍认为的那样清晰。他自己就是一个例子，他的人格是文学和科学的结合体，文学和科学的创作是可以缝合到一起的。曾有采访者问纳博科夫，他的鳞翅目研究与写作之间是否有联系，纳博科夫坚定地认为这两者密不可分。纳博科夫还认为，优美的诗歌和准确无误的科学是可以融合在一起的。正是因为对科学和文学独到的看法和见解，纳博科夫独具魅力的人格受到了很多读者的欢迎和喜爱。

在《说吧，记忆》中，纳博科夫就曾对达尔文主义和功利主义提出过反对的意见。纳博科夫认为，不同类型的文本创作是经过时间的积淀最后产生出来的，远远不是基于前作的纯粹复制，就像是他对人物的情绪塑造，绝不是对前作拙劣的模仿。纳博科夫曾经仔细地分析过自己的人格，他将自己的身体与人格进行分离，用不同的方式来感受视觉与听觉的差异，最终构想出来的内容就是他的作品。对纳博科夫来说，他本身并不排斥对前作的模仿，因为模仿也是一种创作模式，但是这种模仿不是彻底的模仿，他是反对完全模仿的。纳博科夫总是想尽一切办法去创作一个和前作不一样的作品，正是因为源源不断的想象和创新，才让他在晚年时期创作出《爱达或爱欲》这样的作品。

所以说，纳博科夫的作品就是他的人格的展现。比如在《绝望》中，主角赫尔曼看上去像一个人格分裂者，他蓄意谋划了一桩杀人事件：他故意接触一个和自己模样酷似的流浪汉菲利克斯，把他杀害并装扮成自己，互换身份后逃亡，同时为他的妻子骗取一份人身保险赔偿。但是问题在于，这个死者真的和他长得相像吗，抑或只是他一厢情愿的幻觉？最后因为赫尔曼的疏忽，死者刻有名字的手杖留在了赫尔曼杀人后抛弃的车上，假冒菲利克斯的赫尔曼则变成了一个犯罪嫌疑人，这一漏洞让他陷入了“绝望”之中。这部小说塑造了一个有双重身份的人，纳博科夫喜欢双重身份，他经常在创作作品的过程当中和自己进行辩驳，然后他又将这一经历编纂进自己的小说里。在《微暗的火》的前言里，纳博科夫以编者金波特的视角写了个假的前言，这个假的前言还交代了编者金波特对于外界的评价非常介意的内容，这也是纳博科夫对自我的展现，他不太好意思向编辑和读者直说的话就通过角色说出来。纳博科夫在作品里写过很多次双重身份的角色，但是每一次创作角色的角度都不一样，有的角色是他的人格的代表，有的角色是他的性格的体现，有的角色则源于他的人生经历。

纳博科夫虽然很讨厌把作者自己完全带入角色的写法，但是对于将部分作者的个性带入角色这个做法，他持保留态度。纳博科夫曾将他童年时期对于声音、色彩和电影的一些感受融入《塞巴斯蒂安·奈特的真实生活》中：

> 我尽力把童年时代所见到的我哥哥的情况整理成一幅连贯的画面，比如说一九一〇年（那年我刚记事）到一九一九年（那年他去了英格兰）之间的情况。可是这个任务却无法完成。塞巴斯蒂安的形象不是作为我孩童时代的一部分出现的，因此无从选择也无法发展；他的形象也不是作为一系列熟悉的幻象出现的，而是作为几个明亮的片段进入我脑海的，仿佛他不是我们家的固定成员，而是一个偶然的来访者，穿过亮着灯的房间，然后有很长一段时间隐没在黑夜之中。我做出这样的解释，与其说是基于我年幼时没兴趣与一个做玩伴不够小、做导师不够大的人刻意发展关系的事实，不如说是基于塞巴斯蒂安惯常的冷漠态度，他从来不承认我对他的亲情，

也从来不培育这种亲情，尽管我非常爱他。[①]

V 和塞巴斯蒂安这两个角色都有纳博科夫人格的投射：塞巴斯蒂安代表着纳博科夫理性的一面，对待自己的工作和事业挺上心，也希望能够做得更加完美；而 V 则是感性的一面，在追求自己的兴趣方面，他毫不掩饰自己的好奇心，为了达到目标可以奋不顾身，但是同时又非常害怕社交，这一点几乎完完全全照搬纳博科夫本人——尤其是在采访的过程当中，纳博科夫喜欢采访者将问题提前告知他，这样他就有准备的时间；如果采访者问到了他讨厌的问题，那么这个采访者只能获得纳博科夫消极的回应。

在纳博科夫的每个年龄段，他都会培养一个爱好或者兴趣，既可以打发时间，也可以为他提供新的创作灵感。这些爱好和兴趣给他的人生留下了很多的印记：他和电影导演合作过，写过剧本；为了他的昆虫学事业贡献出了很多有价值的研究；他喜欢国际象棋，也留下了不少耐人寻味的象棋谜题。这一切构成了一个完整的纳博科夫，他利用自己的一小部分人格和经历来塑造不同的角色。纳博科夫觉得他创作出来的作品就像是一面双棱镜，一面映照着他，另一面映照着现实。纳博科夫塑造的现实会让读者有一种不协调感，其内容不是完完整整地按照现实生活创造出来的，这些不完整同样是纳博科夫人格的体现。在他的青年时期，人格的变化速度非常快，纳博科夫将它们随意揉捏成自己喜欢的形状；在他 30 岁以后，他的人格的变化非常慢，习惯模式变得固定，因此，他晚年时期还能创作出优秀的作品来。

---

① ［美］弗拉基米尔 · 纳博科夫：《塞巴斯蒂安 · 奈特的真实生活》，谷启楠译，上海译文出版社 2010 年版，第 9 页。

三、纳博科夫的语言习惯和思维的转换

前面提到过，行为主义心理学对于语言和思维有独到的见解。行为主义心理学家认为语言其实是习得性行为，如果个体不发声，那么内在的运作就是思维，语言的形成来自条件反射的建立和习惯的养成，思维则是同自我的交谈，语言习惯与思维是互相影响的，这种影响对于纳博科夫来说尤其深远。在20世纪20年代的俄罗斯文学中，纳博科夫也算是俄罗斯文学风潮的代表人物，这段时间里他接受了很多的采访，从中可以看到纳博科夫的态度和想法。

1958年，《洛丽塔》在美国出版后的一段时间里，纳博科夫既享有盛誉，也遭受谩骂，但他未曾后悔自己创作出了《洛丽塔》。纳博科夫曾告诉记者，自己创作《洛丽塔》的手稿和其他作家有些不同，作品的内容原本是写在一张张小卡片上面。纳博科夫将自己的这一习惯映射在了亨伯特这个角色身上，亨伯特也很喜欢在小本子上面记录下他心里所想的一切，亨伯特的独白非常杂乱，他无论在什么时候都能用各种语言赞美洛丽塔的美丽，整本书看下来就像一幅用优美文字拼凑出来的美丽拼图。与《洛丽塔》的语言相比，纳博科夫的其他作品黯然失色——至少是他用英文写的那些作品：《塞巴斯蒂安·奈特的真实生活》《菲雅尔塔的春天》等小说及回忆录。纳博科夫在访谈中坦言《洛丽塔》中那个神话一般的仙女有一种奇特的、温柔的魅力。

虽然很多读者和评论家不同意纳博科夫塑造的洛丽塔的温柔的魅力，但很少有人会否认她的强大吸引力——以至于当导演库布里克提出拍摄《洛丽塔》电影的计划时，有些影评人认为库布里克肯定会改变小说的故事情节，甚至可能会选一个女侏儒来演洛丽塔这个角色，或者会改变洛丽塔

的年龄，让她变成 16 岁，亨伯特变成 26 岁，让他们的年纪差距看起来不那么大。但是库布里克选择尊重原著，在保留原作核心内容的基础上来拍摄《洛丽塔》这部电影。库布里克特意淡化了角色间的中心关系，强化了角色的行为，这是属于纳博科夫的思维习惯的。比如说电影中，洛丽塔为亨伯特端来早餐盘的那个场景，或者在车里幼稚地拉着毛衣——这些都是令人难忘的情节，虽然角色没有开口说话，但是通过行为传达了想要表达的意思，这也是思维的隐性表达。另外，电影一开始就交代亨伯特杀了奎尔第这个情节也是非常大胆的做法，洛丽塔的母亲夏洛特死亡时的场景安排也非常优秀。纳博科夫在很多访谈里提出，他坚持在电影中添加某些细节。除了上述的场景外，电影里还展现了洛丽塔和亨伯特在旅途中住的不同风格的汽车旅馆，这些不同的风格代表着美国不同的流行文化。虽然没有具体语言的表达，但是这些细节也展现了纳博科夫无与伦比的思维模式，这也是库布里克的《洛丽塔》能够成功的原因之一。

《洛丽塔》的名利双收，对纳博科夫的生活多少产生了影响。不论这种影响是好的或是坏的，都使得纳博科夫改变了他的生活，他放弃了教书，转而变成专职作家。但是纳博科夫喜欢教书、喜欢康奈尔大学、喜欢发表他创作的关于俄国作家和欧洲书籍的演讲。纳博科夫不善言辞，他其实很怕当众演讲，大学的课堂是最后一个能够逼迫他开口说话的地方。但是他喜欢分享他的思维，尽管语言可能会成为阻碍，但是他会想办法去克服。他喜欢在黑板上努力画出詹姆斯·乔伊斯的“都柏林”的地图，或者是罗列出 19 世纪 70 年代初圣彼得堡和莫斯科的一些作家的作品，有的时候他也会讲授《尤利西斯》和《安娜·卡列尼娜》。在这期间，分享思维和发散思维能让他获得很多的乐趣；通过和学生进行思维碰撞，他也能够获得更多的灵感。

除了上课，纳博科夫还喜欢监考，因为监考可以让他尽可能少讲话，又能观察学生们的一举一动，所以他有很多记忆与考试有关。纳博科夫在接受某一次访谈的时候回忆起了他的一次监考，他面对访谈者把那次监考的场面完整地叙述了出来。但是纳博科夫在讲述时不像是一个人正常说话的样子，用访谈者的话来说，更像是纳博科夫一个人在对着自己絮絮低语：纳博科夫监考从上午 8 点开始，到 10 点半结束，大约有 150 名没有洗脸、没有刮胡子的男生和打扮得还算整齐的女生参与考试。对此，纳博科夫感到前所未有的乏味和糟心。8 点半，小小的咳嗽声、清理喉咙的声音成群结队地传来，随之而来的还有卷页的沙沙声。有的考生陷入沉思，双手锁在脑后。纳博科夫迎着一道道全部都对准他的呆滞目光，看到了投射到他身上的希望和怨恨，看到了学生们希望从他身上得到答案的渴望。大多数人都在试卷上翻了一页，还有人在悄悄作弊，有的人抖动着抽筋的手腕，有的人涂抹多余的墨迹……当纳博科夫捕捉到针对他的目光时，学生们会立即抬起头来，假装望着顶棚思考下一道题怎么做，纳博科夫则看着手表数着时间一分一秒地走过，直到交卷。这是纳博科夫的乐趣，他也乐于把这些乐趣在演讲或者访谈的时候分享给听众或者记者。行为主义将这种行为定义为另一种形式的思维，这种思维形式比较少见，因为它是通过语言表达出来的，这是属于纳博科夫的内部语言的传达。

除了在访谈中，纳博科夫在《洛丽塔》中也分享了这种语言和思维之间的相互转换，亨伯特的教授身份契合了纳博科夫的教书生活，他在小说里也分享了有关考试的记忆，同时也分享了一些讽刺社会的评论。很多评论家认为这是纳博科夫对美国社会的嘲讽，对此，纳博科夫只想强调，他既没有降低自我的道德底线，也没有成为社会讽刺家的意图，更没有成为社会讽刺家的气质。批评家们是否认为纳博科夫在《洛丽塔》中嘲笑人类的愚蠢，纳博科夫毫不关心。但当一些评论家在一些报刊上大肆批评他，认为纳博科夫在作品里嘲笑美国时，纳博科夫很生气。他花了很多时间用美丽的语言来描写美国各地的风土人情，就是希望能够让读者感受到他对美国的热爱，但是却有一些评论家利用他写的作品来攻击他，这让纳博科夫难以接受。小说里的一些内容被人断章取义，甚至是恶意曲解，有的读者还利用这些评论家发的曲解内容大做文章。后来，纳博科夫将一篇小后记《关于一本题名〈洛丽塔〉的书》附在《洛丽塔》小说的后面，来表达他真正想说的话：所谓的对美国的嘲笑其实是对非利士化的粗俗的嘲笑。在他看来，美国人和欧洲人的礼节没有区别，一个来自芝加哥的无产阶级，可以和英国公爵一样非利士化。纳博科夫觉得最令人感叹的非利士主义是美国的性爱风气。所以对于纳博科夫来说，性作为一种制度，作为一种普遍的概念，作为一种问题，作为一种陈词滥调，等等，这一切，非利士主义已经表达得够多了，多到让他觉得极其乏味，以至于他后来不想对此发表任何看法。

纳博科夫对待乏味的事情没有太多兴趣，但是对许多美国人所奉行的弗洛伊德主义还是发表过不少尖锐评论，并在这些评论里展示出了一种无与伦比的轻蔑态度，这是纳博科夫的思维习惯。在他将思维全部变为文字之后，很多评论家觉得这是纳博科夫的一种习惯性的、刻板的见解。对此，纳博科夫则认为这些评论家仅仅是纸上谈兵罢了，他们的见解在纳博科夫看来非常愚蠢且令人恶心，甚至可笑。

另外，还有些评论家在仔细研究纳博科夫的作品以寻找他的个性时指出：《洛丽塔》中亨伯特对仙女的青睐，《斩首的邀请》中一个 12 岁的女孩对一个年龄比她大一倍的男人产生了欲望，《魔法师》里的“魔法师”意图拐走一个未成年的女孩，等等，这些反复出现的主题说明纳博科夫非常关注青春期女孩和中年男人之间关系。对此，纳博科夫不予置评，他认为更正确的说法是，如果他没有写《洛丽塔》，读者就不会在他的其他作品中专门去发掘这样的结论。纳博科夫希望他的读者从更高的视角来看他的作品，要更多地去关注他是如何塑造人物的。这些小说中的每一个角色都是独立的个体，是完全不同的，不能因为人物中间某一点有重合，就认为他们是一样的。纳博科夫的思维能力是非常可怕的，他用他独特的语言塑造的每一个人物都具有多样性，他在作品中投射了很多自我的表达，甚至衍生出来了很多代表纳博科夫本人的角色。

有些评论家武断地认为，他们在挖掘纳博科夫童年的时候，发现了纳博科夫创作《洛丽塔》的原因：亨伯特在童年对安娜贝尔的恋情和纳博科夫对小女友科莱特的回忆之间存在着一定的联系，正是因为这段回忆让纳博科夫创作出了《洛丽塔》。但事实上，纳博科夫只是在10岁时和小科莱特一起在比亚里茨的沙滩建造过沙堡玩，仅此而已，他们之间没有任何越界的行为；而13岁的亨伯特却和安娜贝尔建立了成人一般的恋情，过于早熟且没有成年人的正确引导让亨伯特的人格在童年时期就扭曲了。纳博科夫在童年时，父母对他感情方面的培养确实和普通儿童没什么不同，但是习惯养成方面他确实拥有和普通儿童不一样的经历，也正是因为童年时期的经历让他决定自己要以不一样的方式来抚养自己的孩子。另外，关于纳博科夫的语言能力，除了童年时期的三语培养外，更多则是在流亡海外的时候形成的。尽管纳博科夫出生在俄罗斯，但是他在美国以及欧洲生活和工作了很多年，谈及民族认同感，纳博科夫依然认为自己是三分之一的美国人，强硬的美国身份让他感到温暖和安全。此外，他也喜欢美国文化带给他的思维碰撞，同时希望这样不同的身份能够让他的儿子德米特里有更深的感触，不要去在乎什么时候用什么语言。纳博科夫在德国居住了15

年，之后到英国学习法国文学；1940 年纳博科夫来到美国，决定成为美国国民。纳博科夫接触了太多国家的语言，但是从来没有感受到障碍，这些经历反倒让他成了一个语言大师，他将各个国家不同的语言用在自己的小说中，这成了纳博科夫小说独有的魅力。

纳博科夫几乎一生都在颠沛流离中度过，虽然他曾经在美国生活了 20 年，但在那里，他从未拥有过一个家，也没有一个真正安定的工作环境。他的朋友们曾说过，纳博科夫在汽车旅馆、小木屋、公寓等住所都生活过。有些记者问纳博科夫没有在一个地方定居是否是因为感到不安或感到陌生，纳博科夫回应说最主要的原因是他未能找到令他满意的童年环境的复制品。童年对于纳博科夫来说很重要，三语环境的教育让他能够在类似的语言环境中拥有安全感，但是纳博科夫永远无法找到与他的记忆完全匹配的环境。此外，他更希望能够通过语言的交流获得思维上的碰撞，所以纳博科夫毅然决然地离开一个国家去下一个地方，他一直奋勇向前，尝试去获得更加有趣的东西。他在大学里曾经有一段时间为了评职称而疲于奔命，但在内心深处，他始终觉得自己是一个精干的客座教师。曾有几次，纳博科夫在一些城市试图说服自己——这个城市是一个适合永久居住的好地方，可是每次定居没多久，他就感觉到他的生活似乎在崩塌，仿佛这种决定永久定居的想法会毁掉他入住之后的舒适感。此外，纳博科夫不太喜欢家具，也不太喜欢桌椅、灯饰和地毯之类的东西——也许是在他美好多彩的童年里，他被教导要以正确的态度正视生活，所以他鄙视对任何物质财富太过依赖的生活。这也是当战争让纳博科夫失去这些财富时，纳博科夫没有感到遗憾和痛苦的原因。

回顾纳博科夫的人生经历，在《洛丽塔》成功后，纳博科夫搬到了法国和瑞士，此后再也没有回到美国。尽管如此，他依然认为自己是一个地地道道的美国作家，而且他的美国时期还尚未结束，他因为能够在美国获得更多的乐趣而兴奋不已。纳博科夫的一生都在为新事物而忙碌，同时他又是一个对自己有着严格要求的人，比如，一旦他决定要为一本特别的书做一些专门的研究，他就会立刻选择一个合适的环境去全身心投入研究。纳博科夫不愿透露一本书的实际创作过程，更不愿意分享他的阅读笔记或摘录。他把未出版的思维创作视为尚未出生的孩子，认为它不应该接受任何形式的窥视。但纳博科夫向公众分享了一些有关创作的其他事情，比如，他用装有索引卡的盒子来归置自己的手稿，盒子里还装有他最近记录的一些笔记，他每次要向外公布这些内容的时候，都会仔细斟酌每一个字句，再用语言进行完整的表述。纳博科夫这种严谨而又认真的态度让他的每一部作品都值得读者们认真对待。

四、纳博科夫的习惯对作品创作的影响

纳博科夫写小说的早期阶段，曾经培养过一些有趣的嗜好，比如收集稻草、绒毛和鹅卵石，他从中会得到一些启发，然后将这些启发记录下来。这样的记录有助于他回忆一些生活上的小细节，用纳博科夫的话来说就是，很少有人能够在看完一只破壳的小鸟后，可以清晰地回忆起一只鸟从蛋壳孵出来的时候是什么样的，还有小鸟被孵出来前的巢穴和穴中的蛋是什么样的。这就是纳博科夫从小养成的习惯对自己创作的影响。当时是什么力量使得他记下了事物的名称、尺寸和色调，纳博科夫倾向于认为是他所谓的灵感在起作用，尽管还缺乏更好的词语来串联整篇文章，但是积累的材料足够多之后总归就能变成他希望的样子。在第一次受到这种认识的冲击之后，纳博科夫突然能够感受到怎样的环境刺激下能够让他更好地完成创

作，这便是习惯形成的根源。小说自创作之始，其整体内容和构架就在纳博科夫的脑海里进行构思，而非在纸上进行创作，这种构思是大方向的，而不是具体的词句。纳博科夫一直在仔细观察，剖开事物的本身去观察它们的内在，他总是能清楚地看到他需要的东西。但他宁愿继续等待，直到“灵感”使他完成整篇小说的创作。这个时刻，纳博科夫心里的声音会告诉他：整个过程已经完成。在纳博科夫看来，整个创作的过程就好比一幅画在一个画家的脑海里朦朦胧胧地显现出来的样子。正因脑海中已经呈现作品大概的样子，所以在真正创作的时候就会一气呵成。他在想要动笔写下来的时候，脑中总能投射出具体细节。这也是为什么纳博科夫喜欢把他创作的故事写在卡片上的原因，他可以通过小卡片进行最初的创作，待完成后再对小卡片进行编号。于纳博科夫而言，他的每张卡片都要重写很多遍，大约三张卡片的内容才能组成他最终完成的作品的一页，他觉得只有这样，他脑海中构思的画面才尽可能一一再现了。尽管如此，他的脑海中还是会有一些想法未能呈现在卡片上，此时他会把脑中的画面口述给自己的妻子薇拉听，他的妻子薇拉会将她听到的记录下来并留存。

一个有创造力的作家光具备写作能力还不够，他们还需要有解构、重组文字的能力，以及创新能力。纳博科夫在创作他的第一部小说《玛丽》的时候就深切地感受到：如果没有丰富的想象力，所创作的东西就不会焕发光彩，所以他一直以来的创作习惯就是先用想象力架构起小说的世界观。在纳博科夫看来，文学创作从来都是不简单的，伟大的文学作品是存在着欺骗性和复杂性的，不可能只是简单和真诚。如果学生用“真诚和简单”这样一对词组对作品进行评价，纳博科夫就会给他评低分。比如，他的学生曾在论述中写道，“福楼拜的写作风格永远是简单和真诚的”，学生们以为“简单和真诚”是对诗歌和散文最大的赞美，纳博科夫则愤怒地用铅笔把这句话画出来，以至于把纸都划破了。纳博科夫认为很多中学语文教师从一开始就没有给学生灌输如何更好地品鉴和赏析文学作品，这也就是为什么好作家太少了，因为从一开始很多人就没有被培养出好的写作习惯。

一个好的写作习惯可以影响一个人的思维模式。比如，在纳博科夫看来，抽象文学和写实文学没有太大的区别，他觉得二者都是能够表达自我的文学作品。此外，纳博科夫认为，关于抽象文学和写实文学的本质区别，人们也不应该一概而论，最重要的是看作家本人的创作意图。很多人认为写实文学的表现方式非常简单，平铺直叙地讲好一个故事就可以了。其实不然。纳博科夫认为，任何好的文学作品都有其内在价值，能引导大众的审美方向。当人们把艺术统一起来看待，才会有机会发掘出一部伟大的作品。

纳博科夫的兴趣爱好对他的习惯形成也产生了一定的影响，继而影响着他的文学创作。比如说，虽然纳博科夫自认为没有欣赏音乐的天赋，但是他依然会陪着妻子和儿子去听一些音乐会，摆弄一些乐器，或者买一些唱片回家来欣赏。纳博科夫很遗憾自己不能完全欣赏音乐的美，他大约五年才会去听一次音乐会。在音乐会上，他会努力去理解和欣赏音乐，但是他无法长时间专注于音乐，因为诸如漆木上的手的影子、小提琴上被磨秃的斑点等的视觉印象占据了他的视线。很快，纳博科夫就对音乐家的重复性动作感到无比厌烦。观察个体行为的习惯是纳博科夫在德国柏林养成的，当时柏林的环境让纳博科夫倍感无趣，在大街上观察人类的一举一动成了纳博科夫的新乐趣，随后这个新乐趣被用在了小说的创作中。尽管对音乐有着偏颇的看法，但是纳博科夫清楚地明白他对音乐的认知是浅薄的，因为他的儿子德米特里是一位出色的音乐家，他的低音提琴拉得非常出色。纳博科夫虽然听不懂儿子拉的是什么，但是每一次和儿子讨论音乐时，他都感叹音乐的美妙。纳博科夫知道音乐的艺术形式和文学的艺术形式在结构上有许多相似之处，但自己的耳朵和大脑拒绝合作，这让他没有办法去真正欣赏音乐、了解音乐。最终，纳博科夫找到了一个新的爱好，他在国际象棋谜题的创作中找到了乐趣。除此之外，他创作的散文和诗歌也成了音乐的替代品，纳博科夫甚至尝试用非母语的语言来创作作品，这让他成了为数不多的用多种语言进行文学创作的作家。

纳博科夫一开始只运用自己的母语俄语创作，但是在短暂地接触了英语，了解了俄语和英语之间存在的语法和文字方面的差异之后，纳博科夫便更加习惯用英语进行文学创作。在纳博科夫看来，英语的词汇量要比俄语丰富得多，俄语技术术语匮乏、模糊，难以精确使用。例如，“停放汽车”这个简单的短语，如果用俄语表达就是“让汽车长时间地停着”，这样的描述看上去比英语的描述更正式，但是阅读起来会让人感觉很别扭；一些解剖学和生物学概念的词汇，在英语中是经常使用和为人所熟悉的，但在俄语中是很生僻的词汇。此外，俄语很擅长渲染某些细微的动作、姿态和情感，通过改变一个动词的词头，人们可能有十几种不同的前缀来选择，从而表达出不同状态和不同情绪。因此，纳博科夫认为，从句法上讲，英语是一种极其灵活的语言，但俄语可以表达更多微妙的变化。

纳博科夫本可以同时使用两种语言进行创作，但是有一天他决定再也不会写俄语小说了。一般来说，一位作家如果能够使用自己习惯的语言和方式来进行创作会更加得心应手，但是纳博科夫愿意跳出自己的舒适圈，让自己得到成长。一般个体是受到环境的刺激才会选择改变自己的习惯，但是纳博科夫是自愿进行改变的，而且他对自己的要求非常苛刻。纳博科夫认为，创作者需要一些其他人的作品来激励自己，以获得创作的灵感；创作者需要在有限的时间里和自己的读者，或者愿意采访自己的访谈者进行一些沟通，保证自己在空闲的时间里能够有一段愉快的回忆，这样的回忆和行为能够更好地督促自己完成创作。

纳博科夫对于作品的翻译也有独特的习惯。纳博科夫在一次采访中，面对记者向他展示的新版《洛丽塔》时，他突然意识到，这本书已经被翻译成他不懂的语言，如日语、芬兰语和阿拉伯语。纳博科夫曾检查过一些他熟悉的语种的译本，译本的翻译整体上是非常好的，但还是存在一些问题。纳博科夫不希望自己的作品在被翻译成其他语言的时候出现太多的瑕疵，以致自己的作品会被粗俗的释义或错误的用词毁掉，所以决定自己来翻译。纳博科夫已经尽可能翻译了自己作品的英语版、俄语版和法语版，他甚至在翻译作品的过程当中对作品的一些细节进行了新的改动。他对于作品的译本要求一向非常高，制定了很多的规则，所以直至他去世之后，他的作品依然由他的儿子德米特里来进行翻译。

除了翻译自己的作品，纳博科夫还曾翻译了普希金的长篇诗体小说《叶甫盖尼·奥涅金》。这部译作的诞生要归功于纳博科夫的妻子在1950年随口说的一句话——纳博科夫讨厌《叶甫盖尼·奥涅金》的押韵和某些注释，他的妻子薇拉就建议纳博科夫自己来对原著进行修改和注释。因为这样无意间的一个建议，纳博科夫花了大约10年的时间来进行翻译，光是索引卡片就写了5000张左右。从后来公布的纳博科夫的索引卡片可以看出，为了忠于原文，纳博科夫放弃了以往的写作风格，以及他喜欢使用生僻词语的习惯，对这部著作仅仅翻译了字面意思，最大限度地保留了原汁原味。

习惯其实非常难改，尤其是花了一辈子时间培养出来的习惯。纳博科夫的创作习惯是经历过千锤百炼的，但他为了翻译《叶甫盖尼·奥涅金》对自己的风格进行了彻底的改变，但评论界却将此视为这部译作的缺点。纳博科夫通常不会在意别人对自己的评论，除非是这些评论能够引发自己创作的兴趣，但是他的妻子薇拉收集了这些评论，因为薇拉觉得也许有一天纳博科夫自己会用一些零星的时间去看看这评论。后来有记者问起了这些评论，纳博科夫评价说这些评论千奇百怪，有的评论内容甚至看上去和《洛丽塔》这本书毫无关系。纳博科夫向记者坦言他还清楚地记得一位俄国移民评论家对他的第一部小说的言语攻击，那时的纳博科夫也是一个评论家，而且作为一个年轻人，他有着比现在更强的记忆力和进取心。还有一些批评家，他们不能原谅纳博科夫与文学运动保持距离，不能原谅纳博科夫没有表达他们希望诗人感受到的“愤怒”，也不能原谅纳博科夫不参加那些在巴黎咖啡馆的诗人聚会活动。这其中有一个叫伊万诺夫的评论家博得了纳博科夫的关注，纳博科夫认为伊万诺夫是一个好诗人，但是一个卑鄙的批评家。20 世纪 20 年代末，当时纳博科夫还在为一家柏林移民报纸撰稿，他收到了伊万诺夫的妻子伊琳娜从巴黎给自己寄来的小说，上面写着讽刺的题词“感谢《王，后，杰克》”。纳博科夫从来没有给她寄过任何东西，也没有评价过她的作品。纳博科夫认为她这么做影响不到他，也就不再评判伊琳娜的行为。但是伊万诺夫认为纳博科夫蔑视了自己的妻子，所以用一篇措辞严厉的评论文，评论了纳博科夫及其本人的作品，意图进行个人报复。不过在纳博科夫看来，这同样可以被理解，以文学评论作为媒介来宣泄不满、表达友好或不友好的感情，正是评论艺术发展的需要。有的读者一直觉得纳博科夫是在象牙塔里成长起来的作家，但是从上面的事实来看，纳博科夫从未离开过文字的战场，他也曾经在这些艰难的环境里历练过。正是因为这些独特的环境培养出来的习惯，才让他的文字如此犀利。

纳博科夫在创作的过程中会习惯性地把角色之间的感情纠葛描写得很复杂。曾有评论家吐槽纳博科夫的这一做法，认为纳博科夫虽然有很多独创性的想法，但是纳博科夫本人不具备天才作家的能力，只是在单纯地输出自己的看法。除了文学方面的指责，一些顽固的鳞翅目学者也指责了纳博科夫不专业的鳞翅目分类。纳博科夫始终认为，这些评论家和学者们对他的偏颇看法是心理问题导致的，这些中庸的人或上层的非利士主义人士无法摆脱对于微小利益的占有欲，他们不会以更高远的角度去看待人生。一本想要成为伟大作品的书必须具有伟大的思想。在纳博科夫看来，这些评论家都喜欢沉闷类型的作品，而且这些评论家认为输出个人的思想意识比写小说容易得多。这些评论家们并没有意识到，他们之所以没有在某个作家身上找到普世的思想，是因为这个作家的特殊思想还没有成为普世思想。纳博科夫因为受到的教育比较特殊，所以从他的角度来看一些作家，会得出不一样的结论。比如说，很多读者喜欢陀思妥耶夫斯基，认为他是世界上最伟大的作家之一，但是，纳博科夫把陀思妥耶夫斯基描述为一个廉价的煽情主义者。在纳博科夫看来，非俄罗斯读者没有意识到两件事：第一，并非所有的俄罗斯人都像美国人一样热爱陀思妥耶夫斯基；第二，那些热爱陀思妥耶夫斯基的俄罗斯人，大多把他当作一个神秘主义者而不是艺术家来敬仰。在纳博科夫看来，陀思妥耶夫斯基是一个预言家、一个嗅觉敏感的记者、一个哗众取宠的喜剧演员。同时，纳博科夫也承认，陀思妥耶夫斯基的作品中一些场景涉及的剧烈的、闹剧式的争吵是有趣的，但陀思妥耶夫斯基作品中塑造的那些情绪敏感的杀人犯和聪慧的妓女有时很招人讨厌。另外，纳博科夫曾称海明威和康拉德是为少年而写书的作家，并且认为海明威比康拉德好一点。在纳博科夫看来，海明威的作品中至少有他自己的声音，他的短篇小说体现出很强的艺术性，比如在《老人与海》中，海明威对大海的描述是非常翔实和贴切的。对于康拉德抒发的浪漫主义的陈词滥调，纳博科夫本人则无法忍受。但在这两位作家的身上，纳博科夫都找不到自己愿意写的东西。在纳博科夫看来，海明威和康拉德在心态和情感上是无可救药的少年，但是这不妨碍他喜欢他们。

从上面可以看出，纳博科夫的阅读习惯极具个人的行为方式与定式思维。纳博科夫的阅读习惯和常人不同，他通常一次读几本书，旧书和新书、小说和非小说等都读，但是纳博科夫厌恶神秘故事和历史小说，这类作品他是从来不读的。同时，纳博科夫也不喜欢充满司空见惯的恶俗和滔滔不绝对话的“强势”小说。每当纳博科夫收到出版商寄来的新小说时，他会先检查这本书的对话有多少，如果对话看起来太丰富或太长，他就会关上书，把书收起来。纳博科夫这种奇特的阅读习惯是从 10 岁至 15 岁居住在圣彼得堡期间培养起来的，他读了一些涉及英语、俄语、法语的小说和诗歌，他尤其喜欢读威尔斯、爱伦·坡、勃朗宁、济慈、福楼拜、韦尔兰尼、兰波、契诃夫、托尔斯泰和亚历山大·布洛克的作品。此外，纳博科夫喜欢的小说角色多是菲利亚斯·福格和夏洛克·福尔摩斯这种具有冒险精神的角色。在一个拥有大型图书馆的家庭中，纳博科夫靠着三种语言阅读了很多的作品，这也是他积累阅读量的最重要的时期。当纳博科夫在英国剑桥读书时，他最爱的作者变成了豪斯曼、鲁伯特·布鲁克、乔伊斯、普鲁斯特和普希金。在这些头号宠儿中，波尔、凡尔莱恩、儒勒·凡尔纳、艾穆斯卡·奥克西、柯南·道尔和鲁伯特·布鲁克已经淡出纳博科夫的视线，他们已经失去可以吸引纳博科夫的魅力。纳博科夫在 20 世纪二三十年代从未像他身旁的许多同龄人那样接触过艾略特和庞德的诗歌。大约在 1945 年，当纳博科夫在一位美国朋友家读到这些作家的诗歌时，他不仅对这些作品无动于衷，而且不明白为什么有人会费心读这样的作品。那时纳博科夫还只是一个 46 岁的中年人，直到又过了好多年，纳博科夫才明白，这样的作品还保留着一些感性的价值。对于现当代作家，纳博科夫喜欢阅读诸如罗伯－格里耶和博尔赫斯的作品。在欣赏他们作品的过程中，读者仿佛置身于一个奇妙的迷宫，心甘情愿沉溺于其中。纳博科夫喜欢他们作品中体现出的思想、纯粹的诗意以及构想的世界，这给他的创作带来了很多的灵感。纳博科夫认为他创作的散文和诗歌作为艺术形式没有任何的区别，不管有没有加入反复的节奏和韵律，他都倾向于把篇幅不一的诗作定义为"浓缩的散文"。在散文中，也有一定的节奏模式，有用词精确的语句，它们就像音乐的节奏一样，有反复出现的语调，这些语调能够渲染出作家们想要的思想节拍。

无论是阅读习惯，还是创作习惯，都给纳博科夫带来了无与伦比的感知体验。他后来甚至认为诗歌是能够让人通过理性的文字感知非理性思想奥秘的重要载体，这是他常年创作诗歌作品得出来的结论。虽然很多人觉得，在科技高速发展的时代背景下，非理性的思想似乎没有什么地位可言，但是纳博科夫认为这种没有什么地位的表象非常具有欺骗性，人们在科学上达到的成就越大，所产生的神秘感就越强。他认为科学给人们带来了更多的未知之谜，这也是纳博科夫如此深爱科学的原因。

习惯造就了纳博科夫的写作特色和他对生活的态度。纳博科夫进行创作的过程，其实就是展现他的习惯性行为的过程。纳博科夫擅于将不同的故事内容进行消解，再将它们进行融合，他还用大量文字和不同的词语构建文本中的每一个角色和每一个场景，以及小说中出现的一些意象。比如，《洛丽塔》中，纳博科夫不止一次将洛丽塔比作一只蝴蝶，这只蝴蝶在整部小说中先是以一个毛毛虫的姿态展现，后来又结成一只蛹，但是真正的蝴蝶始终没有出现，这就象征着洛丽塔因为成长期被压迫导致她最终以残疾的姿态长成了一个大人。在塑造这些内容的过程中，纳博科夫确保小说中故事和角色也在不断地变化，如果读者回看整部小说，就会发现整个故事的逻辑就像一个圆，是可以连上的。

蝴蝶的意象在纳博科夫的生命中是不可或缺的。自传《说吧，记忆》中曾经提到童年时期的纳博科夫痴迷于蝴蝶，他和他的母亲做过很多的蝴蝶标本。等他长大结婚，他的妻子薇拉也愿意为了他而奔走在山间，去捕捉稀有的蝴蝶。这是纳博科夫从小养成的习惯。为了研究蝴蝶翅膀上鳞片图案的演变，纳博科夫在20世纪60年代计划出版《艺术中的蝴蝶》这本收录大量蝴蝶图案的书，其中包括老画家所重现的蝴蝶翅膀图案的复制品。纳博科夫发现，只有少数的大师对蝴蝶有着敏锐的观察力，他们复刻的蝴蝶图案才是正确的，而某些科学书籍中的彩色插图因其美妙的艺术性而引人注目，至于是不是和蝴蝶本身图案一致，就没有什么人在乎了。纳博科夫注重图案的原型的展现是因为纳博科夫非常注重作品的空间展现力，他希望能够在小说中完整展现关于蝴蝶的一切，包括蝴蝶的图案，这也就是为什么纳博科夫一直致力于把自己的文字当作图像一样展示。到了创作晚期，纳博科夫对于整部书内容的塑造是可以像放电影一样完整地呈现在读者的脑海里的，这充分体现出纳博科夫扎实的文本功底。纳博科夫对于小说画面的展示之所以如此的坚持，是因为他本人从小到大都有着强烈的色感，能把文字看成一幅画——他也期望着自己能够用文字创作出一幅画来，这也是不少学者愿意将绘画艺术的概念应用于纳博科夫小说的原因。

除了绘画，电影也是纳博科夫人生中非常重要的一部分，对他造成了很大的影响。关于行为主义中习惯的影响因素，比起年龄对于习惯的影响，动作领域和语言领域这两个方面对于习惯形成更加重要。纳博科夫小的时候家里经常会拍摄一些家庭电影短片，熟悉的人出现在投影中让纳博科夫对电影的镜头有一种特殊的感觉。长大之后，他还经常去电影院看电影，电影的镜头感以及电影里人物语言的表达给了他很多的灵感。后来，纳博科夫还经常把电影的镜头感带入小说当中，把小说当作话剧剧本，甚至电影剧本来写。这些习惯的养成为纳博科夫的创作开启了更多的视角。纳博科夫小说中反复出现的一些元素成了特色：从《玛丽》开始，纳博科夫就已经尝试创造一些带有“电影感”的小说了，如加宁对于初恋情人的怀念，对故国四季细致的描写；《塞巴斯蒂安·奈特的真实生活》中，V在幻想中站在舞台上成了他的哥哥塞巴斯蒂安；《防守》中，卢仁的幻想和戏剧性的自杀；《洛丽塔》里的公路旅行。在这些文本里面，纳博科夫努力地创造了他想要的场景，又竭尽全力让这些角色拥有自己的特质来吸引读者。纳博科夫对电影的影响也十分巨大，否则也不会有一拨又一拨的导演和编剧来改编他的作品。在这些导演和编剧的镜头下，纳博科夫的作品被解构和重组，依照不同时期，不同时代背景，他们拍出了一部部让人回味无穷的电影作品，也让不同的观众感受到了纳博科夫小说的魅力。

纳博科夫习惯性人格的养成对心理学发展产生了影响，同时他在鳞翅目学、国际象棋和文学的多重学科中的贡献给予了后人很大的帮助，为人们提供了更多的视角来看待世界。除了上面这些学科的贡献，纳博科夫还持续关注过其他领域，比如说相对论、逻辑、数学悖论、连环画、哲学和视觉艺术等，这些都是纳博科夫的文学创作的基础。直到现在，还有着无数的心理学家、电影学家和经济学家在以纳博科夫的思想、文笔和思考模式作为蓝本研究社会上诸多的现象。纳博科夫所创建的这一切，还在多个领域继续发挥着重要作用。

参考文献

弗拉基米尔·纳博科夫的作品

[1][美]弗拉基米尔·纳博科夫:《洛丽塔》,主万译,上海译文出版社2005年版。

[2][美]弗拉基米尔·纳博科夫:《微暗的火》,梅绍武译,上海译文出版社2008年版。

[3][美]弗拉基米尔·纳博科夫:《说吧,记忆》,王家湘译,上海译文出版社2009年版。

[4][美]弗拉基米尔·纳博科夫:《黑暗中的笑声》,龚文庠译,上海译文出版社2006年版。

[5][美]弗拉基米尔·纳博科夫:《塞巴斯蒂安·奈特的真实生活》,谷启楠译,上海译文出版社2010年版。

[6][美]弗拉基米尔·纳博科夫:《独抒己见》,唐建清译,上海译文出版社2018年版。

[7][美]弗拉基米尔·纳博科夫:《王,后,杰克》,黄勇民译,上海译文出版社2015年版。

[8][美]弗拉基米尔·纳博科夫:《魔法师》,金绍禹译,上海译文出版社2008年版。

[9][美] 弗拉基米尔·纳博科夫:《看，那些小丑!》，吴其尧译，上海译文出版社 2016 年版。
[10][美] 弗拉基米尔·纳博科夫:《〈堂吉诃德〉讲稿》，金绍禹译，上海三联书店 2007 年版。
[11][美] 弗拉基米尔·纳博科夫:《文学讲稿》，申慧辉等译，上海三联书店 2005 年版。
[12][美] 弗拉基米尔·纳博科夫:《眼睛》，蒲隆译，上海译文出版社 2008 年版。

约翰·华生的作品

[1][美] 华生:《行为主义》，李维译，北京大学出版社 2012 年版。
[2][美] 华生:《行为心理学》，刘霞译，现代出版社 2016 年版。
[3][美] 约翰·华生:《行为心理学 2》，刘霞译，文化发展出版社 2017 年版。
[4][美] 约翰·华生:《行为主义讲演录》，艾其来译，现代出版社 2010 年版。

其他作品

[1] 聂点点:《“着魔的猎人”——论〈洛丽塔〉中亨伯特的精神追求》，硕士学位论文，湖南大学，2010 年。
[2] 陈娟:《论陌生化在纳博科夫的〈洛丽塔〉中的实现》，硕士学位论文，上海外国语大学，2009 年。
[3] 栾栋:《后现代小说〈洛丽塔〉的矛盾性研究》，硕士学位论文，黑龙江大学，2009 年。
[4] 刘琴:《性、伦理、禁忌——〈金瓶梅〉与〈洛丽塔〉的比较》，硕士学位论文，华中科技大学，2006 年。
[5] 杨梅莉:《论小说〈洛丽塔〉的语言游戏和叙事技巧》，硕士学位论文，上

海外国语大学，2007 年。
[6] 舒霞:《论〈洛丽塔〉中时间与欲望主体的辩证》，硕士学位论文，西北师范大学，2007 年。
[7] 张秀芬:《从后现代语境看〈洛丽塔〉的“不确定性”特征》，硕士学位论文，南昌大学，2007 年。
[8] 林咏:《〈洛丽塔〉：纳博科夫美学观与艺术观的寓言阐释》，硕士学位论文，四川大学，2005 年。
[9] 曾澜:《道德、不道德还是非道德——解读〈洛丽塔〉》，硕士学位论文，江西师范大学，2002 年。
[10] 鲁晓梅:《〈洛丽塔〉及纳博科夫小说的人学意识》，硕士学位论文，黑龙江大学，2002 年。
[11] 夏凌云:《生之谜——弗拉迪米尔·纳博科夫小说〈透明物〉分析》，硕士学位论文，华中师范大学，2006 年。
[12] 雷娜:《论纳博科夫方式的写作——以〈洛丽塔〉为例》，硕士学位论文，上海外国语大学，2005 年。
[13] 黄瑶:《纳博科夫在其小说世界中的介入——关于〈微暗的火〉中不可靠叙述者的研究》，硕士学位论文，上海外国语大学，2012 年。
[14] 王公纬:《逆向的思乡——纳博科夫“西林”时期小说研究》，硕士学位论文，东北师范大学，2015 年。
[15] 高超:《纳博科夫“审美狂喜”理论初探》，硕士学位论文，天津师范大学，2006 年。
[16] 张昀韬:《燕尾飞扬，以自己的方式超越传统——阅读理论反观下的纳博科夫小说艺术》，硕士学位论文，吉林大学，2004 年。
[17] 董娜:《纳博科夫在玩什么花样？——论〈洛丽塔〉的主题和纳博科夫的

创作理念》，硕士学位论文，山东大学，2005年。
[18] 杜洋:《纳博科夫小说对话的未完成性研究》，硕士学位论文，河北师范大学，2013年。
[19] 李明:《从后现代主义看纳博科夫虚幻——现实情结在〈洛丽塔〉中的表现》，硕士学位论文，山东大学，2012年。
[20] 高宣扬:《后现代论》，中国人民大学出版社2005年版。
[21][英] 菲尔·莫伦:《弗洛伊德与虚假记忆综合症》，申雷海译，北京大学出版社2005年版。
[22][奥] 弗洛伊德:《少女杜拉的故事》，丁伟译，陕西师范大学出版社2004年版。
[23][奥] 弗洛伊德著，车文博主编:《弗洛伊德文集》，长春出版社2004年版。
[24][美] 迈克尔·S.特鲁普著，张世英、赵敦华主编:《弗洛伊德》，李超杰译，中华书局2002年版。
[25] 胡全生:《英美后现代主义小说叙述结构研究》，复旦大学出版社2002年版。
[26] 黄希庭:《人格心理学》，浙江教育出版社2002年版。
[27] 李莹:《〈洛丽塔〉：后现代主义语境下的先锋文本》，《山东社会科学》2008年第9期。
[28] 张益荣:《〈洛丽塔〉中的戏仿》，《太原大学学报》2008年第2期。
[29] 张鹤:《纳博科夫VS弗洛伊德》，《俄罗斯文艺》2007年第4期。
[30] 汪小玲:《论〈洛丽塔〉的叙事策略与隐含作者的建构》，《外国语(上海外国语大学学报)》2007年第4期。
[31] 张媛媛、刘伟:《浅析〈洛丽塔〉的元虚构特征》，《科技信息(学术研究)》2007年第5期。
[32] 周启超:《独特的文化身份与“独特的彩色纹理”——双语作家纳博科夫

文学世界的跨文化特征》,《外国文学评论》2003 年第 4 期。

[33] 易丹:《〈洛丽塔〉: 眩目的语词魔术》,《读书》2003 年第 2 期。

[34] 黄铁池:《“玻璃彩球中的蝶线”——纳博科夫及其〈洛丽塔〉解读》,《外国文学评论》2002 年第 2 期。

[35] 柏彬:《论纳博科夫和戏拟》,《当代外国文学》2002 年第 1 期。

[36] 于晓丹:《〈洛丽塔〉: 你说是什么就是什么》,《外国文学》1995 年第 1 期。

[37] 高尚:《一幢造在高处的多窗的房间——纳博科夫及其〈洛丽塔〉》,《外国文学评论》1991 年第 3 期。

[38] 洛黛:《象征: 读〈洛丽塔〉》,《外国文学评论》1988 年第 3 期。

[39] 梅绍武:《浅论纳博科夫》,《世界文学》1987 年第 5 期。

[40] 申慧辉:《纳博科夫评传〈魔术师的疑虑〉》,《外国文学动态》1994 年第 6 期。

[41] Julian W. Connolly, *Her Monster, His Nymphet: Nabokov and Mary Shelley*, Cambridge University, 1999.

[42] Brian Boyd, *Vladimir Nabokov: The American Years*, Princeton University Press, 1993.

[43] John Burt Foster Jr., *Nabokov's Art of Memory and European Modernism*, Princeton University Press, 1993.

[44] Donald Morton, *Vladimir Nabokov*, Frederick Ungar Pub. Co., 1978.

[45] Michael Juliar, *Vladimir Nabokov: A Descriptive Bibliography*, Scholarly Title, 1986.

[46] Vladimir E. Alexandrov, *The Garland Companion to Vladimir Nabokov*, Routledge, 2014.

[47] Sarah Funke, *Véra's Butterflies*, Glenn Horowitz Bookseller, Inc., 1999.

后记

提到弗拉基米尔·纳博科夫，脑海里浮现的不是他的几本令他名声大噪的著作，而是一个蹲在花田里观察蝴蝶的老人。纳博科夫作为一个作家，却意外地尊重科学，并且愿意在业余时间接触和研究它们。

他的作品就像是一部部病理学研究手册，尤其是他的残稿《劳拉的原型》，字里行间充斥着对科学的喜爱，其用词严谨，是对于生活和当下环境的思考。早期我接触到这位作家的时候还是一个学生，喜欢一些比较平易近人的文字，读起纳博科夫的译文，感觉失去了原文的味道，但是读原文又有些吃力。纳博科夫特别喜欢字谜，喜欢隐喻和暗喻，喜欢耍弄读者。看着原文，打着纳博科夫的哑谜，对于我来说是又痛苦又快乐。

在创作这部作品之前，我考虑了很多内容，和李腾一起写这本书，于我来说，充满着乐趣和惊喜，我们所收获的一切都是意外的——一起讨论他的短篇小说、他的人生、他的经历、他的妻子薇拉、他生活的点点滴滴。两个人一起创作的乐趣是一个人的好几倍，这样的收获是我没有料想到的。

在此，我要感谢我的朋友和家人，谢谢你们在我写作期间对我的支持和鼓励，正是因为有你们的理解，我才能够顺顺利利地度过书稿写作的瓶颈期。除此之外，我还要感谢学校，感谢一直扶持我、支持我的同事和领导，有你们的耐心指点和热心的帮助，才能有这部书稿的顺利诞生。

研究纳博科夫的作品是一段长久而艰辛的旅程。在这个未知的旅途中，我除了能够重新认识纳博科夫之外，还能探寻更多跨学科、跨领域的内容，比如心理学、病理学、药理学等。能够撰写这样一部作品，我和我的合作人李腾都非常高兴。

书稿中如有疏漏在所难免，不足之处，望读者不吝赐教。

徐　晗

2023 年 3 月